SIBYLLE
NARBERHAUS

Syltgold

TÖDLICHE ABSICHTEN Während sich die Insel Sylt auf die jährlichen Harley-Days mit Hunderten Motorradbegeisterten und Schaulustigen vorbereitet, wird Anna Zeugin eines Verkehrsunfalls, bei dem eine Frau mit ihrem Wagen von der Straße abkommt und stirbt. Was war die Unfallursache? Während die Polizei von einem tragischen Unglück ausgeht, wittert Anna ein Verbrechen. Erst als ein weiterer Todesfall zu beklagen ist, nehmen die Beamten die Ermittlungen auf. Besteht zwischen den mysteriösen Todesfällen ein Zusammenhang? Was führt Doktor Frank Gustafsons alten Studienkollegen Jörg Neritz nach Sylt? Ist er tatsächlich nur für das Motorradtreffen angereist oder steckt mehr dahinter? Anna macht zufällig eine brisante Entdeckung, und ein furchtbarer Verdacht kommt in ihr auf. Als sie kurze Zeit später ihre Nachbarin Ava Carstensen aufsucht, gerät sie selbst in höchste Gefahr.

© Ingo Beier

Sibylle Narberhaus wurde in Frankfurt am Main geboren. Nach einigen Jahren in Frankfurt und Stuttgart zog sie schließlich in die Nähe von Hannover. Dort lebt sie seitdem mit ihrem Mann und ihrem Hund. Hauptberuflich arbeitet sie bei einem internationalen Versicherungskonzern und widmet sich in ihrer Freizeit dem Schreiben. Schon in ihrer frühen Jugend entwickelte sich ihre Liebe zum Meer und insbesondere zu der Insel Sylt. So oft es die Zeit zulässt, stattet sie diesem Fleckchen Erde einen Besuch ab. Dabei entstehen immer wieder neue Ideen für Geschichten rund um die Insel.

SIBYLLE NARBERHAUS

Syltgold

KRIMINALROMAN

GMEINER

Immer informiert

Spannung pur – mit unserem Newsletter informieren wir Sie
regelmäßig über Wissenswertes aus unserer Bücherwelt.

Gefällt mir!

Facebook: @Gmeiner.Verlag
Instagram: @gmeinerverlag

Besuchen Sie uns im Internet:
www.gmeiner-verlag.de

© 2024 – Gmeiner-Verlag GmbH
Im Ehnried 5, 88605 Meßkirch
Telefon 0 75 75 / 20 95 - 0
info@gmeiner-verlag.de
Alle Rechte vorbehalten
1. Auflage 2024

Lektorat: Claudia Senghaas, Kirchardt
Herstellung: Mirjam Hecht
Umschlaggestaltung: U.O.R.G. Lutz Eberle, Stuttgart
unter Verwendung eines Fotos von: © Alexandra Scotcher / istockphoto.
com und Pkazmierczak / stock.adobe.com
Druck: CPI books GmbH, Leck
Printed in Germany
ISBN 978-3-8392-0735-2

Personen und Handlung sind frei erfunden. Ähnlichkeiten mit lebenden oder toten Personen sind rein zufällig und nicht beabsichtigt.

KAPITEL 1

»Hast du das gehört? Ich glaube, da schleicht jemand ums Haus.« Sie hatte sich kerzengerade aufgerichtet und horchte angestrengt. Draußen war es stockdunkel. Eine dichte Wolkendecke verhinderte, dass Mondlicht die Umgebung erhellen konnte.

»Du hörst Gespenster. Ich habe jedenfalls nichts Verdächtiges hören können. Da streift höchstens eine Katze oder ein Marder durch den Garten auf der Suche nach Fressbarem«, beruhigte er sie. »Du solltest so spät am Abend keinen Thriller mehr lesen, wenn dich das so aufregt. Kein Wunder, dass du dann Geräusche hörst, wo keine sind.« Er lachte kurz auf, richtete seine Brille und widmete sich wieder seinem Zeitungsartikel.

»Und wenn er zurückkommt?«, sagte sie nach einer Weile.

Er hob den Kopf und sah sie über den Rand der Brille an. »Nenn mir einen plausiblen Grund, warum er das tun sollte.«

»Um sich an mir zu rächen? Schließlich habe ich ihn bei der Polizei angezeigt.« Ihre Stimme klang dünn und brüchig. Die schlanken Finger umklammerten das Buch, in dem sie kurz zuvor gelesen hatte.

»Ach was, so dumm wird er nicht sein und hier auftauchen. Beruhig dich! Deine Fantasie spielt dir einen Streich. Das war alles ein bisschen viel in der letzten Zeit.« Er warf ihr einen verständnisvollen Blick zu. »Wenn du magst, mache ich dir schnell einen Tee, das beruhigt die Nerven.« Er faltete die Zeitung zusammen, stand auf und ging in die Küche.

»Danke«, seufzte sie und ließ sich zurück in ihren Sessel fallen. »Was würde ich bloß ohne dich machen?«

Während ein Schatten unerkannt vor dem Fenster entlanghuschte, wähnte sich das Paar in Sicherheit. Die Musik wurde stetig bedrohlicher, sodass dem Zuschauer das herannahende Unheil nicht verborgen blieb.

Gebannt starrte Femke auf den Fernsehbildschirm und hatte sogar ihre Handarbeit darüber vergessen. Das Strickzeug ruhte auf ihrem Schoß. Gleich würde der Eindringling sein grausames Werk vollenden, überlegte sie, da ertönte ein lauter Knall. Erschrocken zuckte sie zusammen. Das Geräusch kam nicht aus dem Fernseher, sondern aus ihrer Küche. Ausgerechnet jetzt, wo der Film seinen Höhepunkt erreichte. Um unter keinen Umständen etwas zu verpassen, beschloss Femke, sich später darum zu kümmern, und konzentrierte sich wieder auf die Geschehnisse auf der Mattscheibe. Irgendwann wurde ihr das Geklapper jedoch zu viel. Mit Mühe und einem Fluch auf den Lippen schälte sie sich aus dem bequemen Sessel und schlurfte in ihren Hausschuhen den Flur entlang. Die ersten Schritte nach dem Aufstehen fielen ihr jedes Mal besonders schwer. Mit ihren 87 Jahren war sie eben kein junger Hüpfer mehr. Anscheinend hatte sich einer der Fensterläden losgerissen und wurde von dem Wind gegen die Hauswand und den Fensterrahmen geschlagen, kam ihr der Gedanke auf dem Weg in die Küche. Sie hätte schwören können, dass sie ihn am Nachmittag festgezurrt hatte. Vielleicht streunte auch die Nachbarkatze, die ihr seit geraumer Zeit regelmäßig einen Besuch abstattete, im Garten herum und hatte einen der Blumentöpfe heruntergeworfen. Beim Betreten der Küche erkannte Femke, dass das Geräusch tatsächlich von einem der Fensterflügel herrührte, der in diesem Moment ein weiteres Mal kräftig gegen das Mauerwerk schlug.

»So, nun ist aber Schluss mit dem Lärm«, murmelte die alte Dame, während sie auf das Fenster zuging.

Als sie gerade ihre Hand nach dem Fenstergriff ausstreckte, tauchte hinter der Scheibe plötzlich eine grauenhafte Fratze auf. Zu Tode erschrocken, fasste sie sich ans Herz und taumelte rückwärts. Dann stürzte sie zu Boden. Alles um sie herum wurde schwarz.

KAPITEL 2

Auf dem Nachhauseweg erkannte Uwe im Rückspiegel einen Streifenwagen, der mit Blaulicht rasch näher kam. Er drosselte die Geschwindigkeit und hielt am rechten Straßenrand an, um ihn vorbeizulassen. Dann fuhr er weiter. Als er in seine Straße einbog, sah er den Einsatzwagen dort stehen.

»Moin, Ansgar! Wollt ihr etwa zu mir?«, fragte er, nachdem er die Seitenscheibe heruntergelassen hatte.

»Moin, Uwe. Nee, ich würde niemals wagen, deinen Feierabend zu stören.« Der Polizist griente verschmitzt.

»Das wüsste ich. Aber im Ernst: Was ist los?«

»Eine Frau wurde tot in ihrem Haus aufgefunden.«

»In unserer Straße? Wer?«

»Femke Breker. Deine Frau hat sie gefunden und uns sofort verständigt«, fügte der Kollege hinzu.

»Ach was. Liegen Anzeichen für Fremdverschulden vor?«, wollte Uwe wissen und wunderte sich insgeheim, warum Tina ihn nicht angerufen hatte.

»Nee, sonst hätten wir euch selbstverständlich informiert. Keine Anzeichen von Gewalt, keine Einbruchsspuren, nichts dergleichen. Die Ärztin geht von Herzversagen als Todesursache aus. Frag am besten die Damen aus der Nachbarschaft, sie können dir sicher alles haarklein erzählen und noch ein bisschen mehr.« Ansgar zwinkerte Uwe zu, als ein neuer Funkspruch hereinkam. »Klingt nach Arbeit. Genieß deinen Feierabend, Uwe!«

»Passt auf euch auf«, gab Uwe zurück und lenkte den Wagen die letzten Meter bis in die Einfahrt seines Hauses.

Er hatte kaum den Motor abgestellt, als ihm seine Tina in Begleitung einer weiteren Frau, die Uwe gänzlich unbekannt war, aufgeregt entgegeneilte. Die Fremde hatte einen Hund dabei.

»Uwe, es ist etwas Schreckliches passiert! Stell dir vor, Femke ist tot!«, berichtete seine Frau sichtlich betroffen.

»Schon von gehört«, brummte Uwe und hievte sich schwerfällig aus dem Wagen. Sein Rücken machte ihm heute besonders heftig zu schaffen. Daran änderten auch die zwei Kilo Körpergewicht, die er in den letzten vier Wochen verloren hatte, nichts. Die ganze Quälerei mit Sport und gesunder Ernährung für die Katz, kam es ihm in den Sinn.

»Woher weißt du davon?« Tina sah ihn abwartend an.

»Ich habe eben Ansgar getroffen, er hat es mir erzählt«, erklärte Uwe und wäre am liebsten sofort ins Haus gegangen. Sein Tag war anstrengend gewesen, obendrein hatte er einen Bärenhunger und wollte einfach nur in Ruhe sein Feierabendbierchen genießen. Doch die beiden Frauen redeten ununterbrochen abwechselnd auf ihn ein.

»Ich habe mehrfach versucht, Femke anzurufen, aber sie ist nie ans Telefon gegangen. Eigentlich waren wir für heute Nachmittag verabredet, aber ich musste mit Rollo zum Tierarzt.« Sie deutete auf den Mops zu ihren Füßen, der Uwe aus seinen Glubschaugen ausdruckslos ansah. »Daher wollte ich unseren Termin absagen. Als ich sie nicht erreichen konnte, kam mir das irgendwann komisch vor.« Uwe hörte der Hundebesitzerin wortlos zu und nickte hin und wieder. »Dann habe ich Tina angerufen und sie gebeten, bei Femke vorbeizuschauen. Sie wohnt ja quasi um die Ecke.« Sie lächelte verlegen. »Ich hatte wirklich Angst, ihr könnte etwas zugestoßen sein. So war es ja am Ende leider auch«, fügte sie betreten hinzu. »Vielleicht hätte ich direkt zu ihr fahren sollen? Dann hätte ich ihr womöglich noch helfen können.«

»Mach dir bitte keine Vorwürfe, Marga. Dich trifft keine Schuld«, entgegnete Tina entschieden. »Selbst wenn du zu ihr gefahren wärst, hättest du nichts mehr für sie tun können. Die Ärztin hat gesagt, dass Femke bereits gestern Abend an den Folgen eines Herzschlages gestorben ist.«

»Die arme Femke! Ich verstehe das nicht, sie war doch bis auf ihr Rheuma noch so rüstig und sprühte förmlich vor Energie.« Marga schüttelte fassungslos den Kopf.

»Tja, die einzige Garantie im Leben ist der Tod.« Uwe verzog den Mund. Dann schob er sich an den beiden Frauen vorbei ins Haus.

»Also, Uwe! Ich darf doch sehr bitten!« Tina setzte in Anbetracht der Äußerung ihres Mannes eine empörte Miene auf.

»So ist es nun mal. Besser so ein Abgang, als jahrelang in irgendeinem Heim vor sich hin zu vegetieren und auf das unvermeidliche Ende zu warten. Wenn ich es mir aussuchen dürfte, würde ich auch am liebsten zu Hause einfach tot umfallen, wenn die Zeit dafür gekommen ist.« Mit diesen abschließenden Worten verschwand er im Haus.

»Er meint das nicht so«, entschuldigte sich Tina bei der gleichzeitig irritiert wie fassungslos dreinblickenden Marga.

»Das ist wahrscheinlich berufsbedingt.«

»Ganz bestimmt. Kann ich irgendetwas für dich tun, Marga? Möchtest du mit uns zu Abend essen?«, lenkte Tina schnell vom Thema ab.

»Danke, Tina, das ist sehr freundlich von dir, aber ich fahre besser nach Hause. Rollo braucht außerdem pünktlich sein Futter. Das Leben muss weitergehen, auch wenn es nicht immer leicht ist.« Sie seufzte theatralisch und kramte in ihrer Handtasche nach dem Autoschlüssel.

Tina sah ihr nach, wie sie in ihren Wagen stieg und um die nächste Ecke bog. Dann folgte sie Uwe ins Haus.

KAPITEL 3

»Ich bin wieder da!«, rief ich und schloss die Haustür hinter mir. Aus der Küche drangen vertraute Stimmen zu mir. Ein herzliches Kinderlachen zauberte mir ein Lächeln ins Gesicht. Eskortiert von unseren beiden Hunden Chili und Pepper, die mich schwanzwedelnd begrüßt hatten, begab ich mich in die Küche.

»Na, ihr zwei habt ja Spaß«, sagte ich und legte die Brötchentüte auf den Tisch. »Was war denn so lustig?«

»Nichts!«, erwiderten Nick und Christopher prompt und wie aus einem Mund.

»Das glaube ich euch nicht. So scheinheilig, wie ihr guckt, habt ihr bestimmt etwas angestellt?«

»Daddy hat die Butterdose runtergeworfen«, ließ Christopher mich daraufhin wissen.

»Danke, Kumpel!« Nick piekste seinen Sohn mit dem Finger leicht in die Seite, der darauf albern zu lachen begann.

»Etwa die, die ich von meiner Mutter letztes Jahr zu Weihnachten bekommen habe?« An Nicks Gesicht konnte ich ablesen, dass ich mit meiner Vermutung einen Volltreffer gelandet hatte.

»Sorry, Sweety! Es tut mir leid. Ich werde versuchen, sie noch mal zu bekommen.«

»Das ist nicht nötig. Ehrlich gesagt, fand ich sie nie besonders schön. Vielleicht bemerkt Mama gar nicht, dass sie weg ist.«

»Da kennst du deine Mutter aber schlecht«, warf Nick ein.

»Ich fürchte, du hast recht. Sie wird nicht begeistert sein. Als mein Vater vor Jahren versehentlich ihren Lieblingsbecher runtergeschmissen hat, hat sie zwei Tage nicht mit ihm gesprochen.«

»Armer Opa!«

»Du sagst es, da hatte der Opa nichts zu lachen«, stimmte ich Christopher mit einem Grinsen zu.

»Sie reagiert oft äußerst empfindlich.« Nick zuckte die Schultern. »Jetzt lasst uns endlich frühstücken, ich muss in einer Dreiviertelstunde im Büro sein.«

»Habt ihr einen neuen Fall?«, wollte ich wissen.

»Nein, aber Reimers will irgendwas verkünden«, erklärte Nick und schüttete die Brötchen aus der Tüte in den Brotkorb. Eines kullerte daneben und rollte auf die Tischkante zu. Im letzten Augenblick bekam ich es zu fassen, bevor es in den gierigen Mäulern unserer Hunde verschwinden konnte.

»Weißt du, worum es genau geht?«, hakte ich neugierig nach und zerteilte mein Brötchen in zwei Hälften. Eine davon reichte ich unserem Sohn. »Hier, bitte!«

»Keine Ahnung, aber ich nehme an, er wird den neuen Kollegen vorstellen, der ab heute bei uns anfängt.«

»Der Nachfolger für Christof?«

»Davon gehe ich aus. Ich wüsste nicht, was er sonst mitzuteilen hätte.« Nick biss von dem Brötchen ab.

»Es fällt mir nach wie vor schwer zu begreifen, dass Christof nicht mehr lebt. Ansgar, Oliver und er waren *das* Trio schlechthin.« Betroffen schaute ich auf meinen Teller, während Bilder vor meinem inneren Auge auftauchten, die ich nicht so schnell vergessen würde. Bei dem Gedanken, dass Nick dem Kollegen sein Leben verdankte, überkam mich zudem eine Gänsehaut. Wenn Christof nicht gewesen wäre, würden wir jetzt nicht gemeinsam am Frühstückstisch sitzen. Schnell versuchte ich, die düstere Vorstellung zu verdrängen, indem ich mich Christopher zuwandte.

»Trink deinen Kakao, bevor er kalt wird.«

Nachdem ich Christopher in den Kindergarten gebracht hatte, fuhr ich in die Firma. Als ich auf den Parkplatz bog, kam mir gerade der Wagen meines Geschäftspartners Piet Sanders entgegen. Er stoppte neben mir und ließ die Seitenscheibe herunter.

»Moin, Anna! Alles gut bei dir?«, fragte er ausgesprochen gut gelaunt. Sein sonnengebräunter Arm mit den golden glänzenden Härchen ruhte auf dem Fensterrahmen, im Haar reflektierte eine verspiegelte Sonnenbrille das sanfte Morgenlicht.

»Ich kann nicht klagen. Wohin geht's?«

»Ich bin auf dem Weg nach List zu unserem lukrativen Auftrag, den du neulich an Land gezogen hast.« Er zwinkerte mir zu.

Meine Antwort wurde von dem ohrenbetäubenden Lärm eines vorbeifahrenden Motorrades verschluckt.

»Ah, sind die ersten Knatterbüchsen schon da? Ganz schön früh. Geht der Zirkus nicht erst in zwei Wochen los?« Piet sah der Maschine mit skeptischer Miene hinterher.

»Einige reisen immer früher an. Ich dachte, du magst Motorräder? Hast du nicht selbst eines?«

»Ja, prinzipiell habe ich nichts dagegen. Ich halte es bloß für äußerst fragwürdig, ob es wirklich notwendig ist, dass über unsere ohnehin verkehrsgeplagte Insel zusätzlich bis zu 700 von diesen Höllenmaschinen rauf und runter donnern müssen.«

»Das jährliche Harley-Treffen ist längst zum Kult geworden«, erwiderte ich.

»Ich kann diesem Hype nichts abgewinnen. Von den Umweltaspekten einmal ganz zu schweigen.«

»Ach, Piet. Eben hatte ich mich noch über deine gute Laune gefreut.«

»Die habe ich auch immer noch.«

»Ich bin auch kein großer Fan davon, aber wo willst du einen Cut machen? Anderen Leuten ist der *Surfcup* ein Dorn im Auge. Man kann es eben nicht allen recht machen oder generell alles verbieten«, gab ich zu bedenken.

»Mich nervt das trotzdem. Aber was soll's, uns fragt sowieso niemand. So, ich muss los, sonst sterben die Pflanzen ab.« Er lachte und deutete mit dem Daumen nach hinten auf die Ladefläche. »Wenn du Glück hast, erwischst du in der Küche noch ein frisches Croissant. Annika hat welche mitgebracht.«

»Gibt es einen besonderen Grund?« In Gedanken ging ich die Geburtstagsliste unserer Mitarbeiter durch.

»Glaube nicht. Ich habe aber auch nicht nachgefragt.« Das war typisch Mann, dachte ich und sagte nur: »Ich werde sie fragen.«

»Die neue Bestellliste habe ich dir auf den Schreibtisch gelegt. Schau bitte noch mal drüber, ob sie vollständig ist. Dann kann sie heute noch raus. Also, ich bin dann mal weg. Bis später!« Er setzte die Sonnenbrille auf und fuhr los.

KAPITEL 4

»Moin, Nick! Du bist spät dran heute Morgen. Verschlafen?« Uwe beobachtete den Kollegen, wobei sich durch das Dickicht seines Vollbartes ein Grinsen schummelte.

»Dafür, dass wir nicht verschlafen, sorgen schon Christopher und die Hunde. Heute war ungewöhnlich viel Verkehr rund um Westerland. Außerdem musste ich ewig am Bahnübergang in Keitum warten. Da kam eins zum anderen. Gibt es denn etwas Dringendes?«

»Nö, bislang jedenfalls nicht. Willst du heute im Stehen arbeiten?«, wunderte sich Uwe, da Nick keine Anstalten machte, an seinem Schreibtisch Platz zu nehmen.

»Müssen wir nicht gleich los?« Uwe verstand nicht. »Na, der Termin bei Reimers in …«, er sah auf seine Armbanduhr, »… exakt drei Minuten.«

»Oh, das hätte ich glatt vergessen. Na, dann wollen wir mal hören, was unser hoch geschätzter Dienststellenleiter Wichtiges mitzuteilen hat.« Die Ironie in Uwes Worten war unüberhörbar.

Auf dem Flur schloss sich ihnen der Kollege Ansgar Kreutzer an. Je näher sie dem Besprechungsraum kamen, desto stärker schwoll der Geräuschpegel an. Als sie den Besprechungsraum betraten, schlug ihnen eine Welle abgestandener Luft entgegen.

»Alter Schwede! Hier erstickt man ja«, maulte Ansgar und bahnte sich den Weg zum Fenster, um es im nächsten Augenblick weit zu öffnen. Sogleich wurde der Raum von frischer Luft geflutet.

Wenig später betrat Peter Reimers, der Dienststellenleiter, forschen Schrittes den Raum.

»Kann mal jemand das Fenster schließen?«, fragte er noch vor einer allgemeinen Begrüßung. Widerwillig schlurfte Ansgar zum Fenster und schloss es. »Danke. Guten Morgen zusammen! Ich möchte Ihnen einen kurzen Überblick geben, was in den nächsten Tagen ansteht«, begann er, worauf das allgemeine Gemurmel langsam verebbte. »Wie Sie alle wissen, stehen in gut zwei Wochen die *Harley-Days* an. Einige von Ihnen waren in die Vorbereitungen eingebunden. Nach jetzigem Stand rechnen wir in diesem Jahr mit ungefähr 1000 Teilnehmern und circa 700 Motorrädern. Was das für uns als Polizei bedeutet, muss ich Ihnen nicht explizit erklären, schließlich findet dieses Treffen nicht zum ersten Mal auf der Insel statt. Unser Hauptaugenmerk liegt auf dem Korso am kommenden Samstag. Die Abfahrt von der Westerländer Promenade ist zwischen circa 12 und 12.30 Uhr geplant. Die Zu- und Abfahrtswege sind entsprechend gekennzeichnet. Ab 9 Uhr werden voraussichtlich die ersten Bikes auf der Promenade zur Parade aufgestellt. Wir erwarten eine große Anzahl von Besuchern, die die Maschinen live erleben wollen. Nachdem die Teilnehmer die Promenade verlassen haben, wird es einen zehnminütigen Stopp geben, bevor es dann in Richtung Norden weitergeht. Der nächste Halt ist am Lister Hafen gegen 13.30 Uhr geplant. Alles Weitere erfahren Sie von Ihren Einsatzleitern. Sie tragen die Verantwortung dafür, dass zu keiner Zeit ein Verkehrschaos entsteht. Zögern Sie nicht, auffällige Maschinen und deren Besitzer genauer unter die Lupe zu nehmen. Eskalationen jeglicher Art sind unbedingt zu vermeiden. Bestehen irgendwelche

Fragen Ihrerseits?« Er sah in die Runde. Leises Murmeln kam auf, doch niemand meldete sich zu Wort. »Scheinbar nicht. Dann komme ich zum nächsten Punkt auf meiner Agenda. Nach dem bedauerlichen Ableben des Kollegen Christof Paulsen möchte ich Ihnen zwei neue Kollegen vorstellen, die mit sofortiger Wirkung unsere blaue Familie unterstützen werden.«

Aus Reimers Schatten traten eine Frau sowie ein Mann in Uniform und nickten zaghaft in die Runde.

»Frau Hubsy Westermann und Herr Maurizio Ferrara werden das Team von Frau Böel unterstützen.« Reimers Handy klingelte. »Sie entschuldigen mich.« Daraufhin verließ er die Versammlung, die sich nach und nach auflöste.

»Scheint ja ungemein wichtig zu sein«, bemerkte Uwe und ließ Nick den Vortritt beim Hinausgehen.

»Sieht ganz danach aus.«

Auf dem Weg zurück in ihr Büro trafen sie Klara Böel.

»Moin, Klara!«, begrüßte Uwe die Kollegin. »Glückwunsch, du hast zwei neue Youngsters in deinem Team, wie wir gerade erfahren haben.«

»Moin, ihr beiden. Offen gesagt, hätte ich mir lieber jemanden mit mehr Berufserfahrung gewünscht.« Sie sprach betont leise.

»Oft sind die Jungen motivierter als die Alten.«

»Damit hast du auch wieder recht, Nick. Es wird sich zeigen, was sie draufhaben. Habe ich bei dem Termin Wesentliches verpasst? Ich war bis eben in einer Besprechung und konnte nicht weg.«

»In erster Linie ging es um die bevorstehenden *Harley-Days*. Reimers möchte unbedingt Negativschlagzeilen für die Polizei vermeiden.«

»Will er das nicht immer? Er spricht seit Tagen von nichts anderem. Als wenn wir das zum ersten Mal machen würden. Ich freue mich jedenfalls schon sehr auf das Event.« Die Augen der Kollegin leuchteten begeistert.

»Du fährst eine Harley?« Uwe konnte sein Staunen nicht verbergen.

»Nein, ich nicht. Aber mein Bruder hat schon seit Jahren eine. Er kommt für ein paar Tage auf die Insel. Wir haben uns ewig nicht mehr gesehen. Leider konnte ich keinen Urlaub bekommen, daher werde ich nicht viel Zeit mit ihm verbringen können.« Sie zuckte die Achseln. »Jetzt muss ich weiter. Wenn das okay ist, würde ich gern in den nächsten Tagen mit den beiden Neuen bei euch vorbeikommen und sie euch persönlich vorstellen.«

»Klar, jederzeit«, gab Uwe zurück.

KAPITEL 5

Zwei Wochen später

Am Horizont türmten sich riesige dunkle Wolkenberge auf. Aus der Ferne war Donnergrollen zu hören.

»Da war ein Blitz!«, rief Christopher und zeigte zum Himmel.

»Dann sollten wir uns beeilen, bevor das Gewitter kommt«, erklärte ich und hielt die Gießkanne unter den laufenden Wasserhahn.

»Aber ich hab keine Angst, Mama«, versicherte er, obwohl sein skeptischer Blick wiederholt zum Himmel wanderte.

»Das musst du auch nicht. So, das ist die letzte Kanne, dann können wir nach Hause fahren. Ich gieße noch schnell die beiden Kübel unter dem Glasdach dort. Rasensprengen können wir uns heute wohl schenken. Du kannst in der Zwischenzeit deine Sachen einsammeln und nach drinnen bringen, okay?«, bat ich Christopher, der bereitwillig und ohne Murren seinen Fußball schnappte und ihn ins Haus brachte.

Während der Abwesenheit meiner Eltern hatte ich angeboten, mich um ihr Haus und den Garten zu kümmern. Sie waren zur Goldenen Hochzeit ihrer Freunde nach Hannover gefahren und wollten bei dieser Gelegenheit weitere Freunde und alte Bekannte treffen. Ihre Rückkehr nach Sylt hatten sie erst in drei Wochen geplant. Für die Rückfahrt von Wenningstedt nach Morsum wählte ich den Weg über Braderup an der Wattseite der Insel entlang. Die Sonne war mittlerweile gänzlich hinter den dunklen Wolken verschwunden, die unaufhaltsam und bedrohlich näher kamen. Der Wind hatte zudem aufgefrischt, und Blitze zuckten am Horizont. Christopher klebte mit der Nase an der Autoscheibe und beobachtete das Naturschauspiel. Als wir Sankt Severin, die imposante Kirche von Keitum, erreichten, erkannte ich eine Gruppe Personen, die gerade die Straße zum gegenüberliegenden Parkplatz überqueren wollte. Da sich dicht hinter mir kein anderes Fahrzeug befand, drosselte ich das Tempo, um sie passieren zu lassen. Erste dicke Regentropfen klatschten auf die Frontscheibe. Inmitten der Gruppe erkannte ich Ava Carstensen, unsere Nachbarin und Freundin.

»Da ist Ava«, sagte ich zu Christopher, fuhr rechts ran und ließ die Seitenscheibe herunter. »Hallo, Ava! Sollen wir dich mitnehmen?«

Im ersten Moment sah sie sich suchend um, dann entdeckte sie mich. »Anna! Gerne.«

Sie war gerade eingestiegen, als ein krachender Donner mich zusammenzucken ließ. Dann öffnete der Himmel seine Schleusen, und der Regen prasselte derartig heftig auf die Autoscheibe, dass die Scheibenwischer Mühe hatten, der Wassermassen Herr zu werden.

»Ihr seid genau im richtigen Moment gekommen. Seht nur, wie das schüttet!« Ava hielt ihre Handtasche mit beiden Händen auf dem Schoß und schaute aus der Seitenscheibe.

»Ein regelrechter Weltuntergang!«, pflichtete ich ihr bei. »Das Gießen bei meinen Eltern hätten wir uns sparen können. Woher kommst du?«

»Heute war die Beisetzung einer Freundin von mir.«

»Oh, das tut mir leid.«

»Wir kannten uns seit unserer Schulzeit. Sie war zwar nicht mehr die Jüngste, aber alles andere als altersschwach. Ihr Tod kam für uns alle ziemlich überraschend.« Ava sah nachdenklich auf ihre Hände.

»Woran ist sie gestorben?«

»An einem Herzinfarkt. Da sie allein lebte, konnte ihr so schnell niemand helfen. Ich habe ihr immer gesagt, sie soll diesen Notknopf bei sich führen, aber in diesem Punkt war Femke stur wie ein Esel und unbelehrbar. Sie meinte, wenn die Zeit gekommen wäre zu gehen, dann sollte es so sein. Die Vorstellung, im Krankenhaus wochenlang an Schläuchen hängend zu liegen, war für sie unerträglich. Sie wollte immer zu Hause sterben.«

»Das kann ich ein bisschen verstehen, aber meine Oma hatte auch diesen Notruf. Anfangs hat sie sich vehement dagegen gesträubt, aber einmal hat er ihr tatsächlich geholfen. Sie war gestürzt und kam allein nicht hoch.«

»Mama! Ich hab Hunger. Kann ich ein Eis haben?«, erklang eine ungeduldige Kinderstimme vom Rücksitz.

»Nein, Christopher, du hattest heute schon ein Eis. Ich mache Fischstäbchen und Kartoffelbrei, wenn wir gleich zu Hause sind. Das magst du doch«, schlug ich mit Blick in den Rückspiegel vor.

»Aber ich will lieber ein Eis. Bitte!«

»Vielleicht morgen wieder. Du sollst nicht so viel Süßkram essen, sonst wird dir schlecht.«

Christopher verschränkte die Arme vor dem Körper und zog einen Schmollmund. Momentan konnte er sehr anstrengend sein, sobald er seinen Willen nicht bekam.

»Von zu viel Eis bekommt man Läuse in den Bauch«, bemerkte Ava und zwinkerte mir zu. Auf der Rückbank blieb es für den Rest der Fahrt still.

»Danke fürs Mitnehmen«, sagte Ava, als ich wenig später vor ihrem Haus in der Einfahrt hielt. Der Starkregen hatte aufgehört, und das Gewitter zog weiter in Richtung Festland.

»Das haben wir gerne gemacht. Bis bald und viele Grüße an Carsten!«, fügte ich hinzu. Christopher war derart tief in das Spiel mit seinem Spielzeugtraktor vertieft, dass er seiner Umwelt keinerlei Beachtung schenkte. Der Groll zum Thema Eis war vorläufig verflogen.

Ich hatte gerade auf die Straße zurückgesetzt und wollte

weiterfahren, als Ava aus der Haustür kam und aufgeregt winkte.

»Was ist los?«, fragte ich.

»Carsten ist gestürzt! Kannst du mir helfen?«

»Warte! Ich komme!« Ich stellte den Motor ab und sprang aus dem Auto. »Bleibst du kurz allein im Auto oder willst du mit?«, fragte ich, an Christopher gewandt, worauf er aufsah und den Kopf schüttelte.

Als ich das Wohnzimmer betrat, lag Carsten auf der Seite zwischen dem alten Eichenschrank und seinem Fernsehsessel. Ich kniete mich zu ihm und schob ihm behutsam ein Kissen unter den Kopf, während Ava das Telefon in der Hand hielt, um den Rettungswagen zu rufen.

»Was ist passiert? Kannst du dich bewegen? Tut es irgendwo weh?«, wollte ich wissen und musterte ihn von oben bis unten.

»Ich bin vom Hocker gefallen«, presste Carsten mühsam hervor und kniff bei dem Versuch, sich zu bewegen, schmerzlich die Augen zusammen.

»Der Notarzt ist unterwegs«, sagte Ava und beugte sich ebenfalls über ihren Mann. »Ach, Carsten, da bin ich für zwei Stunden aus dem Haus, und du machst solche Sachen.« Sie streichelte ihm liebevoll über die Wange.

»Ich bin gleich wieder da«, erklärte ich und stand auf. »Ich möchte Christopher nicht länger allein im Auto lassen, obwohl ich nicht glaube, dass er Blödsinn anstellt.«

»Das kann ich gut verstehen.« Ava nickte verständnisvoll.

Christopher und ich standen in der Einfahrt der Carstensens und sahen dem Rettungswagen nach, der mit Carsten in die *Nordseeklinik* fuhr. Ava durfte ausnahmsweise ihren Mann in dem Fahrzeug begleiten. Später wollte sie mit einem Taxi zurück nach Morsum fahren.

»Wo fahren die hin?«, fragte Christopher und schob seine kleine Hand in meine. Ich drückte sie fest.

»Sie bringen Carsten ins Krankenhaus. Dort werden die Ärzte alles tun, damit er ganz schnell wieder gesund wird«, erwiderte ich und versuchte, Zuversicht auszustrahlen.

»Kann ich ihn da besuchen?«

»Klar kannst du ihn besuchen. Darüber würde er sich bestimmt freuen.«

KAPITEL 6

Frank studierte das Etikett einer Weinflasche, als er hinter sich seinen Namen hörte.

»Hey! Frank? Bist du das?«

Er sah auf und stand einem Mann gegenüber, den er mindestens um einen Kopf überragte.

»Du bist es tatsächlich! Frank Gustafson. Ich werd verrückt!«

»Tut mir leid, aber ich weiß gerade nicht …« Frank beäugte den Mann in der Lederjacke, der ihm gerade gleichermaßen freundschaftlich wie kräftig auf die Schulter geschlagen hatte.

»Sag bloß, du erinnerst dich nicht mehr an mich. Heidelberg, Medizinstudium? Na, klingelt da was bei dir?« Er grinste breit.

»Jörg? Jörg Neritz?«

»Live und in Farbe! Mensch, Alter! Wie lange ist das her, dass wir uns das letzte Mal gesehen haben. Wie geht's dir? Blendend siehst du aus. Immer noch schlank und rank wie eh und je.« Er stemmte die Hände in die Hüften und nickte seinem ehemaligen Studienfreund anerkennend zu.

»Du hast dich auch kaum verändert«, erwiderte Frank und klemmte sich eine zweite Weinflasche unter den Arm.

»Alter Schmeichler! Ist der gut?« Jörg Neritz deutete auf die Weinflasche in Franks Hand.

»Ein roter Cuvee aus Chile. Mir schmeckt er jedenfalls.«

»Dann sollte ich wohl besser gleich eine ganze Kiste davon nehmen. Du hattest früher schon ein Händchen für gute Weine.«

»Machst du Urlaub auf der Insel?«

»So ähnlich.« Als ihn Franks fragender Blick traf, fügte er erklärend hinzu: »Ich bin anlässlich der *Harley-Days* gekommen. Bei der Gelegenheit will ich mich gleich ein bisschen umsehen.«

»Umsehen wonach?« Frank zog irritiert die Augenbrauen zusammen.

»Weißt du was? Heute Abend lassen wir es richtig krachen. Ich lade dich ein, und du erzählst mir, wie es dir in den letzten Jahren ergangen ist. So ein Wiedersehen muss gebührend gefeiert werden.« Jörg schlug seinem ehemaligen Kommilitonen ein weiteres Mal kameradschaftlich auf die Schulter, sodass diesem um ein Haar eine der Weinflaschen aus der Hand geglitten wäre.

»Danke für die Einladung, aber daraus wird leider nichts.«

»Ah, ein Date, verstehe.« Er schenkte Frank einen verschwörerischen Blick. »Was ist mit morgen? Wie lange bleibst du auf Sylt? Sag jetzt bitte nicht, dass du morgen bereits abreist.«

»Nein, ich lebe hier.«

»Du machst Witze, oder?« In Jörgs Miene spiegelte sich für einen kurzen Moment Überraschung wider. Dann fand er zu seiner gewohnten Art zurück. »Sieh an, der Frankieboy lebt auf der beliebtesten Ferieninsel Deutschlands! Respekt! Fett geerbt oder eine gute Partie gemacht? Nimm es mir nicht übel, aber dass ausgerechnet du eines Tages zum braven Ehemann mutierst, ist wahrlich schwer vorstellbar.« Er lachte lauter als nötig. Eine Kundin drehte sich um und warf ihnen einen pikierten Blick zu.

»Weder noch. Ich arbeite seit ein paar Jahren in der *Nordseeklinik* in Westerland«, stellte Frank klar. Gleichzeitig ärgerte er sich, binnen kürzester Zeit derartig viel von sich preisgegeben zu haben.

»Ach, dann hast du gar keine eigene Praxis? Ich hätte wetten können, du verdienst dich eines Tages als Schönheitschirurg dumm und dämlich. An der entsprechenden Klientel dürfte es gerade hier wohl kaum mangeln.« Er deutete zu einer Kundin, die sich daraufhin mit empörtem Gesichtsausdruck wegdrehte.

»Wie man sich täuschen kann.« Frank stieß lautstark die Luft aus und sagte dann: »Jetzt muss ich aber los! Nett, dich getroffen zu haben, Jörg. Genieße die Zeit auf Sylt.«

»Moment! So einfach kommst du mir nicht davon.« Sein Gegenüber zog eine Visitenkarte aus dem Portemonnaie und streckte sie Frank entgegen. »Hier ist meine Karte. Ruf mich an! Auf ein Bierchen der alten Zeiten wegen wirst du ja wohl Zeit finden. Schließlich hast du als angestellter

Arzt geregelte Arbeitszeiten, wenn ich mich nicht täusche. Wir sehen uns!« Mit diesen Worten verließ er den Laden – ohne eine Kiste Wein.

KAPITEL 7

»Frau Doktor ist noch nicht da, Frau Lornsen. Sie kommt dienstags immer erst um 9 Uhr«, erklärte die Sprechstundenhilfe mit einem Bedauern in der Stimme.

»Das hatte ich vollkommen vergessen. Ich muss eigentlich nicht zwingend zu Frau Doktor, sondern brauche nur ein neues Rezept für meine Blutdrucktabletten«, argumentierte Marga Lornsen, in der Hoffnung, den Weg nicht umsonst gemacht zu haben.

»Ohne die Unterschrift meiner Chefin kann ich Ihnen leider kein Rezept ausstellen.«

»Hm. Das ist unglücklich, die Tabletten reichen nur bis heute. Ich dachte, ich hätte noch eine Packung, aber ich habe mich geirrt. Dann muss ich wohl oder übel morgen wiederkommen. Ab wann ist Frau Doktor morgen da?«

»Wissen Sie was? Sie wohnen doch in Archsum, richtig?«, fragte die junge Frau an der Anmeldung. Als die Patientin nickte, fuhr sie fort: »Da ich auch in Archsum wohne, kann Ihnen das Rezept nach Feierabend vorbeibringen. Damit können Sie morgen früh gleich direkt zur Apotheke gehen und müssen nicht erst in die Praxis kommen.«

»Ach, das wäre ausgesprochen reizend von Ihnen.« Marga Lornsen strahlte voller Erleichterung.

»Kein Ding«, wehrte die Arzthelferin verlegen ab. »Ich wäre kurz nach 18 Uhr bei Ihnen, okay?«

»Ja, ja. Um diese Zeit bin ich auf jeden Fall zu Hause. Da läuft immer meine Lieblingssendung im Fernsehen«, vertraute sie ihr an.

»Kann ich Ihnen sonst irgendetwas mitbringen?«, erkundigte sich die junge Frau.

»Nein, vielen Dank. Ich möchte Ihre Hilfsbereitschaft auf keinen Fall überstrapazieren. Ich bin ohnehin gerade auf dem Weg nach Tinnum zum Einkaufen. Bei *Lidl* ist heute Waschpulver im Angebot«, ließ Frau Lornsen ihre Gesprächspartnerin wissen.

»Danke für den Tipp. Waschmittel müsste ich in nächster Zeit auch dringend besorgen. Entschuldigen Sie bitte, ich glaube, da muss ich jetzt mal rangehen«, erwiderte sie und griff zum Telefonhörer, um dem anhaltenden Klingeln ein Ende zu bereiten.

Marga Lornsen verstaute ihre Einkäufe im Kofferraum und setzte sich anschließend hinters Steuer ihres alten Passat, mit dem ihr Mann bis zu seinem Tod vor fünf Jahren regelmäßig gefahren war. Marga hatte damals beschlossen, das Fahrzeug zu behalten. Einerseits aus praktischen, andererseits aus sentimentalen Gründen. Die Entscheidung hatte sie im Nachhinein nie bereut, denn der Wagen brachte sie seitdem zuverlässig an jedes Ziel. Sie drehte den Zündschlüssel im Schloss, doch der

Motor gab keinen Mucks von sich. Seltsam, denn vorhin war er tadellos angesprungen. Sie versuchte es ein weiteres Mal. Doch aus einem ihr unerklärlichen Grund sprang der Wagen nicht an. War kein Benzin mehr im Tank? Nein, das war unmöglich, denn sie hatte erst vor zwei Tagen vollgetankt und war seitdem nur wenige Kilometer gefahren. Marga öffnete die Motorhaube, um der Ursache auf den Grund zu gehen. Auch an der Batterie konnte es ihres Erachtens nicht liegen. Womöglich hatte sich lediglich eine Steckverbindung gelöst. In der Vergangenheit hatte sie ihrem Mann häufig über die Schulter geschaut, wenn er an den unterschiedlichsten Fahrzeugmodellen herumgeschraubt hatte, und sich auf diese Weise ein beachtliches Repertoire an Fachwissen angeeignet. In diesem Fall kam sie jedoch nicht weiter. Ratlos stand sie vor der geöffneten Motorhaube und betrachtete das Innenleben ihres Oldtimers.

»Kann ich Ihnen behilflich sein?« Hinter Marga stand ein Mann und sah sie aus freundlichen Augen an. In der rechten Hand hielt er einen schwarzen Rucksack.

»Er will einfach nicht anspringen. Ist eben nicht mehr der Jüngste.« Sie seufzte.

»Alte Autos lassen sich meistens besser reparieren als neue. Die haben nicht diese ganze moderne Elektronik, das macht die Fehlersuche leichter. Darf ich?«, fragte er und warf einen Blick in den Motorraum.

»Bitte! Mir scheint, Sie kennen sich aus mit Autos«, stellte Marga fest, während sie den jungen Mann beobachtete, wie er fachmännisch den Motorraum untersuchte.

»Ja, ein Hobby von mir.«

»Mein Mann hat damals auch jede freie Minute damit verbracht, an seinen Autos herumzubasteln. Diesen Passat hat er besonders geliebt.« Beinahe zärtlich strich sie bei der Erinnerung mit den Fingern über den Kotflügel.

»Das kann ich gut verstehen. Das sind noch echte, ehrliche Autos. Ah, hier liegt das Problem. Sehen Sie?« Er hielt ihr ein loses Kabelende vor die Nase.

»Hm, das habe ich glatt übersehen«, murmelte Marga vor sich hin, während sich der Mann hinter das Lenkrad setzte.

»Dann wollen wir mal.« Er drehte den Schlüssel im Zündschloss, und der alte Dieselmotor erwachte zu neuem Leben.

»Das ist wunderbar! Ich bin Ihnen sehr dankbar, Herr …«, zeigte sich Marga erleichtert, als das vertraute Motorengeräusch an ihr Ohr drang. »Was bin ich Ihnen schuldig?«

»Keine Ursache. Hauptsache, er läuft wieder.« Mit diesen Worten schulterte der hilfsbereite Mann seinen Rucksack und stieg in einen unweit geparkten dunkelblauen Kleinwagen.

Marga fuhr die Keitumer Landstraße in Richtung Archsum und summte fröhlich den Schlager mit, der aus dem Radio schmetterte. Plötzlich bemerkte sie aus dem Augenwinkel etwas neben sich auf dem Beifahrersitz. Sie drehte den Kopf zur Seite und stieß einen Schrei aus. Unmittelbar darauf drehte sich alles unter ohrenbetäubendem Lärm um sie herum. Dann wurde es vollkommen still.

KAPITEL 8

Da Nick heute seinen freien Tag hatte und Christopher aus dem Kindergarten abholte, traf ich mich mit meiner Freundin Britta mittags in Westerland auf einen Kaffee. Seitdem sie sich ihren Traum vom eigenen Café verwirklicht hatte, bekam ich sie noch seltener zu Gesicht als früher. Vormittags unterstützte sie ihren Mann Jan in ihrem familiengeführten Hotel, und ab dem frühen Nachmittag widmete sie sich mit Leib und Seele ihrem neuen Café.

»Ich weiß echt nicht, wie du alles unter einen Hut bekommst«, sagte ich und nippte an meinem Latte machiatto.

»Ich habe einfach keine Zeit, darüber nachzudenken.« Sie lachte herzlich. »Mir macht meine Arbeit viel Spaß, und die Zufriedenheit meiner Gäste ist meine Energiequelle. Da geht es mir wie dir.«

»Da hast du recht, das spornt mich ebenfalls an«, stimmte ich zu. »Trotz allem würde ich mir manchmal ein bisschen mehr Zeit wünschen, um die Insel genießen zu können und mit meiner Familie schöne Stunden zu verbringen. Aber das nennt man wohl ›Jammern auf hohem Niveau‹.«

»In den Wintermonaten wird es ein bisschen ruhiger.«

»Dafür kann das Wetter in dieser Zeit ziemlich ruppig werden«, hielt ich dagegen.

»That's life! Man kann nicht alles haben.«

Im Anschluss an das Treffen fuhr ich auf direktem Weg nach Hause. Am geschlossenen Bahnübergang in Keitum musste ich warten. Vor mir stand eine Gruppe Motorradfahrer. Wie ich auf den ersten Blick erkennen konnte, handelte es sich um Harleys. Das blank geputzte Metall einiger Maschinen blitzte in der Sonne. Der geflochtene rote Zopf einer Bikerin fiel ihr über den Rücken. Ihre Lederjacke war mit diversen Aufnähern verziert. Nachdem der Zug vor uns vorbeigerauscht war, konnten wir unsere Fahrt fortsetzen. Ein kleines Stück hinter dem Bahnübergang bog die Gruppe Biker nach rechts in den Siidik ab. Vor mir fuhr ein alter Passat mit geringer Geschwindigkeit. Als ich überlegte, ihn zu überholen, beschleunigte er plötzlich. Ehe ich mich fragen konnte, weshalb er ausgerechnet vor der nächsten Rechtskurve die Geschwindigkeit erhöhte, sah ich, wie er zu schlingern begann und von der Straße abkam. Der Wagen überschlug sich mehrfach und blieb links auf einer Wiese liegen. Ich hielt sofort an, wählte den Notruf und rannte zu dem verunglückten Fahrzeug, das wie ein Käfer auf dem Rücken lag. Als ich mich bückte, um nach dem Fahrer zu sehen, erkannte ich eine Frau. Ihr Kopf lag seitlich gegen das Fenster gelehnt, die Augen waren geschlossen, das Gesicht blutverschmiert. Ich klopfte gegen die Scheibe. Sie schien bewusstlos zu sein, denn sie zeigte keinerlei Reaktion. Dann versuchte ich, die Tür zu öffnen. Vergeblich.

»Hallo! Brauchen Sie Hilfe?«, hörte ich hinter mir eine Stimme und drehte mich um. Eine blonde Frau war mir gefolgt. Völlig außer Atem vom Laufen fragte sie: »Was ist mit den Insassen? Wir müssen einen Rettungswagen und die Feuerwehr rufen.«

»Das habe ich schon gemacht. Außer der Fahrerin scheint niemand im Wagen zu sein. Sie ist bewusstlos …«

»Wir müssen sie schnell da rausholen, bevor der Wagen womöglich Feuer fängt«, unterbrach sie mich und kniete sich hin. »Helfen Sie mir mal!«

33

»Die Tür hat sich verkeilt, sie geht nicht auf. Die Frau liegt so ungünstig, dass ich mich nicht traue, die Scheibe einzuschlagen, ohne sie womöglich zu verletzen.«

»Dann versuchen wir es von der anderen Seite! Kommen Sie!« Sie rannte um das Auto herum. Ich folgte ihr. Aus dem Augenwinkel sah ich, dass weitere Autos am Straßenrand angehalten hatten. Einige Insassen waren ausgestiegen und sahen zu uns herüber, ohne jedoch einzugreifen. Weder die Tür auf der Beifahrerseite noch die hinteren Türen ließen sich öffnen.

»Mist, das Knöpfchen ist unten«, stellte ich verzweifelt fest.

»Das gibt es auch nur noch bei so alten Autos wie dem hier. Wir müssen die Scheibe einschlagen, da hilft alles nichts!«

»Aber womit? Sehen Sie irgendwo einen Stein?«

»Nein, wir machen das anders.« Blitzschnell zog sie ihre Jacke aus und wickelte sich diese fest um ihren rechten Arm.

»Ah, ich weiß, was Sie vorhaben.«

»Gehen Sie bitte zur Seite!«

Sie machte einen Schritt rückwärts und holte aus, als ich im Wageninneren etwas über die Scheibe krabbeln sah.

»Uh, ich glaube, da war eine Spinne!«

»Das ist wohl gerade das geringste Problem«, erwiderte die Frau schroff.

Im selben Moment konnte man das Martinshorn eines Streifenwagens hören, der sich, dicht gefolgt von einem zweiten, dem Rettungswagen und der Feuerwehr, der Unfallstelle näherte.

»Alles okay mit dir, Anna?« Nicks Kollege Ansgar Kreutzer stand neben mir, nachdem die Polizei die Unfallstelle gesichert und die Feuerwehr die Frau aus dem Fahrzeug geborgen hatte.

»Geht schon«, erwiderte ich resigniert. »Wir hätten der Fahrerin gern geholfen.«

»Mach dir keine Vorwürfe. Ihr habt alles richtig gemacht. Der Arzt sagt, sie muss sofort tot gewesen sein. Sie war nicht angeschnallt. Kannst du etwas zu dem Unfallhergang sagen? Du warst direkt hinter ihr. Musste sie ausweichen?«

»Nein, da war nichts, wovor sie hätte ausweichen müssen, das hätte ich gesehen. Sie ist gemächlich vor mir hergefahren, fast schon zu langsam. Ich habe mich allerdings gewundert, dass sie direkt vor der Rechtskurve plötzlich stark beschleunigt hat. Gleich darauf geriet der Wagen heftig ins Schlingern, flog von der Straße und überschlug sich mehrfach auf der Wiese.«

»Hm, komisch«, überlegte Ansgar.

»Hat die andere Zeugin vielleicht etwas gesehen, was mir entgangen sein könnte?« Ich deutete zu der blonden Frau, mit der ich vergeblich versucht hatte, die Verunglückte aus ihrem Wagen zu bergen. Sie saß in der geöffneten Beifahrertür ihres Wohnmobils und sprach mit einer Polizistin.

»Nein, eine Kollegin nimmt momentan ihre Aussage auf.«

»Ansgar?« Eine junge Polizistin mit strohblondem Haar kam geradewegs auf Ansgar zu, ehe ich weitersprechen konnte.

»Was gibt es denn? Bist du mit der Zeugenbefragung fertig? Hat sie etwas Entscheidendes beobachtet?«

»Ich habe mit ihr gesprochen, aber zum eigentlichen Unfallhergang kann sie leider nicht viel sagen. Sie hat den Wagen auf der Wiese liegen sehen und sofort angehalten, um zu helfen.«

»Eine Touristin, nehme ich an.«

»Yep, sie kommt aus Bad Zwischenahn und macht Urlaub auf Sylt. Sie steht mit ihrem Wohnmobil drüben in Westerland auf dem Campingplatz.«

»Meinetwegen«, brummte Ansgar. »Dann sind wir erst mal fertig. Ist der Abschleppwagen unterwegs?«

»Im Anmarsch.«

»Braucht ihr mich noch? Ich würde sonst gerne nach Hause fahren«, meldete ich mich zu Wort.

»Nein, Anna. Du kannst fahren.«

Ich verabschiedete mich kurz von der Frau mit dem Wohnmobil und machte mich dann auf den Weg nach Morsum.

»Wer war das? Ist sie eine Kollegin?«, fragte Hubsy.

»Anna Scarren, Nicks Frau. Manchmal habe ich allerdings das Gefühl, sie wäre eine Kollegin«, deutete Ansgar mit einem verschmitzten Grinsen an.

»Wie meinst du das?«

»Das wirst du im Laufe der Zeit schon selbst herausfinden. Ah, der Abschleppdienst kommt. Bekommt ihr beide das ohne uns hin?« Ansgar zeigte zu Maurizio Ferrara, der oben an der Straße stand, um Schaulustige zum Weiterfahren zu bewegen.

»Kein Problem«, versicherte die junge Polizistin und winkte Maurizio zu sich. »Wer gibt den Angehörigen Bescheid?«

»Darum kümmern Kollege Mirske und ich uns.« Ansgar stapfte über die Wiese zu einem der Streifenwagen an der Straße, wo sein Kollege bereits auf ihn wartete.

Der Fahrer des Abschleppwagens war zwischenzeitlich ausgestiegen und kam über die Wiese marschiert. Er war geschätzte zwei Meter groß. Sein schwarzes T-Shirt spannte über dem muskulösen Oberkörper, beide Arme waren bis zu den Handgelenken mit Tattoos bedeckt.

»Moin. Kannst du gleich kurz mit anpacken?«, sprach er direkt Maurizio an, ohne Hubsy Beachtung zu schenken.

»Klar, können wir«, erwiderte diese und sah ihn herausfordernd an.

Er schenkte ihr ein müdes Lächeln und ging kommentarlos zurück zu seinem Fahrzeug. Als er seinen Abschleppwagen neben dem Unfallfahrzeug abgestellt hatte, warf er erst Hubsy, dann Maurizio einen Spanngurt zu.

»Die brauchen wir gleich.«

Die beiden jungen Polizisten sahen zu, wie der Kran langsam auf den Passat zuschwebte. Dann begannen sie, den verunglückten Wagen festzuzurren.

»Stopp, was ist das denn?« Der bullige Fahrer des Abschleppdienstes zeigte in das Wageninnere. Die beiden anderen folgten seinem Blick. Im gesamten Fahrzeug verteilt krabbelten diverse Insekten und Spinnen.

»Wo kommen die her? Von der Wiese?« Maurizio rümpfte die Nase und sah vor sich auf den Boden.

»Unwahrscheinlich. Solche Tiere findet man nicht in freier Wildbahn, jedenfalls nicht bei uns auf Sylt.«

»Und woher kommen sie dann?«, hakte Hubsy nach.

»Ich bin mir sicher, die waren vorher schon im Auto. Für mich sieht das nach Futterinsekten aus. Schaben, Grillen, Heimchen.«

»Stimmt. Mein Leguan hat mit Vorliebe diese kleinen Grillen gefressen«, erinnerte sich die junge Polizistin.

»Cool. Was für einen hattest du? Einen Gemeinen Seitenfleckleguan?« Das Interesse des Mannes war offensichtlich geweckt.

»Nein, einen Halsbandleguan. Und du?«

»So einen habe ich auch und dann noch zwei Bartagamen. Ich liebe diese Tiere.«

»Ich unterbreche diese Fachdiskussion nur ungern, aber vielleicht sollten wir entscheiden, was wir jetzt damit machen?«, maulte Maurizio mit Blick in den Wagen.

»Wir versuchen, sie einzufangen. Die verunglückte Frau hat zu Hause sicher einen Abnehmer dafür, sonst hätte sie sie wohl kaum dabeigehabt«, überlegte Hubsy.

»Auch wenn die Frau tot ist, ihr Tier muss dringend versorgt werden. Reptilien können sehr empfindlich sein.« Auf der Stirn des tätowierten Mannes zeichnete sich eine Sorgenfalte ab.

»Er hat recht.« Hubsy krabbelte in das Autowrack und begann, einige Insekten einzufangen.

»Ich weiß ja nicht, ob das eine gute Idee ist?«, äußerte Maurizio seine Bedenken, doch keiner der anderen ging auf seine Bemerkung ein.

»Brauchst du ein Behältnis? Ich habe eine Schachtel im Auto!«, rief ihr der Mann des Abschleppdienstes zu.

»Danke, aber ich habe was gefunden, da packe ich sie rein.«

Maurizio stand daneben und verfolgte die Aktion mit Argwohn.

KAPITEL 9

Der Wind hatte nachgelassen, die Fahnen, die wenige Stunden zuvor fröhlich im Wind geflattert hatten, hingen nunmehr schlaff und lustlos an ihren Masten. Auf der Westerländer Promenade drängten sich die Besucher, um einen sonnigen Tag bei einem Glas Wein oder einem Cocktail mit Blick auf das Meer ausklingen zu lassen.

»Hey, Frankieboy! Freut mich, dass du gekommen bist. Helge, Wolle? Das ist mein alter Studienfreund, Frank Gustafson«, stellte Jörg Neritz die Männer einander vor.

»Bier? Ich will gerade Nachschub organisieren«, fragte Wolle, dessen abgewetzte Lederjacke massenhaft mit Applikationen bestückt war.

Frank nickte zustimmend und setzte sich auf den freien Platz neben Jörg, der ihm wie immer freundschaftlich auf die Schulter klopfte.

»Mensch, Frankie, wer hätte gedacht, dass wir uns nach so langer Zeit ausgerechnet am nördlichsten Zipfel Deutschlands wiedertreffen?«

»Dann bist du auch wegen des diesjährigen Jubiläums hier?«, erkundigte sich Helge und deutete auf das Harley-Davidson-Emblem auf seiner Jacke.

Frank wollte antworten, aber Jörg kam ihm zuvor.

»Nee, Frankie doch nicht! Für Motorräder hatte er noch nie etwas übrig. Oder hat sich das zwischenzeitlich geändert?«

»Nein.« Franks Antwort fiel knapp aus.

»Das hätte mich auch sehr gewundert! Frankies Interessen liegen eher woanders, wenn du verstehst. Das hat sich bestimmt nicht geändert, hab ich recht?« Er zuckte mit den Augenbrauen und lachte anschließend aus voller Kehle.

»Dann machst du bloß Urlaub hier?« Helge stützte sich mit beiden Ellenbogen auf der Tischplatte ab. In seinem linken Ohrläppchen steckte ein kleines Kreuz, das bei jeder Kopfbewegung schlackerte.

»Ich lebe und arbeite seit einigen Jahren auf Sylt«, gab Frank zurück und konnte sein Gesicht in den Gläsern der verspiegelten Sonnenbrille seines Gegenübers erkennen.

»Ah, verstehe. Na, das lässt sich bestimmt gut aushalten, sofern man über das nötige Kleingeld verfügt.«

Frank ging nicht näher auf diese Äußerung ein. »Passt schon.«

In diesem Augenblick kam Wolle mit dem Bier zurück. »Alter Schwede, war die Schlange lang. Da ist man fast verdurstet, ehe man drankommt.« Er stellte die Gläser schwungvoll auf dem Tisch ab. »Prost!«

»Das stand wohl schon eine Weile. Schmeckt nicht besonders lecker«, bemängelte Helge, nachdem er einen kräftigen Schluck genommen hatte.

»Du darfst gern die nächste Runde besorgen«, schleuderte ihm Wolle bissig entgegen.

»Sorry, Mann, war nicht persönlich gemeint.«

»Sag mal«, wandte sich Jörg nach einer Weile an Frank, als sich die anderen angeregt mit Gleichgesinnten unterhielten. »Hättest du nicht Lust auf Veränderung?«

»Du willst mich abwerben, vermute ich?« Frank hatte früher oder später mit der Frage gerechnet.

»Wenn du so direkt fragst, ja. In meiner Klinik kann ich exzellente Leute wie dich immer gebrauchen. Und ganz ehrlich, Frank, ohne dir zu nahe treten zu wollen: Was willst du denn hier? Als begnadeter Chirurg vergeudest du bloß dein Talent in einem – sorry, wenn ich das in deutlicher Form sage – Provinzkrankenhaus! Sylt hin oder her.«

»Jetzt lass mal die Kirche im Dorf, Jörg!«

»Ich meine das genauso, wie ich es gesagt habe. Das ist Perlen vor die Säue werfen, Frank.«

»Meine Arbeit gefällt mir, und sie ist durchaus abwechslungsreich«, erwiderte Frank und sah auf das Glas vor sich auf dem Tisch, in dem sich nur noch eine spärliche Pfütze Bier befand. »Außerdem …« Der Rest des Satzes blieb unausgesprochen.

»Außerdem?«

»Nichts, vergiss es.« Frank wich Jörgs Blick aus und sah zum Horizont.

»Komm schon! Wo ist deine Abenteuerlust geblieben? Ein paar Knochenbrüche zusammenflicken kann für jemanden wie dich mit deinen Fähigkeiten nicht die Erfüllung bedeuten! Mal abgesehen von dem, was am Monatsende dabei herausspringt. Was zahlen sie dir? Etwa nach Tarif?«

»Es geht nicht immer nur um Geld«, gab Frank genervt zurück.

»Das sind ja völlig neue Töne. Langsam mache ich mir echt Sorgen um dich.«

»Unnötig. Mir geht's gut.« Mit diesen Worten leerte er sein Glas.

»Falls du es dir doch anders überlegen solltest, melde dich bei mir. Mein Angebot steht.«

»Danke.« Frank ließ die Visitenkarte, die ihm Jörg reichte, ungelesen in der Gesäßtasche seiner Jeans verschwinden.

»Hast du eigentlich Eigentum auf der Insel oder wohnst du zur Miete?«, erkundigte sich Jörg.

»Warum willst du das wissen?«

»Einfach nur so. Ich hätte jemanden an der Hand, der dir behilflich sein könnte für den Fall, dass du an einer Immobilie interessiert bist oder etwas Bestimmtes suchst.«

»Immobilienmakler gibt es auf der Insel wie Sand am Meer. Dann ist das *Harley-Treffen* also nur ein Vorwand für deinen Aufenthalt? In Wirklichkeit bist du geschäftlich auf Sylt?« Frank sah seinen ehemaligen Studienkollegen forschend an.

»Selbst wenn es so wäre, was spräche dagegen?«

»Nichts.«

»Eben«, erwiderte Jörg. Dann widmete er seine Aufmerksamkeit einer Gruppe junger Frauen, die sich gerade an einem der benachbarten Tische niedergelassen hatte. »Nett. Ich wette, da geht was.« Er stieß Frank mit dem Ellenbogen an. »Wie sieht's aus? Lieber blond oder brünett?«

»Weder noch«, gab dieser daraufhin zurück und erhob sich von seinem Platz. »Für mich wird es Zeit. Danke für das Bier, und dir noch eine gute Zeit!«

»Wir bleiben in Kontakt!«, rief Jörg ihm hinterher, als sich Frank bereits seinen Weg durch die Menschenmenge bahnte.

KAPITEL 10

»Alles in Ordnung? Du siehst unglücklich aus«, erkundigte sich Nick, als ich meine Tasche in der Diele abstellte, die unverzüglich von unseren beiden Hunden ausgiebig beschnüffelt wurde.

»Ich bin heute Zeuge eines schweren Verkehrsunfalles geworden. Dabei ist eine Frau ums Leben gekommen.«

»Wo?«

»Mama! Wir haben heute im Kindergarten ein Bild aus Muscheln gemacht«, berichtete Christopher voller Begeisterung.

»Das hat bestimmt viel Spaß gemacht. Hast du es mitgebracht?«

»Nein. Erst morgen! Aber ich habe auch eine Muschel für dich gesammelt. Warte!« Flink rannte er nach oben in sein Zimmer.

»Er hat schon sehnsüchtig auf dich gewartet.« Nick sah ihm nach. »Jetzt erzähl weiter.«

»Der Unfall hat sich zwischen Keitum und Archsum in der Rechtskurve ereignet. Die Frau fuhr vor mir und ist aus heiterem Himmel ins Schleudern geraten und auf der Wiese gelandet. Das war furchtbar! Zusammen mit einer anderen Autofahrerin haben wir versucht, die Frau aus dem Wrack zu befreien, aber die Türen ließen sich nicht öffnen.«

»Ich glaube, ich weiß, von welcher Stelle du sprichst. Die Leute fahren da meistens viel zu schnell und unterschätzen die Kurve. Wenn es nach mir ginge, würde auf der gesamten Strecke Tempo 70 gelten, das würde vollkommen reichen für das kurze Stück. Komm und setz dich! Möchtest du etwas trinken?«

»Ja, ein Schluck Wasser wäre gut.«

»Hattest du einen Unfall, Mama?« Christopher war zurückgekommen und sah mich mit besorgter Miene an.

»Nein, ich hatte keinen Unfall. Mir geht es gut«, beruhigte ich ihn.

»Die ist für dich!« Er reichte mir die Muschel.

»Danke. Das ist eine besonders schöne Auster.« Er nickte kräftig.

»Komm mit, ich will dir was zeigen. Daddy und ich haben die Schaukel repariert!«, forderte er mich auf.

»Ich komme gleich nach.«

»Okay!« Stolz lief er vor in den Garten.

»Hier bitte, das Wasser.« Nick reichte mir ein großes Glas Mineralwasser.

»Danke!« Die kalte Flüssigkeit rann meine Kehle hinunter. »Das tut gut.«

»Magst du auch etwas essen? Christopher und ich haben uns vorhin Spiegeleier gemacht. Wir hatten Hunger. Ich kann dir welche machen«, bot Nick an.

»Nein, danke. Das ist lieb, aber ich habe keinen Hunger.«

Wir folgten unserem Sohn nach draußen und setzten uns auf die Bank neben der Schaukel.

»Ansgar hatte eine junge Kollegin dabei. Ich glaube, sie hieß Westermann.«

»Hubsy Westermann. Das ist eine der beiden Neulinge. Reimers hat sie und einen weiteren Kollegen neulich vorgestellt«, bestätigte Nick daraufhin.

»Hubsy ist ein ungewöhnlicher Vorname. Ich kann mich nicht erinnern, ihn jemals zuvor gehört zu haben.«

»Ich auch nicht. Kommt wahrscheinlich äußerst selten vor.«

»Sie machte jedenfalls einen selbstbewussten Eindruck auf mich. Ich könnte mir gut vorstellen, dass Ansgar es nicht immer leicht mit ihr haben wird. Er ist ja eher der pragmatische Typ.« Ich musste bei der Vorstellung schmunzeln.

»Frischer Wind schadet ihm nicht. Ansgar braucht manchmal ein bisschen Druck und neue Impulse, damit er in die Gänge kommt.«

Während wir Christopher beim Schaukeln zusahen, bemerkte ich eine Spinne, die neben mir auf der Lehne entlanglief. Sofort rückte ich ein Stück weg.

»Fürchtest du dich vor der kleinen Spinne?«, fragte Nick.

»So klein ist die nicht. Außerdem mag ich generell keine Spinnen, so gut müsstest du mich kennen.«

»Soll ich sie woanders hinsetzen?«

»Nein, ich behalte sie im Blick. Die Viecher haben es heute scheinbar auf mich abgesehen. Im Auto der verunglückten Frau befand sich auch eine Spinne.«

»Wir leben eben sehr ländlich, das wissen Spinnen auch zu schätzen.«

»Die im Auto war bestimmt so groß.« Ich bildete mit meinen Händen die ungefähre Größe des Tieres ab.

»Das glaube ich dir nicht, du übertreibst.«

»Na ja, so ungefähr.«

Nicks Smartphone gab ein leises Brummen von sich. Er griff danach und wischte über das Display. »Eine Nachricht von Jill«, sagte er und las.

»Wenn ich mich recht erinnere, müsste sie nächstes Wochenende von ihrer Expedition zurückkommen. Schreibt sie, wann sie kommt?«

»Einen genauen Termin nennt sie nicht, nur dass sie vorher dringend etwas klären muss.«

»Hm. Was kann das bedeuten?«

»Das weiß ich nicht. Du kennst sie ja.«

»Frank freut sich bestimmt, sie bald wiederzusehen. Ihre Beziehungspause dauert mittlerweile ziemlich lange. Weißt du, ob die beiden zwischendurch Kontakt hatten?«, wollte ich wissen.

»Auch das weiß ich nicht. In puncto Beziehungen lässt sich meine Schwester nicht in die Karten schauen, wofür ich ehrlich gesagt auch sehr dankbar bin. Frank scheint unter der Trennung tatsächlich zu leiden. Er sah schlecht aus, als ich ihn neulich zufällig in der Stadt gesehen habe. Hätte ich nicht gedacht, denn anfangs hatte ich meine Zweifel, ob er an einer festen Beziehung überhaupt interessiert ist«, gestand Nick.

»Ich muss zugeben, dass ich Frank ebenfalls falsch eingeschätzt habe. Solch ein Casanova ist er gar nicht. Aber zu einer Beziehung gehören eben immer zwei.« Ich stand auf, drückte Nick einen Kuss auf den Mund und ging in Richtung der Schaukel. »So, junger Mann! Zeit fürs Abendessen und dann ab in die Koje! Die Schaukel läuft nicht weg.«

»Nein! Ist doch noch hell«, protestierte er umgehend.

KAPITEL 11

Der Himmel über Westerland zeigte sich in den unterschiedlichsten Grautönen an diesem Morgen. Von der Sonne fehlte jede Spur. Zudem ließ ein kühler Nordwind die Temperaturen auf nahezu herbstliches Niveau sinken.

»Moin, Uwe!« Klara Böel betrat das Büro in Begleitung zweier junger Polizisten.

»Moin!« Uwe sah von seiner Arbeit auf und blickte erwartungsvoll in die Gesichter der Besucher.

»Ich fürchte, wir bringen euch Arbeit. Ist Nick gar nicht da?« Klara Böel deutete zu dem verwaisten Platz, an dem normalerweise um diese Zeit der Kollege saß.

»Er müsste jeden Augenblick auftauchen. Worum geht es denn?«

»Das können dir die beiden Kollegen Westermann und Ferrara näher erläutern. Ich muss mich beeilen, damit ich den Zug aufs Festland erwische. Gerichtstermin«, fügte sie im Gehen erklärend hinzu. »Bis später!«

Beim Verlassen des Büros wäre sie um Haaresbreite mit Nick zusammengestoßen.

»Sorry«, murmelte sie und eilte davon.

»Die hat es wohl besonders eilig.« Nick schloss die Tür.

»Sie hat einen wichtigen Termin auf dem Festland und darf den Zug nicht verpassen«, erwiderte Uwe. »Du kommst gerade richtig. Die beiden Kollegen wollen uns etwas mitteilen. Dann lasst mal hören!« Mit einer Geste forderte Uwe sie auf, Platz zu nehmen.

Hubsy Westermann ergriff als Erste das Wort. »Bei dem tödlichen Verkehrsunfall, der sich gestern zwischen Keitum und Archsum ereignet hat, ist uns etwas Merkwürdiges aufgefallen.«

»Wie dürfen wir das verstehen? Könnten Sie das näher erläutern? Waren die Bremsen des Fahrzeugs manipuliert?«, hakte Nick nach.

»Das wissen wir nicht, es wird zurzeit untersucht«, erklärte der junge Kollege.

»Und was war es dann, Herr …?« Uwe war kurzfristig der Name des neuen Kollegen entfallen.

»Ferrara. Maurizio Ferrara«, erwiderte dieser daraufhin. »Als das Fahrzeug abgeschleppt wurde, haben wir im Wageninneren Insekten entdeckt.«

»Insekten«, wiederholte Uwe und zog die Stirn kraus. »Entschuldigung, aber ich verstehe gerade nicht, wohin das führen soll.«

Ferrara wirkte verunsichert und sah Hilfe suchend zu seiner Kollegin.

»Der Fahrer des Abschleppwagens meinte, es könnte sich um Futterinsekten handeln. Und ich glaube das auch.«

Nick gab einen gequälten Laut von sich und erntete postwendend fragende Blicke. »Sorry, fahren Sie bitte fort.«

»Einige der Insekten konnten wir einfangen. Und zwei weitere Tiere«, fügte die junge Polizistin hinzu.

»Welche?«, fragte Nick.

»Spinnen.«

»Insekten also, das sagten Sie bereits.« Uwe war damit beschäftigt, die Lehne seines Stuhls in eine rückenfreundlichere Position zu stellen.

»Spinnen zählen nicht zu den Insekten«, betonte Hubsy daraufhin.

»Egal. Wenn ich so ein Viehzeug im Haus hätte, würde ich eher Insektenspray kaufen, um es loszuwerden.« Uwe schüttelte sich bei dem Gedanken. »Aber abgesehen davon, wo liegt denn nun das Problem?«

»Der Mann vom Abschleppdienst meinte, wir sollten bei der Verunglückten zu Hause nachsehen, ob sie Reptilien besitzt, für die das Futter bestimmt war«, ließ Maurizio verlauten. »Und diese Reptilien müssten versorgt werden.«

»So, meinte er das.« Uwe strich sich über den Vollbart. »Sind Sie hingefahren?«

»Ja, aber es hat niemand aufgemacht.«

»Wo wohnt sie?«

»In Archsum«, bestätigte Maurizio.

»Wir müssen wegen einer anderen Sache ohnehin in die Richtung. Da schauen wir vorbei«, sagte Uwe.

»Eifrig, die beiden, das muss man ihnen lassen«, bemerkte Nick, als sie unter sich waren.

»Für meinen Geschmack ein bisschen zu eifrig«, brummte Uwe verdrießlich, während er in einer Akte blätterte. »Andererseits können wir aufgeweckte und engagierte Leute dringend gebrauchen.«

»Magst du sie nicht?«

»Wen?«

»Hubsy.«

»Doch. Wie kommst du auf die Idee?«

»Ich finde, du verhältst dich ihr gegenüber ablehnend. Vielleicht täusche ich mich auch.«

»Du täuschst dich.«

KAPITEL 12

»Hallo, Tina! Wir haben uns ja ewig nicht gesprochen.«

»Hallo, Anna, ja, das stimmt. Ich wollte mich längst bei dir melden, aber du weißt ja, wie das ist. Ständig kommt etwas dazwischen.«

»Mir geht es ähnlich.«

»Ich will dich auch nicht lange aufhalten, sondern fragen, ob du Interesse an Gartenbüchern hast.«

»Räumst du dein Bücherregal auf?« Ich konnte mir die Bemerkung nicht verkneifen, da Tina eine absolute Leseratte war und sich nie von ihren Büchern trennen mochte. Sehr zum Leidwesen von Uwe, der die Sammelleidenschaft seiner Frau in Anbetracht des zunehmenden Platzproblems zähneknirschend hinnahm.

»Nein, ich nicht, aber eine Nachbarin ist kürzlich verstorben. Nun wird der Hausrat aufgelöst, und da gibt es eine Unmenge an Büchern. Femke hatte ein Faible für Bücher, insbesondere für Bildbände über Pflanzen und historische Gärten. Ich dachte, das könnte dich als Landschaftsarchitektin interessieren.«

»Femke? Sie war eine Bekannte von Ava Carstensen, wenn ich mich richtig erinnere. Die Bücher würde ich mir sehr gerne ansehen.«

»Prima. Hast du heute Abend kurz nach 18 Uhr Zeit?«

»Das passt.«

»Hervorragend. Dann hole ich dich ab.«

»Du musst nicht extra von Wenningstedt nach Morsum fahren, um mich abzuholen. Ich kann selbst fahren.«

»Das ist mir klar, aber ich habe sowieso in Morsum zu tun. Dann hole ich dich ab.«

»Und wie komme ich zurück?«

»Selbstverständlich bringe ich dich auch wieder nach Hause. So weit ist das nicht, und wir können uns während der Fahrt ausgiebig unterhalten.«

Im Anschluss an das Telefonat brachte ich Ava zu ihrem Mann ins Krankenhaus und fuhr auf dem Weg weiter nach Wenningstedt, um erst nach dem Haus meiner Eltern und anschließend nach dem Haus von Nicks Mutter zu sehen. Dort lebte Jill, wenn sie nicht gerade auf Reisen war. Ich hielt an und stieg aus, als mir ein junges Paar vor dem Haus auffiel. Der Mann war im Begriff, mit seinem Handy Fotos von dem alten Friesenhaus zu machen.

»Hallo, kann ich Ihnen helfen?«, fragte ich im Näherkommen.

»Das Haus ist wirklich schön. Wurde die Haustür nachträglich eingebaut oder handelt es sich um das Original?«, erwiderte er.

»Warum interessiert Sie das?«, wich ich der Frage aus.

»Einfach nur so. Ich bin Schreiner und restauriere unter anderem alte Gebäude. Friesenhäuser haben es mir besonders angetan.« Er sah mich freundlich an.

»Das kann ich Ihnen nicht sagen. Jedenfalls steht das Haus nicht zum Verkauf«, erklärte ich daraufhin, obwohl die beiden auf mich keinesfalls den Eindruck erweckten, als seien sie potenzielle Käufer. Dennoch sah man den Leuten ihren Kontostand nicht unbedingt an.

»Oh nein! Das ist ein Missverständnis. Uns gefällt es bloß ausgesprochen gut. Ein solches Haus könnten wir uns sowieso nicht leisten.« Die junge Frau lächelte verlegen und zog ihren Freund am Ärmel. »Komm weiter. Schönen Tag noch.«

Der Mann verabschiedete sich ebenfalls, und die beiden setzten ihren Weg fort. Bevor ich die Haustür aufschloss, öffnete ich erst den Briefkasten, in dem sich neben Reklame nur zwei Briefe befanden. Drinnen legte ich die Post auf das kleine Tischchen im Flur und ging ins Wohnzimmer, in dem mir sofort eine Grünpflanze ins Auge fiel, die Nick bei seinem letzten Besuch offensichtlich vergessen hatte, ausreichend mit Wasser zu versorgen. Sie bot in der Tat einen jammervollen Anblick.

»Typisch Mann«, seufzte ich und begutachtete das teilweise schlapp herunterhängende und vertrocknete Laub. »Ich fürchte, für dich kommt jede Hilfe zu spät.«

Als ich eine Minute später mit der Gießkanne zurückkam, meinte ich, vor dem Fenster eine Bewegung wahrgenommen zu haben. Wahrscheinlich handelte es sich bloß um einen Vogel auf der Jagd nach Insekten. Ein lautes Scheppern ließ mich gleich darauf aufhorchen. Ich wollte der Sache auf den Grund gehen und stand überrascht einer mir unbekannten Frau gegenüber, die mich durch die Scheibe ebenso erschrocken ansah wie ich sie.

»Entschuldigung, das wollte ich nicht!«, stammelte sie, nachdem ich die Terrassentür geöffnet hatte, und zeigte auf einen zerbrochenen Blumentopf vor ihr auf dem Boden.

»Was machen Sie hier?«, wollte ich wissen und bückte mich, um die Scherben einzusammeln.

»Ich habe ein Geräusch gehört und wollte nachsehen, ob alles in Ordnung ist. Das Haus steht doch leer, oder?«, fügte sie verunsichert hinzu.

»Wer sind Sie? Wohnen Sie hier?« Ich konnte mich nicht

erinnern, der Frau jemals zuvor begegnet zu sein, und ging nicht näher auf ihre Frage ein.

»Ja, gleich nebenan, aber erst seit zwei Monaten. Entschuldigen Sie, vor lauter Schreck habe ich ganz vergessen, mich vorzustellen. Wie peinlich! Mein Name ist Clarissa Duven.« Sie reichte mir die Hand.

»Anna Scarren, angenehm. Ich wohne nicht hier, das Haus gehört meiner Schwiegermutter. Meine Schwägerin bewohnt es eigentlich, aber sie ist momentan verreist. Mein Mann und ich sehen regelmäßig nach, ob alles in Ordnung ist. Ich weiß, das klingt ein bisschen kompliziert«, ergänzte ich, als ich ihren fragenden Gesichtsausdruck sah.

»Ich denke, ich habe es begriffen. Den kaputten Blumentopf werde ich natürlich ersetzen.« Sie deutete auf den Scherbenhaufen.

»Schätze, das wird nicht nötig sein. So schön war er nicht mehr.«

»Trotzdem. Schließlich habe ich ihn runtergeworfen, wenn auch nicht absichtlich.«

»Das bleibt Ihnen überlassen. Nun muss ich weitermachen.« Mit einem entschuldigenden Lächeln wandte ich mich zum Gehen, als Frau Duven erneut ansetzte. »Entschuldigen Sie bitte nochmals, Frau Scarren, aber man kann heute nicht vorsichtig genug sein.« Als sie in mein verständnisloses Gesicht sah, wurde sie konkreter. »Neulich war ein komischer Mann bei Ihnen. Also am Haus Ihrer Schwiegermutter, meine ich.«

»Was für ein Mann? Hat er gesagt, was er wollte?«

»Nein, ich habe nicht mit ihm gesprochen. Ich habe nur beobachtet, dass er eine Weile vor der Tür gestanden hat. Bis ich draußen war, war er bereits weg.«

»Vielleicht war es ein Handwerker?«, überlegte ich, verwarf den Gedanken jedoch gleich wieder, da wir meines Wissens niemanden beauftragt hatten. Das hätte Nick bestimmt nicht unerwähnt gelassen.

»Wie ein Handwerker sah der nicht aus. Jedenfalls trug er keine entsprechende Arbeitskleidung. Er wirkte eher wie ein Vertreter. Für einen kurzen Moment habe ich überlegt, ob ich die Polizei rufen soll. Das kam mir am Ende doch etwas übertrieben vor.« Sie schüttelte über sich selbst den Kopf. »Die Polizei hat wirklich wichtigere Dinge zu tun. Danach habe ich ihn nicht mehr gesehen. Jetzt will ich Sie aber nicht länger aufhalten.«

»Haben Sie vielen Dank. Ein wachsames Auge kann nie schaden. Wollen Sie den Weg durchs Haus nehmen?«, bot ich an.

»Nein, nein, ich gehe wieder durch den Garten. Den Weg kenne ich ja nun.« Dann drehte sie sich um und verschwand um die Hausecke.

Ich verließ ebenfalls das Haus, nachdem ich alle Fenster und Türen eingehend überprüft und die Eingangstür fest abgeschlossen hatte.

»Wie geht es Carsten?«, fragte ich Ava, als sie an der *Nordseeklinik* in mein Auto stieg.

»Die Ärzte sagen, er muss noch mindestens eine Woche in der Klinik bleiben und im Anschluss zur Reha.«

»Was er vermutlich strikt ablehnt, wie ich ihn kenne.«

Sie seufzte. »Genauso ist es. Er will partout nach Hause. Ich habe keinen blassen Schimmer, wie er sich das vorstellt. Er wird eine ganze Weile auf Hilfe angewiesen sein. Zudem braucht er regelmäßig Physiotherapie. Er weiß doch, dass ich schon lange nicht mehr mit dem Auto fahre. Und auch alles andere, was es zu erledigen gibt. Das schaffe ich nicht, dafür bin ich definitiv zu alt.« Sie wirkte verzweifelt.

»Wir können euch unterstützen, wenn …«, wollte ich sagen, wurde jedoch von ihr unterbrochen.

»Anna, das ist wirklich lieb von euch, und ich weiß euer Angebot sehr zu schätzen, aber wie soll das gehen? Ihr arbeitet beide, habt euren Christopher und die beiden Hunde, außerdem hast du auch noch deine Eltern, denen du ab und zu unter die Arme greifst. Was wollt ihr euch denn noch alles aufbürden?« Sie schüttelte den Kopf. »Nein, nein. Ihr tut ohnehin genug für uns. Das soll nicht zu eurem Problem werden. Carsten wird sich fügen müssen, der alte Sturkopf!« Ein verschmitztes Lächeln stahl sich in ihr Gesicht.

»Wir helfen euch aber gern«, betonte ich und drückte aufmunternd ihre Hand.

Die nächsten Kilometer bis zu der Unfallstelle, an der die Frau ums Leben gekommen war, sprach keine von uns ein Wort.

»Ich bekomme eine Gänsehaut, wenn ich hier vorbeikomme. Die Bilder waren schrecklich.«

»Das kann ich mir vorstellen. Dabei soll Marga eine sichere Autofahrerin gewesen sein«, bemerkte Ava und blickte hinüber zu der Wiese.

»Kanntest du sie näher?«

»Besonders nah standen wir uns nicht. Wir sind uns eher selten über den Weg gelaufen, und auch dann haben wir meist nur kurz geschnackt. Das Übliche halt. Marga war eng mit Femke befreundet. Ihre Männer waren früher beide sehr aktiv bei der Feuerwehr. Unser Bekanntenkreis schrumpft zusehends. Vielleicht sollten Carsten und ich tatsächlich darüber nachdenken, unser Haus zu verkaufen und in ein Altenheim zu ziehen. Das wird alles nicht leichter.« Ich spürte, wie schwer ihr die Worte über die Lippen kamen.

»Zieht ihr das ernsthaft in Erwägung?«

»Den Gedanken trage ich schon eine ganze Weile mit mir herum. Carsten gegenüber darf ich das nicht sagen. Er will davon nichts hören. Solange er noch atmet, verlässt er das Haus nicht. Damit ist die Diskussion für ihn beendet.«

»Habt ihr mal darüber nachgedacht, euch Hilfe zu holen? Das machen Bekannte von meinen Eltern, da sie gesundheitlich eingeschränkt sind. Sie sind sehr zufrieden damit. Vielleicht wäre das auch etwas für euch? Ihr könntet weiterhin in eurem Haus wohnen bleiben und bekämt wöchentlich oder täglich, je nach Vereinbarung, Unterstützung«, schlug ich vor.

»Ich muss zugeben, mir würde es auch das Herz brechen, unser Zuhause verlassen zu müssen. In diesem Punkt brauche ich mir nichts vorzumachen.« Ava seufzte aus tiefstem Herzen.

»Das kann ich verstehen.« Ich hielt vor dem reetgedeckten Haus der Carstensens an.

»Danke fürs Mitnehmen, Anna. Und grüß deine Männer von mir!«

»Danke, das mach ich!«

KAPITEL 13

Nick parkte den Wagen direkt vor dem Haus von Marga Lornsen in Archsum. Uwe stieg behäbig aus und streckte sich anschließend ausgiebig.

»Na, wieder die Bandscheibe?«, erkundigte sich Nick, doch sein Freund wehrte mit einer Handbewegung ab.

»Lass uns nicht drüber reden!«

Dann betraten sie das Grundstück durch das grüne Holztor und gingen den schmalen Kiesweg auf den Eingang zu.

»Den Unterlagen zufolge hat Frau Lornsen allein in dem Haus gewohnt. Sie ist seit acht Jahren Witwe.« Uwe betätigte den Klingelknopf.

»Warum klingelst du, wenn sie doch allein in dem Haus wohnte?«, fragte Nick.

»Sie war zwar Witwe, was aber nicht bedeuten muss, dass sich nicht jemand anderes hier aufhalten kann. Beispielsweise ein Freund oder ein Untermieter? Vielleicht hat sie auch an Feriengäste vermietet?«, entgegnete Uwe.

»Scheint aktuell niemand da zu sein«, bemerkte Nick, während er einen Blick durch das Fenster neben der Haustür warf. »In der Küche steht Geschirr auf der Spüle.«

»Kein Wunder. Sie hatte schließlich vor, wieder nach Hause zu kommen«, brummte Uwe und spähte durch den Schlitz im Briefkasten.

»Was Wichtiges?«

»Bloß Reklame.« Er hielt einen farbigen Flyer in der Hand, der zur Hälfte hervorschaute.

»Bevor wir uns drinnen umsehen, sollten wir uns anhören, was die Nachbarn zu sagen haben. Hinter der Gardine da drüben hat sich gerade jemand bewegt«, schlug Nick vor und steuerte zielstrebig auf das Nachbargrundstück zu. Uwe folgte ihm in geringem Abstand.

Kaum hatte er das Grundstück betreten, öffnete sich der obere Teil der sogenannten Klönschnacktür, und ein weißhaariger Mann beäugte die beiden Beamten mit kritischem Blick.

»Moin, wir sind von der Kripo Westerland und würden Ihnen gern ein paar Fragen zu Ihrer Nachbarin Marga Lornsen stellen. Herr Matthiesen?«, eröffnete Nick das Gespräch. Den Namen hatte er dem kleinen Namensschild neben dem Klingelknopf an der Wand entnommen.

»Richtig, Ole Matthiesen. Wegen Marga kommen Sie zu spät, die ist tot«, erwiderte der Mann knapp und nickte zu dem Nachbargebäude.

»Das wissen wir bereits. Hatten Sie näheren Kontakt zu Ihrer Nachbarin?«

Der Mann überlegte erst ausgiebig und zog sich mehrfach am rechten Ohrläppchen, bevor er antwortete. »Wir waren halt Nachbarn.«

»Das ist offensichtlich. Ich meinte eher, ob Sie engeren Kontakt zu Frau Lornsen hatten. Haben Sie öfter miteinander gesprochen?« Nick reagierte ungeduldig, was sein Gegenüber allerdings nicht zu stören schien, denn auch dieses Mal ließ er sich Zeit mit der Beantwortung der Frage.

»Nee, richtig eng war das nicht.« Er sah abermals rüber zu dem Haus seiner verstorbenen Nachbarin. »Wir haben hin und wieder einen kurzen Klönschnack gehalten, übers Wetter oder was im Dorf los ist, mehr nicht.« Er schüttelte bedächtig den Kopf und sah in die vorbeiziehenden Wolken. »Man kann es gar nicht glauben, dass sie nun tot ist. Sie war eigentlich zu allen freundlich und hilfsbereit, die Marga.« Ein wenig Melancholie schwang in seiner Stimme mit.

»Eigentlich? Also gab es Menschen, mit denen sie nicht gut auskam?«, hakte Uwe nach.

Matthiesen schüttelte beinahe im Zeitlupentempo den Kopf. »Nee, wüsste ich nicht.«

Abermals gab es eine kurze Unterbrechung, bevor Uwe erneut das Wort ergriff.

»Hatte Frau Lornsen Haustiere? Wissen Sie das? Vielleicht eine Eidechse?«

Der Mann sah den Polizeibeamten irritiert an. »Was soll sie gehabt haben? Nee, die hatte nur ihren Rollo.« Als er in die forschenden Gesichter der Polizisten blickte, holte er weiter aus: »Ganz früher hatten die Lornsens mal einen Kater. Als der überfahren wurde, haben sie sich einen Mops angeschafft, weil der nicht frei herumläuft.«

»Und was ist mit Ihnen? Besitzen Sie eventuell ein Reptil?«

»Ich? Ganz bestimmt nicht«, wehrte er umgehend ab.

»Wo befindet sich dieser Rollo jetzt?«

»Soviel ich mitbekommen habe, hat eine Bekannte von Marga ihn bei sich aufgenommen. Irgendwer muss sich ja um das Tier kümmern.« Matthiesen nahm seine Brille ab, pustete gegen ein Glas und putzte es anschließend mit dem Saum seines Pullovers sauber. »Ist sonst noch was? Ich würde sonst mit meiner Arbeit weitermachen.« Er deutete mit dem Daumen nach drinnen.

»Nein, das war's erst mal. Vielen Dank für Ihre Zeit und schönen Tag noch, Herr Matthiesen.«

Mit einem gemurmelten »Tschüss« schloss er die Tür.

»Nicht gerade ein Sympathieträger«, befand Nick.

Sie standen im Wohnzimmer von Marga Lornsens Haus und sahen sich um.

»Hier ist alles penibel aufgeräumt und blitzblank geputzt, beinahe steril. Nicht einmal eine tote Fliege liegt hier rum. In solch einem Haushalt ist kein Platz für insektenfressende Haustiere.« Uwe betrachtete eine Fotografie, die auf dem Kaminsims stand. Ein Mann in Feuerwehruniform war darauf zu sehen. Der verstorbene Gatte, nahm er an.

»Im oberen Stockwerk ebenfalls Fehlanzeige«, bestätigte Nick, nachdem er die knarrende Holztreppe nach unten gekommen war.

»Tja, sieht wohl so aus, als seien die Viecher in dem Auto nicht ihre eigenen gewesen.«

»Vielleicht hat jemand aus ihrem Bekannten- oder Freundeskreis Tiere, die mit diesen Insekten gefüttert werden. Darum können sich die beiden Frischlinge weiter kümmern«, überlegte Nick und folgte seinem Kollegen nach draußen. »Uwe? Hast du mir gerade zugehört?«

»Wie bitte?«

»Ich sagte, dass die beiden Neuen sich darum kümmern können, wo die Insekten herkommen und für wen sie bestimmt waren.«

»Gute Idee.«

»Wirklich alles okay mit dir? Du wirkst seltsam abwesend.«

»Ich? Nein, alles in bester Ordnung, Nick. Ich war nur eben in Gedanken«, versicherte Uwe und drehte den Schlüssel zweimal im Türschloss. »Lass uns zurück zur Dienststelle fahren. Ich brauche dringend was zwischen die Kiemen.«

KAPITEL 14

Die Hunde bellten aufgeregt, als ein Auto in der Einfahrt hielt.

»Pepper! Chili! Ist ja gut!«, rief ich und griff nach meiner Tasche in der Diele. »Tina ist da! Ich bin dann weg. Keine Ahnung, wie lange das dauert.«

»Lass dir Zeit, wir kommen schon klar«, erwiderte Nick, der mit Christopher auf dem Fußboden inmitten eines Berges von Legosteinen hockte.

»Ich pass auf Daddy auf, Mama«, versicherte Christopher und begann zu kichern.

»Das kann ich mir lebhaft vorstellen«, gab ich mit einem Lächeln auf den Lippen zurück und zog die Haustür hinter mir zu.

»Hallo, Anna! Schön, dass du spontan Zeit hast«, wurde ich von Uwes besserer Hälfte Tina empfangen, als ich neben ihr auf dem Beifahrersitz Platz nahm.

»Klar, ich bin sehr gespannt, welche Schätze auf uns warten. Du weißt, ich liebe es, in Büchern zu stöbern.«

»In dieser Hinsicht geht es mir genauso, deshalb liegen im Kofferraum und auf der Rückbank auch mehrere Kisten und Kartons, die nur darauf warten, befüllt zu werden.« Sie grinste und deutete nach hinten.

»Oh, da hast du dir ja was vorgenommen! Am Telefon hast du gesagt, du hättest in Morsum zu tun gehabt. Darf ich fragen, wo du warst?«, fragte ich, als wir das Ortsschild passierten und weiter in Richtung Archsum fuhren.

»Natürlich, das ist schließlich kein Geheimnis!« Sie lachte. »Wir haben uns mit ein paar Leuten getroffen, um einen Markt zu organisieren«, erklärte Tina und ließ die Seitenscheibe ein Stück herunter. »Ist das okay oder zieht es dir zu sehr?«

»Nein, alles gut. Ein Markt klingt gut. Gibt es ein bestimmtes Motto oder soll alles Mögliche verkauft werden, ähnlich wie auf einem herkömmlichen Flohmarkt? Habt ihr schon einen Termin ins Auge gefasst?«

»Auf einen festen Termin konnten wir uns noch nicht abschließend einigen, auf jeden Fall aber noch vor dem Herbst und bevor die Weihnachtsmärkte starten. Ende August oder Anfang September fände ich passend. Dann sind auch noch viele Urlauber auf der Insel. Wir dachten an eine Art Kunsthandwerkermarkt. Seit einiger Zeit widme ich mich der Malerei.«

»Hey, davon hast du noch nie erzählt. Wo kann man deine Werke bestaunen?«, wollte ich wissen, worauf sie leicht errötete.

»Ach, bis dahin ist es noch ein langer Weg. Ich habe erst vor drei Monaten mit dem Malen begonnen.«

»Na und? Vielleicht schlummert in dir ein Talent und du wirst eines Tages groß rauskommen. Warte ab, ich sehe deine Bilder bereits in den großen Galerien der Welt. Tina Wilmsen, die Newcomerin des 21. Jahrhunderts!«

»Ganz bestimmt!«

»Du wirst dich eines Tages an meine Worte erinnern!«

»Du bist so eine Spinnerin!« Tina musste lachen. »Vorerst ist es ein schönes Hobby. Ich treffe mich alle zwei Wochen mit Gleichgesinnten, und dann malen wir und tauschen uns aus.«

Gleich hinter dem Ort Archsum wurden wir von zwei Motorrädern überholt, die in hohem Tempo auf die nächste Kurve zurasten.

»War das nötig? In der Kurve fliegen sie dann auf den Acker!«, schimpfte Tina.

Dann herrschte schlagartig eine bedrückende Stimmung. »Das ist die Stelle, an der Marga verunglückt ist, oder?«

»Ja.« Vor meinem inneren Auge sah ich den Wagen, wie er auf dem Dach lag. Die Vorderräder drehten sich in der Luft. »Kanntest du sie näher?«

»Ich kannte sie nur flüchtig durch Femke. Die beiden waren eng befreundet. Dort habe ich sie manchmal gesehen, wenn sie mit ihrem Hund spazieren gegangen ist. Ist schon traurig. Klingt jetzt blöd, aber nun sind sie wieder vereint und bei ihren Männern.«

Ich nickte stumm.

»Ach nö! Muss das jetzt sein?«

Vor uns am Bahnübergang senkten sich in diesem Augenblick die Schranken. Die beiden Motorräder standen vor uns.

»Am liebsten würde ich denen die Meinung sagen«, brauste Tina erneut auf.

»Das macht keinen Sinn, glaub mir. Da kriegst du bloß eine blöde Antwort«, versuchte ich, sie von ihrem Vorhaben abzuhalten.

Ein voll beladener Autozug näherte sich und ratterte an uns vorbei in Richtung Westerland.

»Bis auf den letzten Platz belegt. Ich weiß gar nicht, wo die vielen Leute unterkommen wollen. Gefühlt platzt die Insel aus allen Nähten, obwohl die Hauptsaison noch nicht einmal begonnen hat. Dazu kommen die vielen Motorräder. Furchtbar, vor allem dieser Krach«, stöhnte Tina beim Anblick der dicht aneinandergereihten Fahrzeuge auf dem Zug.

»Das *Harley-Treffen* findet seit Jahren auf Sylt statt und ist zu einem etablierten Event geworden. In diesem

Jahr wird sogar ein Jubiläum gefeiert, habe ich in der *Sylter Rundschau* gelesen. Mich stört der Fluglärm viel mehr, und den haben wir das ganze Jahr.«

Wie auf Kommando flog ein Privatjet mit lautem Getöse über unsere Köpfe hinweg.

»Das kommt noch dazu. Na endlich geht es weiter.« Tina startete den Motor, während sich die Schranken behäbig öffneten, und wir konnten unsere Fahrt nach Wenningstedt fortsetzen.

»Bereuen deine Eltern eigentlich ihre Entscheidung, nach Sylt gezogen zu sein?«, fragte Tina, als wir in eine Nebenstraße einbogen.

»Nein, den Eindruck haben sie nicht vermittelt. Ich glaube, sie fühlen sich sehr wohl in ihrem neuen Zuhause. Warum fragst du?«

»Nur so. Ich finde es bewundernswert, dass sie im Grunde ihr komplettes Leben noch einmal umkrempeln. Nach dem Tod meines Vaters hatte ich meiner Mutter vorgeschlagen, nach Sylt zu ziehen. Aber das hat sie kategorisch abgelehnt. Dafür beschwert sie sich nun ständig, dass ihr das Haus und der Garten zu viel Arbeit machen. Der Großteil ihrer Bekannten ist mittlerweile im Pflegeheim, verstorben oder weggezogen, und nun fühlt sie sich allein.«

»Hast du noch mal gefragt? Vielleicht hat sie ihre Meinung mittlerweile geändert«, zog ich in Erwägung, doch Tina schüttelte den Kopf.

»Nein, sie bleibt stur. Am liebsten wäre es ihr, ich würde zurückkommen. Sie spricht es nicht aus, aber ich kann gut zwischen den Zeilen lesen. Lassen wir das Thema. So, da vorne ist Femkes Haus!«

Tina parkte den Wagen direkt vor einem weißen, reetgedeckten Haus aus dem Jahr 1876, was die schwarzen Ziffern aus Metall über dem Eingangsbereich belegten.

»Hübsches Haus«, bemerkte ich, als ich ihr, bepackt mit mehreren Kartons auf dem Arm, den schmalen Weg zum Hauseingang folgte. Rechts von uns lugten die ersten Blütenansätze einer Hortensie zwischen dem kräftig grünen Laub hervor.

»Der Garten sieht bestimmt wunderschön aus, wenn alles in voller Blüte steht. Ein wirklich zauberhaftes Plätzchen.«

»Das ist es zweifelsohne und gut in Schuss dazu. Femke hat das Haus und den Garten sehr geliebt«, erwiderte Tina, während sie nach dem Hausschlüssel kramte. »Komm, lass uns die Kartons am besten gleich ins Wohnzimmer bringen.«

Ich folgte Tina den langen Flur entlang in die gute Stube. Die Luft im Haus roch abgestanden. Wir stellten die leeren Kisten ab.

»Hier sieht es aus, als käme Femke jeden Moment wieder. Ich komme mir vor wie ein Eindringling.« Mein Blick fiel auf die aufgeschlagene Fernsehzeitung auf dem kleinen Beistelltisch neben dem Fernsehsessel. Daneben lag angefangenes Strickzeug.

»Mir geht es ähnlich. Leider kommt Femke nicht mehr zurück.« Tina sah mich mit einem Ausdruck des Bedauerns an. »Bevor wir uns um die Bücher kümmern, muss ich unbedingt lüften. Die Luft ist ja zum Schneiden!« Zielstrebig marschierte sie auf eines der Fenster zu und öffnete es weit. »Am besten machen wir das da drüben auch auf, dann zieht es ein bisschen durch.« Sie zeigte auf eines der gegenüberliegenden Fenster. Als ich die Gardine zur Seite schob, um es zu öffnen, rannte eine schwarze Spinne auf dem Fensterbrett entlang und verschwand hinter einem Blumentopf. Erschrocken wich ich mit einem kurzen Aufschrei zurück.

»Was ist?«, fragte Tina und kam näher.

»Ich habe mich vor einer Spinne erschrocken«, gab ich zu.

Tina lachte. »Die hat mehr Angst vor dir, als du vor ihr. Ich dachte, du bist eine Tierfreundin?«

»Grundsätzlich ja, mit gewissen Einschränkungen. Ekelst du dich nicht vor Spinnen?«

Sie lachte abermals. »Nein, mir macht das nichts aus und Femke auch nicht, ganz im Gegenteil zu ihrer Freundin Marga. Die ist jedes Mal schier durchgedreht.«

»Oh je!«

»Aber jetzt komm mit! Die Bücher befinden sich in einem der anderen Zimmer. Du wirst staunen!«

»Das ist ja eine richtige Bibliothek«, bemerkte ich, als wir in einem Raum standen, an dessen Wänden überall Regale, bis unter die Decke vollgestopft mit Büchern, angebracht waren.

»Neben ihrem Garten waren Bücher Femkes große Leidenschaft. Sie war unglaublich belesen.«

»Das ist unschwer zu erkennen«, gab ich zurück und ließ neugierig meine Augen über die unterschiedlichen Buchrücken wandern.

»Hier drüben findest du die Gartenbücher, Anna. Such dir aus, was du haben möchtest. Das gilt auch für alle übrigen Bücher«, erklärte Tina und machte das Fenster weit auf. »Ehrlich gesagt, weiß ich noch nicht, wo wir all die Bücher lassen sollen. Man kann sie unmöglich ins Altpapier geben.« Sie stieß hörbar die Luft aus und rieb sich die Stirn.

»Auf gar keinen Fall! Warum organisiert ihr nicht einen Bücherflohmarkt oder spendet die Bücher an soziale Einrichtungen? Frag doch in den Kurkliniken nach. Die haben meistens eine Patientenbücherei und sind vielleicht froh über neues Lesematerial«, schlug ich vor.

»Gute Idee, Anna! Das werde ich machen. Aber nun such dir erst mal aus, was du möchtest. Ich hole mal ein paar von den Kartons«, forderte sie mich auf und verließ den Raum.

Ich setzte mich im Schneidersitz vor eines der Regale auf den Boden und zog ein dickes Buch aus der untersten Reihe hervor. Während ich darin blätterte, hörte ich ein lautes Knacken direkt unter dem Fenster. Ich stand auf, um nachzusehen. Aus dem Augenwinkel konnte ich eine Gestalt erkennen, wie sie sich hinter einem Strauch versteckte.

»He! Was machen Sie da?«, rief ich, worauf der Angesprochene die Flucht ergriff. Hastig kletterte ich durch das niedrige Fenster nach draußen und nahm die Verfolgung auf.

»Halt! Bleiben Sie stehen!« Ich rannte hinter dem Flüchtenden her und war ihm dicht auf den Fersen, als ich unsanft ausgebremst wurde. Auf seiner Flucht hatte er eine Harke umgeworfen, die gegen die Hauswand gelehnt stand. Ich stolperte darüber und fiel der Länge nach hin. Ein höllischer Schmerz durchfuhr sowohl meinen rechten Ellenbogen als auch das rechte Schienbein, aber ich rappelte mich auf und rannte weiter. Als ich die Vorderseite des Hauses erreicht hatte, war von dem Fremden weit und breit nichts mehr zu sehen. Die Straße runter, hinter der Kurve, wurde eine Harley gestartet. Auf der gegenüberliegenden Straßenseite ging ein junges Pärchen mit seinem Hund. Aber ansonsten konnte ich niemanden sehen.

»Mist«, murmelte ich und rieb mir über das schmerzende Schienbein. Auf dem Weg zurück ins Haus wäre ich fast auf ein Päckchen Streichhölzer getreten, das vor mir auf dem Boden lag. Ich bückte mich und hob es auf.

»Was war denn los? Plötzlich warst du weg.« Tina stand mit einem leeren Karton in der Hand in der geöffneten Eingangstür.

»Da war jemand hinten im Garten.«

»Was wollte er?«

»Ich habe keine Ahnung, er ist abgehauen. Hinter der Kurve habe ich ein Motorrad gehört, aber niemanden wegfahren sehen. Klang wie eine Harley-Davidson.«

»Das könnte ein Zufall gewesen sein. Die Dinger fahren momentan zu Dutzenden auf der Insel umher«, erwiderte Tina. Dann besah sie meinen Arm. »Ist das Blut? Bestimmt gibt es irgendwo im Haus ein Pflaster.« Sie schob mich sanft vor sich her zur Tür.

»Ach, nur ein Kratzer.«

»Spiel das nicht herunter! Die Wunde muss gesäubert und desinfiziert werden. Wie ist das überhaupt passiert?«, erkundigte sie sich, während sie in das Badezimmer ging.

»Ich bin über eine Harke gestolpert, die er mir in den Weg geworfen hat.«

»Autsch. Ich möchte zu gern wissen, was der Typ wollte«, überlegte Tina. »Im Bad war nichts. Ich sehe mal in der Küche nach.«

»Wahrscheinlich wollte er einbrechen. Ich glaube, er hat diese Streichholzschachtel auf seiner Flucht verloren. Als wir vorhin kamen, ist sie mir nicht aufgefallen.«

»Zeig mal!« Sie griff danach und studierte die Aufschrift. »Von dem Restaurant habe ich noch nie etwas gehört.«

»Das liegt vermutlich daran, dass es sich in der Schweiz befindet.«

Tina drehte die kleine Schachtel in ihrer Hand.

»Das Länderkennzeichen in der Adresse auf der Rückseite.« Ich zeigte darauf.

»Hatte ich übersehen. Dann hat der Typ entweder dort gegessen oder er hat sie irgendwo anders herbekommen«, sagte sie.

»Oder er arbeitet dort.«

»Wie auch immer. Wir werden es wohl niemals erfahren.« Sie zuckte mit den Schultern und zog eine Schublade auf. »Ich könnte wetten, dass Femke hier irgendwo Pflaster aufbewahrt.«

»Du hast Femke in der Küche gefunden, oder?« Ich ließ den Blick über den Küchenboden gleiten.

»Ja, schrecklich. Vielleicht wollte sie sich etwas zu trinken holen. Der Fernseher lief, als ich sie gefunden habe.«

»Sie konnte ja nicht damit rechnen, dass sie plötzlich einen Herzschlag bekommt.«

»Wahrscheinlich ist es besser, nicht zu wissen, wann es einen erwischt.«

Tina zog eine weitere Schublade auf, während mein Blick durch die Küche wanderte. Er blieb an einem Eintrag im Wandkalender hängen. »Schau mal! Hier ist ein Termin mit Doktor Herdenrodt eingetragen. Er ist Rechtsanwalt und Notar und hat seine Kanzlei in Keitum. Er hat mir damals mit dem Testament von Johannes geholfen«, erklärte ich.

»Ich erinnere mich. Wann ist der Termin?«

»Nächsten Freitag um 10 Uhr.«

»Tja, das wird nun nichts mehr. Ich werde ihn anrufen, falls er noch nicht im Bilde sein sollte«, beschloss Tina.

»Was geschieht jetzt eigentlich mit diesem Haus?«, fragte ich.

»Das Haus geht an die Gemeinde, so hat Femke es bereits vor Jahren festgelegt. Sie hat es mir damals erzählt und mich um meine Meinung gebeten«, erklärte Tina und hielt triumphierend ein Päckchen Pflaster in die Höhe. »Ah, hier! Wusste ich doch.«

»Hat Femke keine Familie, der sie es vermachen kann?«, erkundigte ich mich, während Tina die Wunde desinfizierte und anschließend mit einem Pflaster versah.

»Nein, sie hatten keine Kinder, und Verwandte gibt es auch nicht mehr. Ihre Schwester ist vor drei Jahren verstorben. Sie hatte einen Sohn, aber der ist als Jugendlicher bei einem Unfall ums Leben gekommen. Sie hat die Sache nur einmal kurz erwähnt. Ich hatte das Gefühl, sie wollte nicht darüber sprechen. Das habe ich akzeptiert und nicht weiter nachgefragt. So, fertig.« Zufrieden betrachtete sie ihr Werk.

»Danke. Weißt du, was die Gemeinde mit dem Haus vorhat?«

»Soweit ich weiß, soll es vermietet werden.«

»An Feriengäste?«

»Nein, ausschließlich an Einheimische. Das hat Femke zur Bedingung gemacht«, betonte Tina.

»Vernünftig. Ferienhäuser gibt es ohnehin genug auf der Insel. Irgendwann ist Sylt nur noch eine Geisterinsel, weil es sich niemand mehr leisten kann, hier zu leben.«

»Grauenhafte Vorstellung! Jetzt lass uns weitermachen. Geht das mit dem Arm?«

»Er ist ja noch dran.«

KAPITEL 15

Das Klopfen an der Tür durchbrach die Stille im Büro.

»Ja!«, rief Uwe, ohne den Blick von seinem Bildschirm zu lösen. Seit über einer Stunde quälte er sich durch diverse Formulare und Berichte, die sich in der letzten Zeit angesammelt hatten und längst darauf warteten, erledigt zu werden. Nick war in einer anderen Angelegenheit unterwegs. Hubsy Westermann und Maurizio Ferrara betraten das Büro.

»Hallo, Herr Wilmsen«, grüßte die junge Kollegin.

»Moin! Na, sind Sie bei den Recherchearbeiten vorangekommen?«, erkundigte sich Uwe und richtete sein Augenmerk auf die beiden Neulinge.

»Wegen der Insekten waren wir in zwei Geschäften, die Tierbedarf verkaufen, aber dort wurde uns mitgeteilt, dass sie bloß getrocknete Futterinsekten anbieten und keine lebendigen.« Maurizio wirkte eine Spur enttäuscht.

»Aber«, fuhr Hubsy fort, »der Verkäufer hat uns eine Adresse von einem Mann in List gegeben, der sich auf Reptilien spezialisiert hat und auch Lebendfutter verkauft. Hier ist seine Anschrift.« Sie reichte Uwe einen handbeschriebenen Zettel.

»Tobias Kuvalek«, las Uwe laut vor. »Waren Sie bei ihm?« Beide nickten daraufhin übereinstimmend.

»Wir haben ihn gefragt, ob und an wen er in der letzten Zeit etwas verkauft hat.«

»Und?«, hakte Uwe ungeduldig nach, dem Maurizios Antwort zu schleppend erfolgte.

»Er führt kein Geschäft im eigentlichen Sinne, sondern

züchtet Futterinsekten vorrangig für den Eigenbedarf. Das hat er ausdrücklich betont«, fuhr der junge Kollege fort.

»Verstehe, da hat wohl jemand Angst, wegen unversteuerter Nebeneinkünfte dranzukommen«, murmelte Uwe vor sich hin. »Egal, weiter.«

»Herr Kuvalek gibt seine Insekten ausschließlich an Vereinsmitglieder gegen eine geringe Aufwandsentschädigung ab.« Uwe hörte interessiert zu. Daraufhin fügte die junge Frau erklärend hinzu: »Der Verein nennt sich *Reptilienfreunde Sylt e. V.*«

»Nie gehört«, brummte Uwe und bedeutete der Kollegin mit einer Geste fortzufahren.

»In den letzten zwei Wochen waren das zwei Personen. Die Namen hat er uns nach anfänglichem Zögern herausgegeben. Wir sind im Anschluss dort vorbeigefahren. Ich hoffe, das war in Ordnung«, fügte Hubsy hinzu. Dabei huschte ihr Blick kurz zu Maurizio, bevor sie wieder Uwe ansah, der gleichermaßen überrascht wie zufrieden nickte. »Bei einer der Personen handelt es sich Malte Bensen. Ihn persönlich haben wir nicht angetroffen, da er noch zur Schule geht. Seine Mutter hat jedoch bestätigt, dass er ein Terrarium mit zwei Eidechsen besitzt und das Futter regelmäßig von Herrn Kuvalek bezieht.«

»Und der zweite Abnehmer?«

»Bei der zweiten Person handelt es sich um eine Frau. Tatjana Hollenbeck war auch nicht zu Hause«, bestätigte Maurizio. »Wir fahren später noch einmal zu ihr.«

»Ich hoffe, das war okay?« Hubsy Westermann sah Uwe abwartend an.

»Das haben Sie hervorragend gemacht. Ja, versuchen Sie es bei der Frau zu einem späteren Zeitpunkt noch mal. Vielleicht kommen wir mit ihrer Aussage ein Stück weiter.« Uwe zeigte sich sichtlich zufrieden mit der Arbeit der beiden Neulinge.

»Ist das denn wichtig, woher die Insekten stammen? Hat das etwas mit dem Unfall zu tun?«

»Sie wurden nun mal in dem Wagen gefunden, und deshalb wollen wir klären, woher sie kommen. Alles andere werden wir dann sehen, Frau Westermann«, beantwortete Uwe ihre Frage. »Bislang können wir nur mit Bestimmtheit sagen, dass der Unfall nicht durch einen technischen Defekt verursacht wurde. Der Wagen befand sich zum Unfallzeitpunkt in einem einwandfreien Zustand. Die KTU hat das in ihrem Bericht bestätigt.« Er deutete auf das Dokument auf seinem Bildschirm. »Momentan gehen wir von einem menschlichen Fehlverhalten als Unfallursache aus.«

Maurizio stand bereits in der geöffneten Tür, während Hubsy geistesabwesend mitten im Raum verwurzelt zu sein schien. Sie starrte Uwe geradezu an.

»Hubsy? Kommst du?«

»Was? Ja, klar.« Dann lächelte sie flüchtig und folgte ihrem Kollegen.

Uwe wandte sich erneut seiner Arbeit zu, doch ihm fehlte die nötige Konzentration. Ein ums andere Mal schweifte er mit seinen Gedanken ab.

KAPITEL 16

Es war sein erster komplett freier Tag seit Wochen. Frank hatte die Ellenbogen auf das weiße Holzgeländer der Westerländer Promenade gestützt und blickte hinaus auf das Meer. Die morgendlichen Wolken waren im Laufe des Vormittags vom Wind auseinandergetrieben worden und hatten der Sonne die Bühne am strahlend blauen Himmel überlassen. Die Sonnenstrahlen glitzerten wie Tausende Diamanten auf der Wasseroberfläche. Die Ebbe legte Teile des Meeresbodens frei, auf dem Möwen und andere Vögel nach Nahrung suchten. Frank konnte sich nicht erinnern, wann er in der letzten Zeit diese Szenerie bewusst auf sich hatte wirken lassen. Früher hatte er sich oft mit Nicks Schwester Jill in der Mittagspause auf der Promenade getroffen oder abends auf ein Glas Wein. Zusammen mit anderen Frischverliebten hatten sie diesem magischen Moment entgegengefiebert, in dem die Sonne glutrot im Meer versank. Es kam ihm vor, als sei das eine Ewigkeit her. Auf Jills Wunsch hatten sie sich eine Auszeit voneinander genommen. Sie war daraufhin auf eine weitere Expedition in das Polarmeer aufgebrochen, die sie sich als Meeresbiologin nicht entgehen lassen wollte. Vor ein paar Tagen hatte sie sich nach langer Zeit bei ihm gemeldet und mitgeteilt, dass sie in Kürze zurückkommen würde. Einerseits freute er sich auf ihre Rückkehr, andererseits verspürte er ein gewisses Unbehagen bezüglich der Entscheidung, wie es für sie beide weitergehen würde. Obwohl er sich auf Sylt zu Hause fühlte, musste er sich eingestehen, dass ihn Jörgs Angebot, in die Schweiz zu gehen, stark beschäftigte.

War es an der Zeit, seine Zelte auf der Insel abzubrechen und einen Neustart zu wagen? Solch ein lukratives Angebot würde er mit hoher Wahrscheinlichkeit kein zweites Mal erhalten. Vielleicht verschwendete er tatsächlich sein Talent, wie Jörg ihm vorgeworfen hatte. War er in all den Jahren zu bequem geworden, um sich neuen Herausforderungen zu stellen? Unzählige Gedanken kreisten in seinem Kopf, als er neben sich eine Männerstimme vernahm.

»Hey, Frankieboy!« Jörg Neritz schlug ihm freundschaftlich auf die Schulter. »Was machst du hier? Bist du verabredet? Dann will ich sie unbedingt kennenlernen.« Mit einem Augenzwinkern blickte er sich demonstrativ nach allen Seiten um.

»Nein. Ich bin nicht verabredet«, erwiderte Frank.

»Was ist los? Du wirkst nachdenklich.« Jörg beäugte ihn mit skeptischer Miene. »Irgendetwas ist doch im Busch. Steckt sicher eine Frau dahinter. Ich kenne diesen Blick, mir machst du nichts vor.«

»Nicht so wichtig«, wiegelte Frank schnell ab. Mit seinem ehemaligen Kommilitonen über seine Beziehung zu Jill zu sprechen, war das Letzte, wonach ihm momentan der Sinn stand.

»Hast du Zeit?«

»Warum?«

»Ich würde dir gerne etwas zeigen. Können wir mit deinem Wagen fahren? Sonst müssen wir die Harley nehmen.«

»Mein Wagen steht gleich da drüben in der Bötticherstraße.«

»Wenigstens der Automarke bist du treu geblieben«, bemerkte Jörg, als Frank seinen 911er öffnete. »Darf ich fahren?«

Frank zögerte für einen Moment, sagte dann jedoch: »Wenn du willst.«

»Was für ein satter Sound! An meine Harley kommt er aber nicht ran.« Jörg trat beim Anlassen kräftig auf das Gaspedal, worauf der Motor aufheulte.

»Wohin fahren wir?«, überging Frank die Bemerkung und bereute bereits, die Rolle des Beifahrers eingenommen zu haben.

»Nach Archsum«, erklärte Jörg, während er einem Radfahrer die Vorfahrt nahm, der ihnen wütend etwas hinterherschrie. »Manche Leute reagieren echt empfindlich.«

»Der Radfahrer hatte eindeutig Vorfahrt.«

»Die Straße ist in erster Linie für motorisierte Fahrzeuge da. Diese Radfahrer mit ihrer Rechthaberei und Gleichberechtigung im Straßenverkehr gehen mir gehörig auf den Sack.«

Als sie die Ortschaft Archsum erreicht hatten, bog Jörg in eine Nebenstraße ein und hielt schließlich vor einem Grundstück mit altem Baumbestand.

»So, da wären wir«, sagte er und stellte den Motor ab.

»Was wollen wir eigentlich hier?« Frank begutachtete die Umgebung, nachdem sie ausgestiegen waren.

»Das Haus dort. Das könnte es werden.«

»Sorry, Jörg, aber ich verstehe kein einziges Wort.«

»Ganz einfach, mein Lieber. Ich habe dir doch erzählt, dass ich erwäge, mein Geld in eine Immobilie auf der Insel zu investieren. Und dies ist eines der Objekte, die zur Auswahl stehen.« Er zeigte auf das hinter ihm liegende Gebäude.

Frank trat bis zur Gartenpforte und sah zu dem Haus. »Sieht aus, als wäre es noch bewohnt. Dort stehen Alpenveilchen auf der Fensterbank.«

»Die Besitzerin ist leider vor Kurzem tödlich verunglückt.«

»Oh. Die Lage ist jedenfalls nicht übel.«

»Nicht übel?« Jörg lachte übertrieben laut. »Besser geht wohl kaum. Dafür muss man auch einiges hinblättern.«

»Willst du auf Sylt leben?«

»Niemals!« Die Antwort kam prompt. »Sylt ist zwar ganz nett, aber ich würde hier verrückt werden. Ich frage mich ohnehin, wie du das schon so lange aushältst. Nein, das Haus wird eine reine Geldanlage. Vielleicht verbringe ich ab und zu ein paar Tage hier, wenn mir danach ist. Wie zum Beispiel zu den jährlichen *Harley-Treffen*. Ansonsten mal sehen.« Er zuckte die Achseln.

Sie gingen einmal um das reetgedeckte Haus herum.

»Und? Was sagst du?«, fragte er, als sie wieder am Hauseingang angekommen waren.

»Nicht ungewöhnlich für Sylter Verhältnisse. Über welchen Makler wird das Haus verkauft?«

»Ein Bekannter von mir ist im Immobiliengeschäft tätig. Wenn du Interesse haben solltest, kann ich dir gern seine Nummer geben. Er hat ständig interessante Objekte an der Hand. Das ist übrigens nicht die einzige Immobilie, die in der engeren Auswahl steht. Ich habe neulich ein sehr schönes Anwesen in Morsum gesehen, aber …« Jörg brach mitten im Satz ab, als sein Handy lautstark klingelte. »Einen Augenblick.« Er nahm das Gespräch entgegen und entfernte sich einige Meter. »Sorry, war wichtig.«

»Kein Problem. Du hast eben nicht zu Ende gesprochen.« Jörg sah Frank fragend an. »Das Haus in Morsum. Was ist damit?«

»Ach so. Vergiss es, nicht weiter wichtig. Lass uns zurück nach Westerland fahren.«

»Okay, aber jetzt fahre ich«, betonte Frank und streckte die Hand demonstrativ nach dem Autoschlüssel aus.

»Du musst unbedingt lockerer werden.« Jörg grinste und warf Frank den Schlüssel zu.

KAPITEL 17

Zu Hause angekommen, empfing mich Nick bereits an der Haustür.

»Na, das hat sich offenbar gelohnt.« Er deutete auf die beiden Kartons, die bis oben hin mit Büchern gefüllt waren, und griff nach dem oben aufliegenden Bildband.

»Ich konnte einfach nicht widerstehen. Darunter befinden sich einzigartige Raritäten«, schwärmte ich. »Am besten bringen wir die Kisten gleich nach oben in mein Arbeitszimmer, dann kann ich sie in den nächsten Tagen wegsortieren«, schlug ich vor.

»Was ist das?«, erkundigte sich Christopher neugierig und stellte sich auf die Zehenspitzen, um einen Blick in die Kartons zu erhaschen.

»Deine Mum ist im Bücherrausch«, bemerkte Nick mit einem schiefen Grinsen.

»Sind da auch Bücher mit Piraten drin?«, wollte Christopher mit leuchtenden Augen wissen und zeigte auf eine der Kisten.

»Nein, das sind alles nur Bücher über Gärten und Pflanzen«, erklärte ich.

Mit dieser Antwort war seine Begeisterung schnell verflogen, und er verschwand in seinem Zimmer.

»Das war ein seltsames Gefühl, sich in einem fremden Haus aufzuhalten und in Dingen zu stöbern, die bis vor Kurzem jemand anderem gehört haben«, bemerkte ich, als wir später auf der Terrasse saßen. Christopher lag bereits im Bett und schlief.

»Das kann ich verstehen, aber jemand muss sich um den Nachlass kümmern. Was hast du denn da am Arm? Und deine Hose ist ganz schmutzig.«

»Da war plötzlich ein Fremder auf dem Grundstück.«

»Ein Fremder?« Nick sah mich stirnrunzelnd an.

»Als ich gerade dabei war, die Bücher durchzusehen, habe ich direkt unter dem Fenster ein Geräusch gehört und nachgesehen. Ich habe eine Person gesehen, die sich im Gebüsch versteckt hat. Als ich gerufen habe, ist sie weggerannt. Dann bin ich hinterher, war aber zu langsam und bin gestürzt.« Ich wies zu dem Fleck auf meinem Knie.

»Durch das Fenster?«

Ich nickte. »Es war ja im Erdgeschoss.« Nick hob die Augenbrauen und wollte etwas sagen, doch ich sprach weiter. »Ich habe ihn zwar nur von hinten gesehen, aber es war auf jeden Fall ein Mann. Ich habe ihn nach meinem Sturz gerade noch um die Ecke verschwinden sehen. Kurz darauf habe ich ein Motorrad wegfahren hören. Ich bin mir ziemlich sicher, dass es eine Harley war.«

»Kannst du den Typen näher beschreiben?«

»Er war groß, mit sportlicher Figur. Sein Gesicht habe ich nicht gesehen. Er war dunkel angezogen und trug eine Kapuze.«

»Anstatt ihn zu verfolgen, hättest du lieber sofort eine Streife gerufen.«

»Das fand ich übertrieben, schließlich hat er weder etwas gestohlen noch hat er uns in irgendeiner Form bedroht.«

»Was hättest du denn gemacht, wenn du ihn erwischt hättest? Glaubst du, er hätte sich von dir festhalten lassen, bis du in Ruhe die Polizei gerufen hast?«

»Habe ich aber nicht.« Meine Antwort klang trotziger als beabsichtigt. Im Grunde wusste ich, dass ich keine Antwort auf die Frage hatte. »Schließlich war Tina auch noch da. Zwei gegen einen«, schob ich stattdessen hinterher.

»Schon klar. Dich kann man echt nicht allein lassen«, murmelte er kopfschüttelnd, wobei er zu schmunzeln begann.

»Keine Sorge, Nick, ich pass schon auf mich auf«, versicherte ich.

»Manchmal mache ich mir trotzdem Sorgen um dich. Was passiert jetzt mit dem Haus von dieser Frau?«, wollte er anschließend wissen und trank von seinem Kaffee.

»Tina hat gesagt, dass Femke keine Angehörigen hatte und deshalb alles der Gemeinde vermacht hat. Die will das Haus künftig ausschließlich an Einheimische vermieten. Der restliche Hausrat wird gespendet oder für einen guten Zweck verkauft.«

»Klingt vernünftig.«

»Was war bei dir heute los?«, erkundigte ich mich.

»Uwe und ich waren heute in dem Haus von Marga Lornsen. Der Frau, die bei dem Verkehrsunfall ums Leben gekommen ist.«

»Was habt ihr von der Kripo damit zu tun?«

»In dem Wagen wurden Futterinsekten gefunden. Wir wollten nachsehen, ob sie Reptilien besitzt. Um die hätte sich jemand kümmern müssen, damit sie nicht verhungern.«

»Wenn ich dich richtig verstehe, hatte sie aber keine«, entnahm ich Nicks Worten.

»Richtig. Sie hat lediglich einen Hund, der sich momentan in der Obhut einer Bekannten befindet.«

»Das arme Tier. Er vermisst sein Frauchen bestimmt sehr.« Mein Blick wanderte automatisch zu unseren beiden Fellnasen. »Wisst ihr, wie die Tiere in das Auto gekommen sind? Oder besser gesagt, warum die Frau sie hatte, wo sie doch gar keine Verwendung dafür hatte?«

»Wir sind dabei, das zu klären.« Näher ging Nick nicht darauf ein, sondern kreiste mehrfach mit den Schultern.

»Tut dir der Rücken weh?«

»Mein Nacken ist extrem verspannt. Die letzten Tage habe ich zu viel am Schreibtisch gesessen. Ich muss unbedingt wieder regelmäßiger laufen und öfter im Meer schwimmen. Am besten mache ich das gleich morgen früh, bevor ich ins Büro gehe.«

»Mach das, mein Meermann«, sagte ich und stand auf.

»Wohin willst du?«

»Ich bin müde und gehe ins Bett. Kommst du mit?«

»Gute Idee.«

Dann griff er nach meiner Hand und zog mich fest an sich.

»He, was wird das?«, fragte ich amüsiert.

Ich hatte den Satz kaum ausgesprochen, als ich seine Lippen auf meinen spürte. Er hob mich hoch und trug mich ins Wohnzimmer, wo wir uns auf das Sofa fallen ließen. Begierig zog ich ihm das T-Shirt über den Kopf, während seine Hände unter meiner Bluse über meine nackte Haut wanderten. Ich konnte mich nicht erinnern, wann wir uns zuletzt derart leidenschaftlich geliebt hatten, als gäbe es kein Morgen mehr.

Kurz nach Sonnenaufgang wurde ich durch das Klingeln an der Haustür und dem unmittelbar darauf einsetzenden Hundegebell aus dem Schlaf gerissen. Verschlafen sah ich auf den Wecker und dann zu Nick, der mich anblinzelte.

»Was ist los?«, fragte er mit rauer Stimme und fuhr sich mit der Hand durch das verstrubbelte Haar.

»Es hat geklingelt. Wer kann das so früh am Morgen sein?«

»Ich gehe nachsehen.« Nick schlug die Bettdecke zur Seite und stand auf.

»Ich glaube, du solltest dir besser etwas anziehen.« Mit einem Grinsen betrachtete ich seinen nackten Hintern. Daraufhin schnappte er sich seine Jeans, schlüpfte hinein und zog sich im Gehen ein T-Shirt über. Nick hatte kaum das Zimmer verlassen, als Christopher im Türrahmen auftauchte.

»Wer kommt da, Mama?«, fragte er verschlafen und rieb sich über die Augen. Dann trat er an das Bett heran und schlüpfte unter Nicks Decke.

»Daddy geht gerade nachsehen, wer an der Tür geklingelt hat«, erklärte ich und lauschte gleichzeitig nach unten. Ich konnte zunächst Nicks Stimme und dann die einer Frau hören.

KAPITEL 18

»Noch alles ruhig«, bemerkte Maurizio, während sie durch das frühmorgendliche Wenningstedt Streife fuhren. Die Sonne ging langsam auf und tauchte die zarten Schleierwolken in orangefarbenes Licht.

»Kein Wunder um diese Uhrzeit. Im Urlaub stehe ich nie vor 9 Uhr auf«, gab Hubsy mit einem Lächeln zurück.

»Wonach sollen wir eigentlich Ausschau halten? Hier ist absolut tote Hose.«

»Schon mal was vom ganzheitlichen Ansatz gehört?«, neckte sie ihn.

»Streberin!«, gab er zurück.

»Ich brauche nicht ständig Action. Jedenfalls ist die Arbeit hier entspannter als in der Großstadt.«

»Hast du dich deshalb entschieden, nach Sylt zu kommen?«

»Schau mal! Der Typ da vorne«, sagte Hubsy, als sie in eine ruhige Seitenstraße einbogen, und drosselte die Geschwindigkeit.

»Was ist mit ihm? Der sieht aus, als würde er auf dem Weg zur Arbeit sein. Wetten, der bleibt gleich an der Bushaltestelle da drüben stehen.«

»Okay, okay. Du hast ja recht.« Hubsy fuhr weiter.

»Hier stehen teilweise echt coole Häuser«, bemerkte Maurizio und blickte seitlich aus dem Fenster.

»Für unsereiner leider unbezahlbar.«

»Wahrscheinlich.«

»Ganz bestimmt sogar. Jedenfalls wenn du bei der Polizei bleiben willst und nicht irgendwann fett erbst.«

»Halt mal an.«

»Was ist?« Hubsy wirkte schlagartig wie elektrisiert und scannte die Umgebung nach Auffälligkeiten ab.

»Nur ganz kurz.« Ohne eine Erklärung war der Kollege ausgestiegen und vor dem Auto über die Straße auf die gegenüberliegende Seite gelaufen. Hubsy sah ihm nach, wie er auf eine Einfahrt zuging, in der vier Motorräder geparkt waren. Er ging um die Maschinen herum und bückte sich in Seelenruhe, um sie genauer unter die Lupe zu nehmen. Hubsy trommelte währenddessen ungeduldig mit den Fingern auf dem Lenkrad. Plötzlich kam ein Funkspruch der Einsatzzentrale herein. Anwohner hatten auf einem Grundstück in der Nähe verdächtige Bewegungen wahrgenommen. Hubsy bestätigte den Funkspruch und forderte Maurizio auf, umgehend einzusteigen, doch dieser ließ sich nicht aus der Ruhe bringen.

»Maurizio!«, rief sie ihm verärgert zu, woraufhin er zurückkam.

»Was sollte das eben?«, fragte sie, als er neben ihr im Auto saß.

»Ich wollte nur mal gucken. Schon cool, so eine Harley. Irgendwann miete ich mir eine und cruise damit durch die USA. Das wird mega!«

»Das meine ich nicht! Erst lässt du mich anhalten, nur um dir irgendwelche Motorräder anzusehen. Und dann kommst du nicht sofort. Verdammt! Wir sind im Dienst!« Gleichermaßen wütend wie verständnislos sah sie ihn an.

»Nun bleib mal locker! Erstens sind das nicht irgendwelche Motorräder, sondern Harleys, und zweitens sind wir ja schon auf dem Weg.«

»Das machst du kein zweites Mal«, zischte sie und fuhr

zu der Adresse, die genannt wurde. »Du kannst beten, dass wir nicht zu spät kommen.«

Als sie vor dem Grundstück ankamen, öffnete Maurizio die Beifahrertür und stieg aus.

»Warte auf mich! Du gehst auf keinen Fall allein!«, betonte sie, schnallte sich hastig ab und folgte dem Kollegen, der bereits das Grundstück betreten hatte.

Im Schutz einiger Büsche pirschten sie sich näher an das Haus heran.

»Kannst du was erkennen?«, flüsterte Hubsy.

»Nein. Es brennt jedenfalls kein Licht im Haus.«

»Da drüben wurde eines der Fenster aufgehebelt.«

»Und nun?«

»Lass uns näher rangehen«, schlug Hubsy vor.

»Hör mal! Die sind offenbar noch im Haus.« Maurizio zog seine Waffe aus dem Holster und war im Begriff, noch dichter an das Gebäude heranzuschleichen.

»Stopp! Wir sollten auf keinen Fall allein rein. Wer weiß, wie viele Typen da drin sind. Ich gehe zurück zum Wagen und rufe Verstärkung«, beschloss Hubsy und wollte sich zurückziehen.

»Ich gehe nachsehen.«

»Nein! Wir sollten …«, erhob sie Einspruch, doch Maurizio pirschte sich bereits ein Stück näher an das Haus heran. »Verdammt!«, zischte sie und lief unverzüglich zum Streifenwagen zurück.

Sie hatte gerade Verstärkung angefordert und war auf dem Weg zu dem Haus, als sie laute Stimmen vernahm. Schnell suchte sie hinter dichten Heckenrosen Schutz und wartete einige Sekunden ab. Als kein weiterer Laut zu hören war, näherte sie sich mit gezogener Waffe vorsichtig dem Gebäude. Immer darauf bedacht, sich schnell

Deckung zu suchen. Als sie gerade aus dem Schatten eines Strauches hervortrat, wurde sie unvermittelt von einem heftigen Stoß gegen den Oberkörper getroffen. Die Wucht des Schlages raubte ihr für einen kurzen Moment den Atem und sie stürzte vornüber zu Boden. An die nächsten Minuten konnte sie sich später nicht mehr erinnern.

KAPITEL 19

»Das ist eine echte Überraschung! Warum hast du nicht gesagt, dass du heute kommst?«, fragte ich, während wir in der Küche saßen und Kaffee tranken. Christopher war noch einmal fest eingeschlafen.

»Mein Flug wurde gestrichen, daher wusste ich nicht genau, wann es weitergeht. Anschließend musste ich mich total beeilen, damit ich die letzte Maschine noch erwische. Ein völliges Chaos! Da blieb keine Zeit zum Telefonieren. Tut mir leid, dass ich euch quasi mitten in der Nacht aus dem Bett geholt habe. Aber im Taxi ist mir eingefallen, dass ich gar keinen Schlüssel zu Mums Haus mitgenommen hatte. Ich wusste nicht, wo ich so früh morgens hätte bleiben sollen. Die Cafés haben noch alle geschlossen«, entschuldigte sich Jill.

»Du hättest Frank aus dem Bett werfen können. Oder

weiß er nicht, dass du wieder auf Sylt bist?« Nick sah seine Schwester fragend an.

»Nein, er weiß es nicht. Ich brauche Zeit«, erwiderte sie leicht schnippisch.

Nick verzog genervt das Gesicht und erhob sich von seinem Platz. »Ich weiß echt nicht, wie lange du dieses Theater noch spielen willst, aber das ist deine Sache.«

»Wohin gehst du?«, fragte ich.

»Eine Runde laufen.« Er beugte sich zu mir und gab mir einen Kuss auf die Wange, bevor er die Küche verließ.

»Nick, nimmst du die Hunde mit?«

»Mach ich. Bis später.«

»Ihr seid echt ein tolles Paar. Ehrlich, Anna, das sage ich nicht nur, weil Nick mein Bruder ist. Wenn man euch beide mit Christopher zusammen sieht, kann man richtig neidisch werden. Warum habe ich nicht solches Glück?« Jill stieß geräuschvoll die Luft aus und stützte das Kinn in den Handflächen ab.

Ich musste lachen. »Ach, Jill. Ein Patentrezept gibt es nicht. Bei uns ist auch nicht immer alles rosarot. Wenn wir uns streiten, fliegen gelegentlich ordentlich die Fetzen. An einer Beziehung muss man ständig arbeiten und auch hin und wieder Kompromisse eingehen. Das gehört einfach dazu.«

»Ist aber nicht einfach. Und sonst? Was ist während meiner Abwesenheit alles passiert?« Sie gähnte ausgiebig und rieb sich mit den Händen über das Gesicht.

»Ich fürchte, die eine oder andere Sache hast du verpasst. Im Positiven wie im Negativen«, erwiderte ich.

»Los, erzähl! Aber erst mal nur die positiven Dinge. Ich platze vor Neugierde!«

KAPITEL 20

»Ich frage mich ernsthaft, wie Sie Ihre Prüfung bestehen konnten! Derartige Inkompetenz kann ich auf meinem Revier wirklich nicht gebrauchen«, wetterte Dienststellenleiter Peter Reimers, als Hubsy Westermann und Maurizio Ferrara zurück auf dem Westerländer Polizeirevier waren. Dann begann er aufzuzählen: »Spuren unbrauchbar gemacht, einen mutmaßlichen Täter entkommen lassen und sich zur Krönung auch noch k.-o. schlagen lassen! Unprofessioneller kann man sich gar nicht anstellen! Hätte noch gefehlt, dass Sie sich den Streifenwagen klauen lassen. Wieso hat das außerdem so lange gedauert, bis Sie vor Ort waren? Haben Sie sich vielleicht unterwegs noch mit Frühstück versorgt? Meine Güte! Ich sehe die Schlagzeilen bereits vor mir! Sie schaden mit Ihrem Verhalten nicht nur sich selbst, sondern dem Ruf der gesamten Sylter Polizei. Ist Ihnen das eigentlich klar?« Er lockerte mit einer Hand seine Krawatte. »Ich muss mich auf jeden Einzelnen von meinen Leuten verlassen können. Und wenn ich jeder Einzelne sage, meine ich auch jeden Einzelnen! Wir sind hier nicht in irgendeinem Provinznest in Hintertupfingen oder sonst wo, sondern das hier ist Sylt! Verstanden?« Zur Verdeutlichung seiner Worte schlug er mit der flachen Hand kräftig auf die Tischplatte. »Haben Sie dazu auch irgendetwas zu sagen? Dann wäre jetzt die Gelegenheit. Frau Westermann? Herr Ferrera?« Ihr Vorgesetzter schäumte vor Wut. Seine Gesichtsfarbe glich der einer überreifen Tomate.

»Ferrara«, verbesserte Maurizio kleinlaut, worauf er umgehend von Reimers vernichtendem Blick getroffen wurde.

»Als klar war, dass es sich um einen Einbruch handelt, habe ich sofort Verstärkung angefordert und …«, setzte Hubsy zu ihrer Verteidigung an, wurde jedoch mitten im Satz von Reimers abgewürgt.

»… und haben Ihren Partner allein gelassen. Am liebsten würde ich Sie beide auf der Stelle suspendieren lassen. Aber ich brauche Sie nun mal.« Die beiden standen mit hängenden Schultern und betretenen Gesichtern vor ihm. »Eines sage ich Ihnen in aller Deutlichkeit: Sollte sich ein derartiges Verhalten jemals wiederholen, wird das erhebliche Konsequenzen für Sie beide haben. Das verspreche ich Ihnen! Habe ich mich klar ausgedrückt?«, polterte er weiter.

»Ja«, antworteten beide unisono.

»Gut. Dann mitkommen.«

Auf dem Flur begegneten sie Nick, der gerade auf dem Weg in sein Büro war.

»Hallo, Herr Scarren! Das trifft sich gut, dass ich Sie sehe.« Reimers winkte Nick zu sich.

»Moin, Herr Reimers! Was kann ich für Sie tun?«

»Frau Böel hat sich krankgemeldet und wird voraussichtlich eine Weile ausfallen. Daher würde ich es begrüßen, wenn Sie und Herr Wilmsen sich während ihrer Abwesenheit um unsere beiden Neulinge kümmern. Nehmen Sie sie unter Ihre Fittiche und machen ihnen klar, dass das hier kein Kinderzirkus ist.« Reimers drehte sich zu den beiden um und schenkte ihnen einen eindringlichen Blick.

»Haben sie etwas ausgefressen?« Nick stutzte.

»Das sollen sie Ihnen selbst erzählen. Also, nehmen Sie sie am besten gleich mit und erklären ihnen, was verantwortungsvoller Polizeidienst wirklich bedeutet.« Dann sah er auf seine Uhr, stieß einen verhaltenen Fluch aus und eilte davon. Die Geräusche seiner Absätze hallten noch nach, als er bereits um die nächste Ecke gebogen war.

»Was ist vorgefallen, dass Sie Reimers derart in Rage gebracht haben?«, wollte Nick wissen, während ihm die beiden in sein Büro folgten.

»Wir haben uns bei einem Einsatz nicht vorschriftsmäßig verhalten«, gestand Maurizio.

»Was ist mit Ihrem Gesicht passiert?« Nick deutete auf die Schürfwunde auf Hubsys Nase.

»Der Typ hat mich ausgeknockt, und ich bin auf das Gesicht gefallen. Ich habe nicht damit gerechnet, dass er plötzlich hinter dem Busch auftaucht«, gestand sie zerknirscht.

»Glauben Sie, Reimers sorgt dafür, dass wir womöglich woandershin versetzt werden?« In Maurizios Stimme klangen ernsthafte Bedenken.

»Nein, warum? Hat er das durchblicken lassen? Das kann er sich bei der augenblicklichen Personalknappheit gar nicht leisten«, versuchte Nick, dem jungen Kollegen die Sorge zu nehmen.

»Ist der immer so?«, fragte Hubsy, als sie das Büro erreicht hatten.

»Kommt ganz darauf an.« Nick grinste schief. »Wo war der Einbruch?«

»In Wenningstedt. Bei einer Familie Breeker«, ließ Hubsy ihn wissen.

»Ach was!«

»Kennen Sie die Familie?« Sie sah ihn neugierig an.

»Nein, aber meine Frau war neulich in dem Haus, um Bücher abzuholen. Die Besitzerin ist vor ein paar Wochen verstorben.«

»Ist Ihre Frau Buchhändlerin?«, fragte Maurizio interessiert.

»Nein. Sie führt mit einem Geschäftspartner zusammen einen Betrieb für Landschaftsarchitektur und Gartenbau.«

»An Arbeit mangelt es sicher nicht auf der Insel«, nahm Hubsy an.

»Das stimmt. Ähnlich wie bei uns.«

Die Tür wurde geöffnet, und Uwe kam herein. »Moin zusammen! Dienstbesprechung? Habe ich etwas verpasst?« Erwartungsvoll sah er in die Runde, ehe er sich an seinen Platz setzte.

»Nein. Klara fällt krankheitsbedingt für die nächste Zeit aus. Frag mich bitte nicht, was mit ihr ist, das kann ich dir nicht sagen. Reimers hat uns gebeten, ab sofort ein Auge auf unseren Nachwuchs zu haben.« Er deutete mit einer freundlichen Geste auf die beiden jungen Polizisten.

»Soso. Ihr habt nicht zufällig etwas angestellt?« Uwe lachte und schaltete seinen Rechner ein.

»Bei Femke Breeker wurde eingebrochen. Die beiden haben den Täter auf frischer Tat ertappt. Leider ist er entkommen«, fasste Nick zusammen.

»Das ist allerdings interessant. Meinst du, es könnte sich um denselben Typen handeln, der sich zuvor auf dem Grundstück rumgetrieben hat, während Tina und Anna dort waren?« Uwe strich sich nachdenklich über den Vollbart.

»Das wäre immerhin möglich. Erst sondiert er die Lage, um im geeigneten Moment zuzuschlagen. In den frühen Morgenstunden ist die Wahrscheinlichkeit, erwischt zu werden, eher gering.«

»Der Täter hat anscheinend nach etwas gesucht. Überall lagen Papiere und Ordner herum, und Schubladen waren herausgezogen. Den Schmuck hat er nicht angerührt«, bestätigte Maurizio.

»Wahrscheinlich war er nur noch nicht fertig mit seinem Beutezug. Was ist eigentlich mit Ihrem Gesicht passiert?« Uwes Blick richtete sich auf Hubsy Westermann.

»Sie ist bei dem Einsatz unglücklich gestürzt«, übernahm Nick die Beantwortung der Frage.

»Aha. Wie dem auch sei, Einbruch ist jedenfalls nicht unsere Baustelle. Wie sieht es in dem Fall Marga Lornsen aus? Konnte mittlerweile die zweite Person befragt werden, die ebenfalls Insekten erworben hat?« Uwe suchte krampfhaft in seinen Unterlagen nach dem Namen.

»Tatjana Hollenbeck«, kam ihm Nick zu Hilfe. »Ich habe vorhin Ansgar und Oliver zu ihr geschickt. Sie geben uns Rückmeldung, sobald sie mit ihr gesprochen haben.«

Wie auf Kommando vibrierte Nicks Handy.

»Das war Ansgar«, berichtete er wenig später. »Sie haben mit Frau Hollenbeck gesprochen. Sie hat bestätigt, kürzlich selbst Insekten von Herrn Kuvalek gekauft zu haben. Allerdings ausschließlich Heuschrecken und Mehlwürmer, keine Spinnen oder andere Tiere, wie sie Ansgar gegenüber betont hat. Darüber hinaus kannte sie Marga Lornsen nicht und hat auch außerhalb des Vereins noch nie etwas von ihr gehört.«

»Tja, schade. Wir wissen nach wie vor nicht, was die Lornsen mit dem Viehzeug wollte oder für wen das Futter bestimmt war«, stellte Uwe resigniert fest.

»Und jetzt?« Maurizios auffallend grüne Augen wanderten zwischen Nick und Uwe hin und her.

»Was schlagen Sie vor?« Uwe hatte den Satz gerade zu

Ende gesprochen, als Hubsy kreidebleich wurde und sich mit der Hand an der Schreibtischplatte abstützte. »Geht es Ihnen nicht gut?«

»Mir ist ein bisschen schwindlig.« Mit diesen Worten sackte sie zusammen und konnte im letzten Moment von Nick und Maurizio aufgefangen werden, bevor sie zu Boden fiel.

»Wir müssen sie vorsichtig hinlegen.« Nick und der junge Kollege legten sie zunächst vorsichtig auf den Boden. Uwe eilte ihnen zu Hilfe, faltete seine Jacke zusammen und platzierte sie unter dem Kopf der jungen Frau.

»Füße hoch!« Schnell zog Nick einen Stuhl heran, auf den er ihre Füße legte.

Kurz darauf öffnete sie langsam die Augen.

»Hey, Hubsy! Wie geht's dir?« Maurizio hatte sich neben seine Kollegin gekniet und hielt ihre Hand.

»Was ist denn passiert? Plötzlich ist mir schwarz vor Augen geworden.« Sie versuchte, sich aufzurichten. »Oh Gott, das ist mir total peinlich.«

»Das muss es nicht. Sie sollten am besten sofort zu einem Arzt. Bestimmt hat das mit dem Sturz von heute Morgen zu tun.« Nick betrachtete sie kritisch, während Uwe zum Telefon griff.

»Mir geht es schon wieder besser.«

»Das ist die Adresse von meinem Hausarzt in Wenningstedt. Ich habe gerade mit der Praxis telefoniert, die wissen Bescheid, dass Sie beide kommen. Herr Ferrara, Sie begleiten die Kollegin. Und keine Widerrede.« Uwe reichte dem jungen Kollegen einen Notizzettel.

»Aber Herr Reimers wird nicht begeistert sein, wenn …«, begann Hubsy.

»Herrn Reimers lassen Sie mal unsere Sorge sein«, blockte Uwe ab.

»Was hat Reimers wieder von sich gegeben, dass die beiden so einen Schiss vor ihm haben?«, wollte Uwe wissen, nachdem sie unter sich waren.

»Den beiden sind ein paar Anfängerfehler unterlaufen, und Reimers nutzt die Gelegenheit, sich in Szene zu setzen. Du kennst ihn doch.«

»Allerdings.«

»Wie machen wir jetzt weiter mit dem Lornsen-Fall, sofern man überhaupt von einem Fall sprechen kann?«

»Herrgott, Nick! Ich weiß es doch auch nicht, was sie mit diesen Krabbelviechern wollte!«, polterte Uwe unvermittelt los.

»Hey, was ist auf einmal mit dir los?«

»Gar nichts.«

»Gibt es Stress mit Tina? Fehlt dir was? Bist du krank?«

»Nein, mir fehlt nichts, und mit Tina ist alles okay.«

»Aber?«

»Nichts aber.«

»Das glaube ich dir nicht, dafür kenne ich dich zu lange und zu gut. Da gibt es etwas, das dich beschäftigt, und nicht erst seit gestern.«

»Es ist alles in bester Ordnung. Ehrlich.« Sein anschließendes Lächeln misslang gewaltig.

Nick war deutlich anzumerken, dass er seinem Freund kein Wort glaubte, er beließ es jedoch vorerst dabei. »Wie du willst.«

Nachdem ich Christopher in den Kindergarten gebracht hatte, fuhr ich nach Westerland, da ich einige Besorgungen zu erledigen hatte. Jill nahm ich mit und setzte sie am Bahnhof ab. Sie würde später mit dem Bus weiter nach Wenningstedt fahren. Als ich durch die Stadt lief, kam ich am *Café Wien* in der Strandstraße vorbei. Aus einer spontanen Laune heraus betrat ich den Laden und kam gleich darauf mit einer Tüte Schokolade und diversen Pralinen wieder heraus. Bevor ich mich endgültig auf den Heimweg machte, entschloss ich mich, bei Nick und Uwe im Polizeirevier vorbeizuschauen. Da die Bürotür geschlossen war, klopfte ich zunächst an und hörte unmittelbar darauf Uwes Stimme.

»Hallo, ihr beiden!«

»Anna! Welch reizender Besuch!«, flötete Uwe.

»Ja, ich dachte, ich bringe euch ein bisschen Nervennahrung«, erwiderte ich und holte den Beutel mit den Pralinen hervor.

»Süße Idee!« Uwe lief allein beim Anblick der Schokokugeln bereits das Wasser im Mund zusammen. Nick musste grinsen.

»Ich hoffe, ich störe euch nicht.«

»Nein, nein. Wir haben eben über den Unfall von Marga Lornsen gesprochen«, ließ Nick mich wissen.

»Gibt es da noch etwas zu klären?«

»Wir wissen noch immer nicht, woher die Insekten in ihrem Wagen stammten und wofür sie gedacht waren«, erklärte Uwe, während er versuchte, eine mit heller Schokolade überzogene Praline aus der Tüte zu angeln.

»Ich habe nur eine Spinne gesehen«, warf ich ein.

»Marga Lornsen hatte bei dem Unfall eine Box mit lebenden Futterinsekten in ihrem Auto transportiert. Allerdings wissen wir, dass sie kein Tier besaß, das solches Futter benötigt hätte.«

»Das hätte ich mir auch nicht vorstellen können«, erwiderte ich und erntete für meine Bemerkung irritierte Blicke. »Na, sie soll panische Angst vor Spinnen gehabt haben. Das wird bei Insekten wohl nicht anders gewesen sein.«

»Wie kommst du darauf?«, fragte Uwe.

»Das habe ich von deiner Frau.«

»Ach.«

»Das wirft gleich ein ganz anderes Licht auf die ganze Sache«, überlegte Nick.

»Denkst du, jemand hat die Spinne und die anderen Krabbeltiere absichtlich in das Auto gesetzt?«, zog ich in Erwägung.

»Warum sollte jemand so etwas machen?« Uwe sah fragend in die Runde.

»Um sie zu erschrecken?«, zog ich in Erwägung.

»Für mich stellt sich die Frage, weshalb jemand überhaupt einen Unfall hätte herbeiführen wollen«, überlegte Nick weiter. »Dazu müsste derjenige außerdem gewusst haben, dass sie sich vor diesen Tieren so abgrundtief fürchtete. Ich weiß nicht.«

»Du verdächtigst ja wohl nicht Tina?«, brauste Uwe auf.

»Unsinn, wie kommst du denn auf die Idee?« Nick schüttelte verständnislos den Kopf.

»Tina und ich könnten uns umhören und herausfinden, ob ...«

»Das werdet ihr schön bleiben lassen«, unterbrach mich Uwe unmissverständlich.

Ich schenkte daraufhin Nick einen flüchtigen Blick, der mir mit einer Geste zu verstehen gab, das Thema ruhen zu lassen. Mein Handy klingelte. Piet.

»Oh, da muss ich rangehen. Also, lasst es euch schmecken, und bis später!« Mit dem Handy am Ohr verließ ich das Büro.

»Wenn Anna recht hat und die Frau tatsächlich eine Spinnenphobie hatte, könnte ein Verbrechen vorliegen. Was meinst du, Uwe?« Nick verfiel ins Grübeln.

Uwe schob sich gerade eine zweite Praline in den Mund. Dabei fiel etwas Kakaopulver auf die Akte vor ihm. Als er es mit den Fingern wegwischen wollte, hinterließ es eine breite braune Spur auf dem Papier.

»Na klasse.« Er machte ein angewidertes Gesicht. Dann wandte er sich seinem Kollegen zu. »Selbst wenn es so war, eine Phobie lässt sich nicht nachweisen und ohne handfeste Beweise kann ich nicht zu Achtermann gehen und eine Obduktion der Leiche beantragen. Der lacht sich doch schlapp. Bislang ist das lediglich eine Vermutung.«

»Wurde ihr Leichnam schon beigesetzt?«

»Ich glaube nicht. Du willst doch nicht etwa …« Uwe vollendete den Satz nicht, sondern biss grübelnd auf seiner Unterlippe herum. »Sozusagen inoffiziell.«

»Aber einen Versuch ist es wert. Ich weiß natürlich nicht, ob das etwas bringt. Das müsste man vorher klären. Ich habe auch schon eine Idee.«

»Wenn das mal gut geht. Du spielst mit dem Feuer, Nick, das ist dir hoffentlich klar.«

»Dann hätte Reimers zur Abwechslung mal einen echten Grund, über den es sich aufzuregen lohnt.« Er zwinkerte dem Kollegen zu und griff nach seinem Handy.

KAPITEL 21

»Du bist ein Engel, Anna! Das hätte ich niemals alles allein tragen können«, erklärte Ava, während ich die Einkäufe in der Küche abstellte.

»Nicht der Rede wert. Das habe ich gerne gemacht. Im Auto ist noch eine Kiste Mineralwasser, die hole ich gleich.«

»Geh ruhig, die Sachen kann ich wegräumen. So alt und gebrechlich bin ich nun auch wieder nicht.« Sie lachte, und ihre Augen blitzten schelmisch auf.

»Gibt es Neuigkeiten von Carsten?«, wollte ich wissen, nachdem ich die Getränkekiste im Hauswirtschaftsraum verstaut hatte und wieder in der Küche stand.

»Bis der Bruch vollkommen verheilt ist, braucht es wohl noch eine Weile.« In ihren Worten schwang eine Spur Resignation mit. »Ich habe übrigens über unser Gespräch von neulich nachgedacht.« Da ich nicht gleich verstand, was sie meinte, fügte sie erklärend hinzu: »Wegen einer Haushaltshilfe.«

»Ach so. Konntest du mit Carsten darüber sprechen, ohne dass er gleich abgeblockt hat?«

»Zunächst wollte er nichts davon hören, aber am Ende hat er eingesehen, dass wir ein bisschen Unterstützung gut gebrauchen könnten. Selbstverständlich hat er seine ganz eigenen Ansichten zu dem Thema.« Sie verzog vielsagend den Mund.

»Das habe ich mir gedacht.«

»Letztendlich haben wir uns darauf geeinigt, dass ich mich bei verschiedenen Pflegediensten und Einrichtungen informiere. Anschließend wird gemeinsam entschieden, was wir machen.«

»Das klingt auf jeden Fall nach einem Schritt in die richtige Richtung. Ihr wollt aber in eurem Haus wohnen bleiben, oder?«, fragte ich, um sicherzugehen, Ava richtig verstanden zu haben.

»Unbedingt! Das steht außer Frage.« Ihre Antwort kam aus voller Überzeugung und mit Entschlossenheit. »Carsten bekommst du hier sowieso niemals raus.«

»Leider kann man sich das nicht immer aussuchen.«

»Kommt Zeit, kommt Rat, meine Liebe. Was soll ich mir heute den Kopf darüber zerbrechen, was morgen ist. Wie sieht es aus? Soll ich uns einen Tee machen, oder musst du gleich weiter?«

Ich sah auf meine Armbanduhr. »Hm, ein Viertelstündchen habe ich noch, dann muss ich Christopher vom Kindergarten abholen.«

»Das ist ein Wort. Was gibt es bei euch Neues? Wir haben die ganze Zeit nur über Carsten und mich gesprochen«, erkundigte sie sich, während sie den Tee zubereitete.

»Nicht viel. Jill ist wieder da.«

»Wie schön! Da hat sich der Doktor wohl sehr gefreut. Dann läuten sicher bald die Hochzeitsglocken.« Schmunzelnd reichte sie mir eine Tasse.

»Danke. Ich habe das Gefühl, daraus wird nichts.«

»Warum nicht? Hat sich der Doktor in der Zwischenzeit in eine andere verguckt?«

»Nein, in diesem Fall liegt es eher an Jill. Sie vermittelt den Eindruck, als wolle sie sich nicht endgültig festlegen.«

»Tja, das sind andere Zeiten heute. Womit ich nicht sagen will, dass früher alles besser war. Bei Weitem nicht. Heutzutage habt ihr jungen Frauen es in vielen Dingen leichter als wir damals. Und das ist auch gut so.« Ava trank einen Schluck Tee, wobei sie leicht schlürfte.

»Da hast du recht. Jetzt muss ich aber los, sonst bekomme ich Ärger mit Christopher.« Ich zwinkerte ihr zu und verabschiedete mich.

KAPITEL 22

Nick hatte den Wagen auf dem großen Parkplatz an der Käpt'n-Christiansen-Straße abgestellt und war von dort aus zu Fuß in die Innenstadt gelaufen. Die Elisabethstraße entlang, vorbei am *Friedhof der Heimatlosen*, bis er rechts in die Friedrichstraße einbog. Durch die gut besuchte Fußgängerzone kam er seinem Ziel, der *Neuen Mitte* im Herzen Westerlands, wo seit einigen Jahren im Dezember der *Sylter Wintermarkt* stattfindet, immer näher. Bereits im Näherkommen konnte er den schlanken Mann erkennen, der auf einer der geschwungenen Holzbänke saß und seinen Blick auf das Smartphone in seiner Hand gerichtet hielt.

»Moin, Frank! Wartest du schon lange?«, fragte er, worauf der Angesprochene den Kopf hob und das Handy in der Gesäßtasche seiner Hose verschwinden ließ.

»Hey, Nick! Nein, ich bin erst vor ein paar Minuten gekommen. Was gibt es denn, dass du mich so dringend sprechen willst? Deine Andeutungen am Telefon haben mich neugierig gemacht.«

Daraufhin schilderte ihm Nick sein Anliegen.

»Ist das dein Ernst? Das wäre illegal, das ist euch klar, oder? Ich habe keine Lust, meine Approbation deswegen zu verlieren«, erwiderte Frank anschließend.

»Zunächst stellt sich grundsätzlich die Frage, ob das Ganze überhaupt Sinn machen würde«, machte Nick deutlich.

»Wenn ich dich richtig verstehe, gibt es keine eindeutigen Beweise für eine Straftat und daher auch keine offizielle Obduktion«, fasste Frank zusammen.

»So ist es. Bislang ist es eine Vermutung, die nicht reicht, sie dem Staatsanwalt vorzulegen.«

Frank überlegte einen Augenblick. »Tut mir leid, Nick. Ich fürchte, ich kann euch in diesem Fall nicht helfen.«

»Du kannst nicht oder du willst nicht?« Nick sah den Arzt forschend an.

»Jetzt sieh mich nicht so an. Angenommen, ich würde mich darauf einlassen und die Tote obduzieren, da gäbe es ein ganz entscheidendes Problem.«

»Und das wäre?«

»Der Faktor Zeit.«

»Was genau meinst du?«

»Um einen erhöhten Wert an Stresshormonen im Blut nachweisen zu können, müsste die Person über einen längeren Zeitraum einer Stresssituation ausgesetzt gewesen sein. Da sind ein bis zwei Minuten nicht ausreichend. Cortisol beispielsweise kannst du bestimmen, aber schon bei lebenden Personen ist die Bandbreite der zu erwartenden Ergebnisse sehr groß und mitunter tageszeitabhängig. In Bezug auf Adrenalin sieht es noch anders aus. Es ist zwar für die schnelle Angstreaktion zuständig, wird aber auch genauso schnell wieder abgebaut und ist selbst nach kürzester Zeit nicht mehr nachweisbar.«

»Hm. Selbst wenn sich ein erhöhter Wert nachweisen ließe, könnte er von dem Schockereignis Unfall nicht unterschieden werden. Eine saubere Trennung ist also nicht möglich. Sehe ich das richtig?«, präzisierte Nick mit nachdenklichem Gesichtsausdruck.

»Ja, genau. Gerichtsverwertbar wäre das Ergebnis in keinem Fall, da sich der gemessene Wert sowohl auf die Angst vor den Insekten als auch auf den Unfall an sich beziehen könnte.«

»Schade.« Nick stieß lautstark die Luft aus.

»Hätte man kurz zuvor bestimmte Vergleichswerte gehabt, zum Beispiel von einer hausärztlichen Untersuchung, die sehr niedrig gewesen wären, dann hätte man sie vergleichen können. Wäre der kurz vor dem Tod gemessene Wert dagegen sehr hoch gewesen, hätte man dies als Indiz für eine starke Stressreaktion in Betracht ziehen können. Doch selbst in diesem Fall habe ich meine Zweifel, ob die Ergebnisse gerichtsverwertbar wären. Tut mir echt leid, dass ich dir diesbezüglich nicht weiterhelfen kann.«

»Danke trotzdem, Frank. Jedenfalls wissen wir, dass wir woanders ansetzen müssen. Und jetzt will ich dir nicht länger deine kostbare Zeit stehlen.«

»Ich helfe euch jederzeit gern, das weißt du«, erwiderte der Arzt freundlich. Gleich darauf verfinsterte sich seine Miene. »Sag mal, Nick …«

»Ja?«

»Schon gut, vergiss es. Ich wünsche euch viel Erfolg bei den weiteren Ermittlungen. Geht ihr tatsächlich davon aus, dass der Unfall vorsätzlich herbeigeführt wurde und es sich womöglich um ein Verbrechen handeln könnte?«

»Ermittlungen? Verbrechen? Bist du neuerdings unter die Detektive gegangen, oder was hat das zu bedeuten?« Ein Mann in einer Lederjacke war unbemerkt hinter ihnen aufgetaucht.

»Hallo, Jörg! Nein, da hast du etwas missverstanden«, wiegelte Frank mit einem Lachen ab.

»Ich bin beruhigt. Wie sieht's aus, mein Freund? Hast du dir in der Zwischenzeit Gedanken über mein Angebot gemacht?«, fragte Jörg.

Frank sah zu Nick, der im Begriff war zu gehen. »Ich mach mich mal auf den Weg! Danke noch mal für deine Unterstützung.«

»Keine Ursache. Melde dich, solltest du weitere Fragen haben.«

»Mach ich.«

»Ein Freund?«, erkundigte sich Jörg, nachdem sich Nick außer Hörweite befand.

»Ja«, gab Frank knapp zurück.

»Ein Bulle. Stimmt's?«

»Wie kommst du darauf?«

»Die Jungs rieche ich auf 100 Meter Entfernung!« Er machte eine abschätzige Handbewegung.

»Ich wusste nicht, dass du ein Problem mit der Polizei hast.«

»Das habe ich auch nicht behauptet.« Jörgs Mundwinkel hoben sich amüsiert. Dann sah er auf die Uhr. »Hast du Zeit? Ich brauche unbedingt was in den Magen. Außerdem habe ich Neuigkeiten.«

»Da bin ich gespannt.«

»Das darfst du auch sein, mein Freund.«

KAPITEL 23

Nachdem Uwe aufmerksam Nicks Ausführungen gefolgt war, öffnete er die Schreibtischschublade und zog eine Tafel Schokolade in roter Alufolie mit dem Foto einer Möwe vorne auf der Banderole hervor.

»Damit wäre der Fall für uns erledigt. Magst du auch ein Stück? Sind kleine Marshmallows drin. Habe ich geschenkt bekommen«, betonte er und schob seinem Kollegen Nick die geöffnete Packung ein Stück entgegen.

»Die kenne ich, das ist eine von Annas Lieblingsschokoladen. Total lecker«, erwiderte dieser und nahm zu Uwes Erstaunen ein Stückchen.

»Dass ich das noch erleben darf!«

»Ich bin eben auch nur ein Mensch.«

»Der disziplinierteste, den ich in puncto Süßigkeiten kenne.«

»Ich muss auf meine Linie achten«, erwiderte Nick und legte eine Hand an den Bauch.

»Verstehe! Du bist in etwa so dick wie ein Hering zwischen den Augen!« Uwe konnte sich ein Grinsen nicht verkneifen.

»Was die Unfallsache betrifft, gebe ich dir recht. Wir können nicht beweisen, dass die Spinne und die übrigen Tiere absichtlich im Auto platziert wurden und somit ursächlich für den Unfall sind. Und nach Franks Aussage wäre das Ergebnis einer Obduktion vor Gericht ohnehin nicht verwertbar«, kehrte Nick zum eigentlichen Thema zurück. »Sollte trotz allem jemand seine Finger im Spiel gehabt haben, hat er sich verdammt clever angestellt. Außerdem musste er von ihrer Angst gewusst haben.«

»Viel interessanter finde ich die Frage nach dem Beweggrund. Warum hat er es getan? Wer profitiert von dem Tod der Frau?«, überlegte Uwe kauend und verstaute die restliche Schokolade in der Schreibtischschublade.

»Gute Frage. Bislang wissen wir über sie, dass sie und ihr Mann, der bereits verstorben ist, kinderlos waren und sie allein in ihrem Haus lebte.«

»Mit ihrem Hund«, ergänzte Uwe.

»Richtig. Ich schlage vor, wir sollten uns beim Nachlassgericht erkundigen, ob dort ein Testament hinterlegt ist und wer gegebenenfalls erbberechtigt ist«, schlug Nick vor.

»Sehr gute Idee! Damit können sich unsere beiden Frischlinge gleich morgen befassen.«

»Sofern es Hubsy Westermann wieder besser geht.«

»He, Nick, ich glaube, das ist dein Handy, das da brummt!«

KAPITEL 24

Am Nachmittag fuhr ich mit Christopher und den beiden Hunden nach Braderup in die Firma. Piet Sanders, mein Geschäftspartner, hatte mich zuvor angerufen und gebeten, ihn bei einem wichtigen Kundentermin zu vertreten, da er kurzfristig verhindert war. Als ich auf den Hof fuhr, erkannte ich zwischen den Autos unserer Mitarbeiter einen fremden Wagen. Ich hatte gerade Christopher aussteigen lassen, als sich die Wagentüren öffneten und ein Paar ausstieg. Der Mann kam auf mich zu, während sich seine Partnerin ihren Rock zurechtrückte und die Handtasche umhängte.

»Guten Tag! Arbeiten Sie hier?«, grüßte er und blinzelte gegen die Sonne.

»Ja! Wie kann ich Ihnen helfen?«, erkundigte ich mich und ließ Pepper und Chili aus dem Auto. Der Mann machte umgehend einen Schritt zurück, als die beiden sich ihm näherten. Daraufhin öffnete ich die seitliche Gartenpforte und schickte die Hunde in den Garten.

»Kann ich schaukeln gehen?« Christopher sah mich bittend an.

»Klar, mein Schatz!« Das ließ er sich kein zweites Mal sagen und folgte den beiden Fellnasen in den Garten, in dem Nick und Piet für ihn eine Schaukel sowie ein Klettergerüst gebaut hatten.

»Wir …«, begann der Mann und drehte sich zu seiner Begleiterin um, die mittlerweile zu ihm aufgeschlossen hatte und teilnahmslos umherblickte. »Wir haben einen Termin mit dem Inhaber. Mein Name ist Bernhard Freyer.« Auf die Identität der Frau an seiner Seite ging er nicht näher ein.

»Angenehm, Anna Scarren. Ich schlage vor, wir gehen in unser Büro. Folgen Sie mir bitte!« Ohne seine Reaktion abzuwarten, ging ich vor den beiden her in das Gebäude.

»Ist denn Herr Sanders nicht da?«, erkundigte sich Bernhard Freyer, nachdem er und seine Begleiterin Platz genommen hatten.

»Nehmen Sie es uns bitte nicht übel, aber wir würden eigentlich lieber mit dem Firmeninhaber, Herrn Sanders, persönlich sprechen. Oder aber mit Frau Bergmann, falls Herr Sanders nicht da sein sollte«, erklärte die Frau mit einem zuckersüßen Lächeln.

»Das tun Sie«, versicherte ich. »Bergmann ist mein Mädchenname. Darüber hinaus sind Herr Sanders und ich gleichberechtigte Geschäftspartner. Er ist leider momentan verhindert und hat mich gebeten, den Termin für ihn wahrzunehmen. Worum geht es denn?« Ich war bemüht, freundlich zu bleiben, obwohl mir diese Arroganz der beiden zutiefst zu wider war.

»Wir haben eine Immobilie auf der Insel erworben und möchten nunmehr das Grundstück drumherum anders gestalten lassen. Herr Sanders hat zugesichert, uns diesbezüglich zu beraten.«

Ich zog mein Tablet hervor, während ich den Ausführungen des Paares aufmerksam zuhörte. Gleichzeitig warf ich regelmäßig einen Blick aus dem Fenster, um Christopher im Auge zu behalten, der entweder schaukelte oder mit den Hunden spielte.

»In erster Linie ist es wichtig, dass alles möglichst schnell fertig wird. Sobald der Notar den Vertrag unter Dach und Fach hat, geht es los. Die Handwerker stehen ebenfalls in den Startlöchern. Nicht wahr, Schatz?« Sie legte ihre Hand auf die ihres Begleiters und sah ihn erwartungsvoll an.

Ihre Äußerung machte mich stutzig, und ich fragte nach. »Damit kein Missverständnis entsteht: Sie sind rein rechtlich nicht Eigentümer des Grundstückes?«

»Wenn Sie es ganz genau nehmen, nein. Aber die Angelegenheit ist bereits in trockenen Tüchern, seien Sie unbesorgt. Es handelt sich nur um eine Formsache. Sobald der

Notar aus dem Urlaub zurück ist, geht alles seinen offiziellen Weg«, versicherte mir Bernhard Freyer mit einem selbstgefälligen Gesichtsausdruck.

Bevor ich auf seine Worte reagieren konnte, fuhr die Frau fort.

»Zunächst möchten wir ohnehin nur ein Angebot. Das ist doch richtig, oder, Bernhard?« Sie schenkte ihrem Begleiter einen verunsicherten Seitenblick.

»Das ist zwar richtig, dennoch wäre mir viel daran gelegen, wenn Sie uns Ihren Vorschlag mit den zu erwartenden Kosten möglichst zeitnah zukommen lassen würden. Wie wir bereits erwähnten, sollten die Immobilie und der Garten gleichzeitig fertig sein.«

»Dann handelt sich also nicht um einen Neubau?«, erkundigte ich mich und machte mir nebenbei Notizen.

»Nein. Das Haus ist schon alt, es soll komplett renoviert werden.«

»In dem Haus wohnte zuletzt eine ältere Frau. Man hat das Gefühl, in eine andere Zeit zu reisen, wenn man das Haus betritt, wenn Sie verstehen, was ich meine. Es muss eine Menge gemacht werden, bis es unseren Ansprüchen und Vorstellungen entspricht«, fügte die Frau erklärend hinzu und nickte dabei heftig, als wolle sie ihrer Aussage mehr Nachdruck verleihen.

»Haben Sie schon genaue Vorstellungen, wie der Garten einmal werden soll?«, fragte ich, worauf sie umgehend weiterplapperte.

»Oh ja! Ich möchte unbedingt einen großen beheizbaren Pool. Nicht wahr, Bernhard? Du hast es mir versprochen.« Sie schenkte dem Mann neben sich einen filmreifen Augenaufschlag.

»Natürlich bekommst du den. Und alles, was du willst.«

Bei diesem gönnerhaften Getue stellten sich mir regelrecht die Nackenhaare auf.

»Schön. Dann schlage ich vor, Sie geben mir die Adresse des Grundstückes, und ich mache mir vor Ort ein Bild. Möglicherweise müssen wir uns bei der Umgestaltung an baurechtliche Vorschriften halten.«

»Sie halten das für möglich?« Er wirkte überrascht.

»Das werden wir sehen, wenn es so weit ist.« Ich zuckte die Achseln.

Bernhard Freyer griff nach dem Kugelschreiber vor ihm und schrieb die Adresse auf. »Bitte, Straße und Hausnummer in Archsum sowie meine Email-Adresse und Handynummer.« Dann erhob er sich von seinem Stuhl und erklärte auf diese Art unser Gespräch für beendet.

»Danke. Wir melden uns bei Ihnen. Warten Sie, ich bringe Sie zur Tür«, sagte ich und begleitete das Paar zum Ausgang.

Mit einem merkwürdigen Gefühl blickte ich dem Wagen nach, als er vom Gelände fuhr. Anschließend ging ich in den Garten zu Christopher und den Hunden. Dieses Grundstück würde ich mir auf jeden Fall bei nächster Gelegenheit ansehen.

KAPITEL 25

Jill wartete keine fünf Minuten, als sie ihn in der Menschenmenge, die sich durch die Friedrichstraße schob, erblickte. Er hatte sie ebenfalls erkannt und kam mit raumgreifenden Schritten schnurstracks auf sie zu. Kurz bevor er sie erreicht hatte, verlangsamte er das Tempo leicht, bis er vor ihr stand.

»Hallo, Frank!«

»Jill, schön, dich zu sehen.« Sie umarmten einander freundschaftlich. »Gut siehst du aus.« Seine Augen ruhten auf ihr.

»Du auch«, gab sie zurück. »Wie geht es dir?«

»Ganz gut.«

Für einen Moment standen sie sich unentschlossen und schweigend gegenüber, als träfen sie sich zum allerersten Mal.

»Wie sieht's aus? Wollen wir irgendwo gemeinsam einen Happen essen gehen?«, schlug Frank vor, um die verkrampfte Stimmung zwischen ihnen zu lockern.

»Gute Idee. Mir knurrt seit einer Stunde der Magen wie ein hungriger Löwe.« Sie lachte verlegen und steckte sich eine Strähne hinter das Ohr, die sich aus ihrem Pferdeschwanz gelöst hatte.

Wenig später saßen sie auf der Terrasse eines Restaurants an der Promenade mit Blick auf die Nordsee.

»Weißt du schon, was du nimmst?«, erkundigte sich Frank und sah von der Karte auf.

»Hm.« Jill biss sich auf die Unterlippe, während sie den Blick auf die Speisekarte gerichtet hielt. Dann klappte sie sie abrupt zu. »Yep! Ich habe mich entschieden. Und du?«

»Ich wäre auch so weit«, bestätigte Frank und sah sich nach der Servicekraft um.

Nachdem die Bedienung die Bestellung aufgenommen und die Getränke gebracht hatte, prosteten sie einander zu.

»Cheers! Willkommen zurück auf Sylt!«

»Schön, mal wieder festen Boden unter den Füßen zu haben.«

»Erzähl, wie war die Expedition?«, wollte Frank wissen.

»Faszinierend! Es fällt mir schwer, die Eindrücke in Worte zu fassen. Ich hätte nie gedacht, dass mich meine Arbeit eines Tages derart in den Bann ziehen würde.« Die Worte sprudelten aus Jill heraus, ihre Augen leuchteten mit jedem Satz, der ihr über die Lippen kam, mehr.

Während sie mit wachsender Begeisterung berichtete, kamen Frank vermehrt Zweifel an seiner Entscheidung, die er gerade einen Tag zuvor getroffen hatte.

»Ich hoffe, ich langweile dich nicht mit meinen Erzählungen. Wahrscheinlich erscheint das für dich überhaupt nicht spannend«, sagte Jill und trank einen Schluck von ihrem Weißwein. Im Licht der untergehenden Sonne ähnelte der Inhalt ihres Glases flüssigem Gold.

»Ganz im Gegenteil. Das ist interessant, und außerdem höre ich dir sehr gern zu.«

»Das freut mich. Jetzt bist du dran. Was ist bei dir so los?«, wollte sie wissen.

»Mit spannenden Abenteuern kann ich leider nicht dienen. Im Grunde war alles wie immer.«

In diesem Moment brachte ein Kellner das Essen. Während des Essens plauderten sie über belanglose Themen. Dennoch war eine gewisse Spannung in der Luft deutlich zu spüren. Nachdem das Geschirr abgeräumt worden war, nahm Frank allen Mut zusammen.

»Jill, ich muss dir etwas sagen.« Er hatte sich schwer damit getan, eine geeignete Formulierung zu finden. »Ich habe mir die Entscheidung wirklich nicht leicht gemacht. Aber in Anbetracht der aktuellen Situation ...«

»Frankieboy!« Jörg Neritz' Stimme ertönte quer über die Terrasse.

»Der hat mir gerade noch gefehlt«, murmelte Frank, während sich Jill neugierig umsah.

»Na, alter Junge? Feierst du etwa ohne mich?« Er schlug Frank mit einem Lachen auf die Schulter, zog sich einen Stuhl heran und nahm unaufgefordert Platz. »Champagner!«, brüllte er der Bedienung am Tisch gegenüber zu, die ihm einen genervten Blick schenkte.

»Willst du mich nicht endlich deiner bezaubernden Begleitung vorstellen?«

»Jill, das ist Jörg Neritz. Wir haben zusammen in Heidelberg studiert. Jörg, das ist Jill. Sie ist ...«

»Sehr erfreut!«, schnitt Jörg ihm das Wort ab, griff über den Tisch hinweg nach Jills Hand und deutete einen Handkuss an.

»Übertreib es nicht«, raunte ihm Frank zu. Sein Ärger über Jörgs Auftritt war ihm deutlich anzumerken.

»Hallo«, erwiderte Jill und warf Frank einen fragenden Blick zu.

Die Bedienung brachte eine Flasche Champagner sowie drei Gläser an den Tisch und wollte gerade die Flasche öffnen, als Jörg sie ihr entriss. »Ich mach das schon.«

»Gibt es einen bestimmten Grund zu feiern?«, erkundigte sich Jill, die als Erste ein Glas erhielt.

»Gründe gibt es immer, Schätzchen. Cheers!« Jörg setzte das Glas an den Mund und trank es in einem Zug leer. »Äh, was ist das denn für eine Plörre? Ich dachte immer, auf Sylt gibt es nur alles vom Feinsten.« Er schüttelte sich.

»Ist eben nicht alles Gold, was glänzt«, schob Jill ein und nippte an ihrem Champagner.

»Was ist das mit euch beiden? Eher ambulant oder stationär?«, wollte Jörg wissen und sah zwischen den beiden hin und her.

»Ich fürchte, ich verstehe nicht ganz?« Jills Augen funkelten angriffslustig.

»Ich denke, das ist unsere Privatsache. Wolltest du mir nicht etwas mitteilen?«, versuchte Frank, das Gespräch in eine andere Richtung zu lenken.

»Oh, verstehe. Na, was Festes käme für dich ohnehin nicht infrage. Oder kommt sie mit?«

»*Sie* sitzt übrigens mit am Tisch und hätte gerne gewusst, worum es überhaupt geht?«

»Lass uns das später besprechen, okay?«, versuchte Frank, Jills aufbrausendes Temperament zu beruhigen.

»Frank fängt demnächst bei mir an. Das Angebot konnte er sich unter keinen Umständen entgehen lassen.« Zufrieden grinsend lehnte sich Jörg zurück und schüttete den letzten Rest Champagner in sein Glas, das er auf ex hinunterkippte.

»Frank? Was bedeutet das?« Jills Blick schien ihn zu durchbohren.

»Das ist ganz einfach, Blondie. Dein Frank wird demnächst in meiner Klinik arbeiten. In der schönen Schweiz«, begann er zu trällern.

Jill funkelte Frank an. »Nett, dann herzlichen Glückwunsch!« Tränen der Wut und Enttäuschung verschleierten ihren Blick. Abrupt sprang sie auf, zerrte mit fahrigen Fingern einen Geldschein aus ihrer Geldbörse, knallte ihn auf den Tisch und verließ hoch erhobenen Hauptes die Restaurantterrasse.

»Herzlichen Dank! Das hast du toll hinbekommen«, schnaubte Frank und war im Begriff, Jill zu folgen. Doch Jörg hielt ihn zurück.

»Warte, die Kleine kriegt sich wieder ein. Das ist jetzt zwecklos, mit ihr zu reden. Die muss erst mal abkühlen. Glaub mir, ich habe da meine Erfahrungen. Laufe nie einer Frau hinterher, wenn du willst, dass sie dich ernst nehmen soll.«

Franks Kiefer mahlten aufeinander, während er mit sich rang, ob er ihr nicht doch besser folgen sollte.

»Sie ist echt ein heißer Feger, das muss ich dir lassen. Aber in puncto Frauen hattest du ja schon immer ein gutes Händchen. Bleib locker, mein Freund. Spätestens morgen steht sie wieder bei dir auf der Matte. Ich werde jetzt schon neidisch bei dem Gedanken auf euren Versöhnungssex.« Beschwichtigend hob er die Hände, als ihn Franks vernichtender Blick traf. »Ist ja gut! Du machst deine Entscheidung wegen ihr aber nicht rückgängig, oder?«

»Genau genommen habe ich dir bislang nicht einmal zugesagt. So eine Entscheidung trifft man nicht einfach nebenbei. Da hängen mehrere Faktoren dran.«

»Dein Entschluss steht doch längst fest. Das brauchst du nicht extra zu betonen.« Auf Jörgs Gesicht erschien ein selbstgefälliges Grinsen.

»Trotzdem hätte ich Jill von der Sache lieber selbst erzählt.« Eine kurze Pause entstand. »Ein Anruf, willst du nicht rangehen?« Frank deutete zu dem Smartphone auf dem Tisch, das hektisch blinkte. Jörg warf einen flüchtigen Blick auf das Display, machte jedoch keine Anstalten, den Anruf entgegenzunehmen.

»Nicht so wichtig«, brummte er stattdessen.

Gleich darauf verstummte das Gerät für einen Augenblick, um anschließend erneut heftig zu blinken.

»Scheint wohl doch wichtig zu sein.«

»Wahrscheinlich bloß wieder dieser Spinner.«

»Welcher Spinner?« Frank hob fragend die Augenbrauen.

»Ach, ich bekomme seit ein paar Wochen ständig anonyme Anrufe und Textnachrichten. Das nervt langsam.«

»Von wem?«

»Wenn ich das wüsste, wären sie nicht anonym.«

»Klar. Was will er oder sie?«

»Er. Er droht mir«, erklärte Jörg widerwillig und steckte das Handy ein.

»Drohen? Womit?«

»Was weiß ich? Interessiert mich nicht.«

»An deiner Stelle würde ich das nicht auf die leichte Schulter nehmen. Vielleicht ist er nicht so harmlos, wie du denkst. Warst du deswegen bei der Polizei?«

»Sicher nicht. Was kann die schon ausrichten? Solange nichts passiert, kann sie gar nichts machen. Ich sage ja, irgendein Spinner, der sich wichtigmachen will. Aber lassen wir das Thema. Ich habe dir doch erzählt, dass ich mich für ein Haus auf Sylt interessiere?«

»Klar. Wir waren schließlich zusammen dort.«

»Nicht das. Ich habe mich für ein anderes entschieden. Mein Kumpel hat durchblicken lassen, dass es in Kürze zum Verkauf steht. Und dann, mein Lieber, werde ich zuschlagen. Bäng! Das Vorkaufsrecht habe ich mir bereits einräumen lassen. Da kannst du später Urlaub machen, wenn die Sehnsucht nach Sylt zu groß wird.« Er lachte dröhnend.

»Gratuliere.« Franks Begeisterung hielt sich in Grenzen. Seine Gedanken schweiften ständig zu Jill. Er kam sich mies vor und musste schnellstmöglich mit ihr reden. Am besten noch heute, bevor ihr sowieso schon fragiles Verhältnis noch mehr litt.

KAPITEL 26

»Das ist ausgesprochen freundlich, dass Sie sich die Zeit nehmen und extra vorbeikommen. Kommen Sie bitte. Ich habe uns bereits einen Tee aufgesetzt. Sie trinken doch eine Tasse mit mir?«

»Sehr gerne, Frau Holmers!«

»Nehmen Sie Kluntje in Ihren Tee und ein bisschen Sahne?«, fragte sie, als sie am Wohnzimmertisch saßen.

»Selbstverständlich, das gehört zu einem echten Friesentee dazu«, betonte er.

»Für mich ist die nachmittägliche Teezeit, solange ich denken kann, ein festes Ritual.« Mit einem versonnenen Lächeln goss sie Tee in die Tassen. Der Kandis knackte laut, sobald er mit der heißen Flüssigkeit in Berührung kam.

»Früher habe ich oft mit meiner Oma Tee getrunken, wenn ich sie besucht habe«, erwiderte er.

»Dann kommen Sie auch aus dem Norden?«, erkundigte sie sich und schob die Schale mit den Keksen in seine Richtung. »Bitte! Bedienen Sie sich.«

»Oh, köstlich!« Er hatte von dem Keks abgebissen und schloss nun genussvoll kauend die Augen. »Das erinnert mich sehr an meine Kindheit in Ostfriesland.«

»Das freut mich, dass es Ihnen schmeckt. Leider fällt es mir zusehends schwerer, selbst zu backen. Ich bin eben nicht mehr die Jüngste.«

»Ich bitte Sie! Sie sind das blühende Leben, Frau Holmers! Und Ihre Kekse sind ein Gedicht. Es wäre eine Schande, wenn Sie nicht mehr backen würden«, schwadronierte er.

»Ach, kommen Sie!« Verlegen wandte sie den Blick ab. »Wenn Sie möchten, gebe ich Ihnen das Rezept. Ich habe leider weder Kinder noch Enkelkinder, denen ich es hinterlassen könnte. Tja, Erk, mein Mann, lebt nun auch seit ein paar Jahren nicht mehr.«

»Das …«, wollte er intervenieren, wurde jedoch von ihr unterbrochen.

»Warten Sie, ich hole es schnell.« Sie erhob sich aus dem Sessel und humpelte in die Küche.

Der Mann sah ihr nach, dann ließ er das restliche Stück Keks zu Boden fallen und kickte es mit der Fußspitze unter das Sofa. Während die Frau in der Küche beschäftigt war, holte er einige Papiere und Prospekte aus seiner Aktentasche und breitete sie auf dem Tisch aus.

»Hier ist das Rezept. Ich habe es doppelt, da ich es ursprünglich einer Nachbarin geben wollte. Ich hoffe, Sie können meine Schrift lesen.« Sie reichte ihm einen handbeschriebenen Zettel.

»Eine brillante Handschrift. Vielen Dank!« Schnell ließ er das Geschriebene in seiner Tasche verschwinden. »Wie bereits am Telefon besprochen, habe ich Ihnen die Unterlagen vorbereitet und mitgebracht. Sie brauchen nur noch zu unterschreiben.«

»Und ich muss mich anschließend um nichts mehr kümmern?«, fragte sie zögerlich, als er ihr einen Kugelschreiber entgegenstreckte.

»Nein, mit dieser Unterschrift werden Sie sich in Zukunft um nichts mehr kümmern müssen.« Er setzte ein überzeugendes Lächeln auf.

Sie griff nach dem Stift und unterschrieb. »Na, wenn Sie das sagen! Jetzt kann ich gleich viel beruhigter schlafen, ohne dass ich mir ständig Sorgen machen muss. Nehmen Sie doch noch einen Keks!«

KAPITEL 27

»Moin, Nick! Ich hoffe, du bringst positive Nachrichten. Ist Frank noch etwas eingefallen?«

»Leider nein. Ich fürchte, damit hat sich der Fall für uns endgültig erledigt.«

»Das bedeutet, wir haben aus medizinischer Sicht keine Chance, eine Mordabsicht zu belegen?«, wollte Uwe wissen und kratzte sich am Kinn.

»Nach Franks Aussage ist es praktisch unmöglich, einen erhöhten Stresspegel im Nachhinein nachzuweisen. Und selbst wenn, wäre die Analyse nicht gerichtstauglich. Wir können schließlich nicht nachweisen, dass die Frau den Unfall stressbedingt verursacht hat. Tja, das war's dann.« Er nahm sich einen Kaffee und setzte sich damit an seinen Schreibtisch.

»Wäre auch zu einfach gewesen. Dann bleibt das Ganze ein Verkehrsunfall mit tödlichem Ausgang. Nicht mehr und nicht weniger.«

»So ist es. Konnten unsere beiden Neuzugänge wenigstens etwas beim Nachlassgericht in Erfahrung bringen?«

»Bislang habe ich noch nichts von ihnen gehört.«

»Das dauert vermutlich, obwohl die in Niebüll uns meistens schnell helfen, wenn es um Auskünfte geht«, bemerkte Nick.

»Das verdanken wir allein dir.« Uwe zwinkerte seinem Kollegen zu.

»Unsinn! Wie kommst du denn darauf?«

»Erinnere dich an unseren Besuch dort letztes Jahr. Bei deinem Erscheinen ist die junge Frau dahingeschmolzen wie Butter in der Sonne.«

»Blödsinn.« Kopfschüttelnd sah Nick auf die Uhr. »Mittagszeit. Hast du Hunger?«

»Wohl eher ein Dauerzustand«, gab Uwe selbstkritisch zurück, worauf Nick lachen musste. »Ich komme trotzdem mit.«

Nachdem sie eine Kleinigkeit gegessen hatten, machten sie sich auf den Rückweg zur Dienststelle. Sie warteten an der Fußgängerampel, als eine Gruppe Harleys mit dröhnenden Motoren an ihnen vorbeifuhr.

»Leidet da nicht das eigene Gehör, wenn man die ganze Zeit auf so einem Höllenteil herumfährt? Wenn du mich fragst, ist das eine zusätzliche Belastung für unsere Insel und sollte verboten werden«, maulte Uwe vor sich hin.

»Da fallen mir andere Dinge ein, die dringender unterbunden werden sollten, als einmal im Jahr dieses Motorradtreffen. Lass den Leuten doch den Spaß! Das ist Kult!«, erwiderte Nick.

»Hm«, brummte Uwe missmutig und stapfte neben dem Kollegen her.

»In letzter Zeit gehst du wegen jeder Kleinigkeit gleich an die Decke. Willst du mir nicht endlich verraten, woran das liegt?«, wollte Nick wissen, als sie wieder in ihrem Büro saßen.

»Ich bin wie immer.«

»Du wirkst ausgesprochen nervös, wenn unsere Neuzugänge anwesend sind. Du hast dich doch nicht etwa in Hubsy verknallt? Bisschen jung, findest du nicht?« Nick grinste amüsiert.

»Ich habe keine Ahnung, wovon du sprichst«, grummelte Uwe und vermied, Nick dabei direkt anzusehen.

»Okay, okay, du willst es nicht sagen.«

In diesem Augenblick klopfte es an der Tür und Maurizio und Hubsy kamen herein.

»Hallo«, begann Maurizio. »Stören wir Sie?« Sein Blick huschte zwischen Nick und Uwe hin und her.

»Nein, ihr stört nicht.« Nick winkte die beiden näher. »Ich finde, wir sollten alle offiziell zum Du übergehen. Das macht es weniger kompliziert. Ich bin Nick.« Er reichte den beiden nacheinander die Hand und sah dann zu Uwe, der sich nach anfänglichem Zögern von seinem Stuhl erhob und den jungen Beamten ebenfalls die Hand reichte.

»Uwe.« Sein Blick wanderte erst zu Maurizio, dann zu Hubsy, auf der er einen Moment länger ruhte.

»Wir haben mit dem Nachlassgericht in Niebüll gesprochen. Die zuständige Sachbearbeiterin war äußerst hilfsbereit. Ehe ich es vergesse, wir sollen Ihnen … ich meine dir, Nick, herzliche Grüße ausrichten«, ließ Hubsy nicht unerwähnt.

Auf Uwes Gesicht breitete sich ein breites Grinsen aus.

»Danke. Und? Konnte sie euch weiterhelfen?«, fuhr Nick ungerührt fort.

»Marga Lornsen hat keine direkten Erben«, begann Maurizio mit den Ergebnissen der Nachforschungen.

»Aha. Und was geschieht mit ihrem Nachlass?«, drängte Uwe ungeduldig.

»Wie uns die Mitarbeiterin beim Gericht sagte, liegt aber ein Testament vor.«

»Gut. Zu wessen Gunsten fällt es aus? Konnte sie das sagen?«

»Sie wollte erst nicht mit der Sprache rausrücken, aber schließlich hat sie es verraten.«

»Warum so geheimnisvoll? Hatte sie einen jungen Geliebten, von dem niemand wissen darf, oder was? Nun spannt uns nicht unnötig auf die Folter!«, verlangte Uwe eine Erklärung.

»Nein, besser«, begann Hubsy.

KAPITEL 28

Ich hatte begonnen, die Bücher aus Femkes Haus zu sortieren und in den Regalen zu verstauen, als mehrmals hintereinander die Türklingel erklang.

»Ich komme ja schon«, murmelte ich und lief barfuß die hölzerne Treppe nach unten.

»Warum habt ihr nichts gesagt? Ihr wusstet doch längst davon!«, schleuderte mir meine Schwägerin aufgebracht entgegen, kaum hatte sie das Haus betreten.

»Entschuldige, Jill, aber ich habe keine Ahnung, wovon du sprichst. Willst du mir nicht in Ruhe erzählen, was los ist?«

»Frank geht weg von Sylt«, erklärte sie zu meinem Erstaunen.

»Das kann ich mir nicht vorstellen. Bist du sicher, dass du ihn richtig verstanden hast?«

»Was gibt es da nicht richtig zu verstehen?« Sie wirkte aufgewühlt und traurig zugleich.

»Was hat er denn genau gesagt?«, fragte ich nach und bedeutete ihr, Platz zu nehmen. Doch sie lief unruhig auf und ab. Ebenso wie es Nick tat, wenn er angestrengt nachdenken musste.

»Wir hatten uns gestern in Westerland zum Essen verabredet. Dann tauchte plötzlich ein Typ auf, den er von früher kennt, und hat sich damit gebrüstet, dass Frank einen Job bei ihm in der Schweiz antreten werde.«

»Und was hat Frank dazu gesagt?«

»Nichts. Er wollte mir zu einem späteren Zeitpunkt alles erklären. Deutlicher geht es ja wohl kaum.« Sie blinzelte eine Träne weg und vergrub ihr Gesicht anschließend in Chilis Fell, die sich dicht an ihr Bein schmiegte.

»Ach, Jill! Vielleicht ist das alles bloß ein großes Missverständnis. Ihr solltet dringend miteinander reden.«

»Wozu? Frank hat seine Entscheidung getroffen. Außerdem kann jeder von uns machen, was er will. Wir sind kein Paar mehr.« Sie setzte eine trotzige Miene auf und schob den Unterkiefer leicht vor. »Soll Frank glücklich werden in der Schweiz, ich wünsche es ihm. Du hättest diesen Kerl mal sehen sollen. Total arrogant und unsympathisch. Ein richtiger Angebertyp! So wie ich ihn verstanden habe, will er ein Haus auf Sylt kaufen. Wahrscheinlich weiß er sonst nicht wohin mit der Kohle.« Sie schnaubte verächtlich.

»Ich würde auf jeden Fall mit Frank reden. Er ist dir wichtig, sonst würde dich die ganze Geschichte nicht derart bewegen.«

»Ich hatte gehofft, wir könnten vielleicht …« Sie beendete den Satz nicht.

»… wieder zusammenkommen?«

»Ja. Ich habe ihn echt vermisst.« Jill streichelte dem Hund gedankenverloren über den Kopf.

»Worauf wartest du dann? Geh zu ihm und sag ihm das. Ich bin überzeugt, er wird seine Entscheidung zumindest überdenken. Nur redet miteinander!«

»Meinst du, dass er das noch will?«

»Ganz sicher.«

Sie stieß einen lang gezogenen Seufzer aus. »Ich hoffe, du behältst recht. Ich schicke ihm am besten gleich eine Nachricht, ob er sich heute Abend mit mir treffen will.« Jetzt stahl sich ein zaghaftes Lächeln in ihr Gesicht.

»Telefonieren würde ich für angebrachter halten, aber das ist deine Entscheidung.«

Nachdem Jill gegangen war, machte ich mich auf den Weg in unsere Firma nach Braderup. Als ich das Firmengebäude betrat, konnte ich bereits Piets Stimme hören. Ich betrat sein Büro und sah ihn mit dem Telefon am Ohr. Er bedeutete mir, einen Moment zu warten.

»Moin, Anna!«, sagte er, nachdem das Telefonat beendet war. »Trifft sich gut, dass du gerade da bist.«

»Moin, Piet! Was gibt's?«

»Ich wollte mich noch bedanken, dass du neulich für mich eingesprungen bist. Wie war der Termin? Haben wir den Auftrag bekommen?«

»Das dauert wohl noch. Zunächst möchten die Herrschaften ein Angebot. Das wäre mit dir abgesprochen gewesen.«

»Echt? Daran kann ich mich nicht erinnern.«

»Das war sowieso alles ein bisschen merkwürdig.«

»Inwiefern? Haben sie es sich am Ende anders überlegt?«, wollte mein Geschäftspartner wissen.

»Nein, das nicht. Die Frau plant bereits ihren Pool. Aber wenn ich die beiden richtig verstanden habe, gehört ihnen das Grundstück noch gar nicht.«

»Wie bitte? Man beauftragt doch keine Firma mit der Gartengestaltung für ein Grundstück, das einem nicht gehört?«

»Eben. Sie haben zwar mehrfach betont, dass es lediglich reine Formsache wäre, trotzdem kommt mir das seltsam vor«, betonte ich.

»Wie seid ihr verblieben?«

»Ich habe versprochen, mir das Anwesen anzusehen. Kann ja nicht schaden. Es klang wirklich vielversprechend, was die beiden vorhaben.«

»Mach das. Einen lukrativen Auftrag können wir immer gebrauchen, die Konkurrenz schläft nicht.« Er grinste schief. »Übrigens kommen wir in Keitum gut voran. Der Neubau steht, die Innenarbeiten haben gerade begonnen. Passt uns gut in den Kram, da können wir draußen richtig loslegen. Ich wäre dir dankbar, wenn du in den nächsten Tagen vorbeischauen könntest.«

»Klingt gut. Ich schaue nachher gleich in meinen Kalender, wann es am besten passt«, sicherte ich ihm zu. »Haben wir mittlerweile Rückmeldungen auf unsere Stellenausschreibung erhalten?«, fragte ich in diesem Zusammenhang. »Ohne Personal nutzen uns auch die einträglichsten Aufträge nichts.«

»Ja, zwei Bewerbungen waren heute in der Post. Ich hatte noch keine Gelegenheit, sie durchzusehen. Online liegt ebenfalls etwas im Postfach. Ich schaue mir das gleich an und gebe dir Bescheid, wenn etwas Ernstgemeintes dabei ist.«

»Okay.« Ich sah auf meine Uhr. »Wenn weiter nichts anliegt, würde ich jetzt zu dem Grundstück fahren, das das Paar kaufen will.«

»Wo war das noch gleich?«

»In Archsum.«

Kurze Zeit später fuhr ich zu der angegebenen Adresse in Archsum. Das Grundstück grenzte unmittelbar an eine riesige Weide, auf der friedlich einige Rinder grasten. Toplage, dachte ich, während ich durch die hölzerne Gartenpforte trat. Hier im Osten von Sylt schienen die Uhren etwas langsamer zu ticken im Vergleich zu dem geschäftigen Treiben im Westen der Insel. Fernab vom Trubel konnte man noch ein Stück der Ursprünglichkeit der Insel erleben und die Ruhe, die Weite und die einzigartige Natur genießen. Ich wünschte mir, dass dies noch sehr lange so erhalten bliebe und nicht auch eines Tages dem Tourismus zum Opfer fallen würde. Als ich an der Haustür stand, suchte ich den Klingelknopf, fand jedoch stattdessen einen Türklopfer in Form einer Walflosse. Da ich nicht sicher war, ob das Haus nicht doch noch bewohnt war, wollte ich mich auf jeden Fall bemerkbar machen. Ich wollte ihn gerade betätigen, als mein Blick auf ein leicht verwittertes Namensschild neben der Tür fiel.

KAPITEL 29

»Der Mops?« Uwe meinte, sich verhört zu haben.

»Genau genommen ein Tierschutzverein, aber der soll sich um den Hund kümmern. Das ist im Testament so festgelegt, weil ein Tier in Deutschland nicht erbberechtigt ist«, erklärte Maurizio.

»Das würde noch fehlen! So ein Hund lebt schließlich auch nicht ewig«, gab Uwe zu bedenken. »Wer kommt als Nächstes dran? Der Kanarienvogel? Am Ende kann es dem Tier doch egal sein, wer die Kosten für sein Futter trägt.«

»Das sehen eben nicht alle so. Ich finde die Idee gut, seinen Nachlass an eine Tierschutzorganisation zu vererben, die sich um notleidende Hunde und Katzen kümmert«, verkündete Hubsy mit ernster Miene.

»Die Menschheit wird immer seltsamer.« Uwe schüttelte den Kopf und rieb sich die Nase.

»Es sollte viel mehr Leute geben, die sich um andere Gedanken machen und kümmern. Das gilt im Übrigen nicht nur für Tiere. Es soll Menschen geben, denen ist generell alles egal«, konterte Hubsy in messerscharfem Ton. Ihr Blick blieb für den Bruchteil einer Sekunde an Uwe hängen.

»Dann hätten wir also die Nachlassfrage geklärt«, stellte Uwe daraufhin fest und ging zum Fenster, um es öffnen. Die Luft im Raum fühlte sich auf einmal stickig an. »Somit gibt es also niemanden, der von dem vorzeitigen Ableben der Frau profitiert hätte. Dann bleibt es dabei, es war ein Unfall.«

»Was passiert mit dem Hund? Hat er ein neues Zuhause gefunden?«, bekundete Hubsy ehrliches Interesse.

»Eine Bekannte der Verstorbenen hat ihn zu sich genommen«, beantwortete Nick die Frage.

»Gut, dann danke an euch beide. Wir melden uns, wenn wir weitere Unterstützung benötigen sollten«, löste Uwe die kleine Versammlung auf, worauf die beiden Polizisten das Büro verließen.

»So, Uwe, nun mal Klartext. Was läuft da zwischen dir und Hubsy? Und komm mir nicht wieder mit einer Ausrede.« Nick sah seinen Kollegen eindringlich an.

»Du musst mir versprechen, dass die Sache unter allen Umständen unter uns bleibt. Bitte, Nick.«

»Versprochen. Du kannst dich auf mich verlassen.«

Uwe atmete tief durch und schloss das Fenster. »Also gut.«

KAPITEL 30

»Jill kam heute Vormittag vollkommen aufgelöst zu uns. Sie hat erzählt, dass Frank die Insel verlassen und in die Schweiz gehen will. Hast du das gewusst?«, sagte ich, während wir durch die Morsumer Feldmark spazierten. Christopher fuhr mit seinem Fahrrad vorneweg, begleitet von unseren beiden Hunden.

»Das höre ich heute zum ersten Mal«, erwiderte Nick.

»Für mich war das auch völlig neu. Jill hat es mehr oder weniger zufällig erfahren. Frank und sie saßen gerade beim Essen, als ein Bekannter von Frank aufgetaucht ist und das Thema angesprochen hat. Jedenfalls hat sie die Nachricht wie ein Schlag getroffen.«

»Warum? Ich dachte, dass sich das zwischen den beiden sowieso erledigt hätte. Ihre Beziehungspause dauert doch schon ewig. Jill hat in der letzten Zeit nicht gerade den Eindruck vermittelt, dass sie sich nach Frank sehnt.«

»Offenbar hat sie jetzt erst gemerkt, wie viel er ihr wirklich bedeutet. Sie war nicht nur wütend, sondern regelrecht niedergeschlagen.«

»Meine Schwester kriegt sich schon wieder ein. Sie ist und bleibt eine Dramaqueen, du kennst sie doch. Für sie ist das mehr ein reizvolles Spiel als der Wunsch nach einer echten Beziehung.« In Nicks Worten schwang ein bitterer Unterton mit.

»Nein, Nick. Dieses Mal täuschst du dich. Du hättest sie erleben sollen. Sie tat mir richtig leid.«

»Wenn ihr Frank so viel bedeutet, dann hätte sie längst mit ihm reden sollen.«

»Das sagt der Richtige!« Ich musste kurz lachen. »Wie war das damals? Wer hat sich in sein Schneckenhaus zurückgezogen?«, neckte ich ihn und kniff ihn spielerisch in die Seite.

»Das war eine völlig andere Situation«, rechtfertigte sich Nick postwendend.

»Klar. Ihr Scarrens könnt allesamt ganz schön stur sein.«

»Ich kann mir nicht vorstellen, dass Frank diese Entscheidung spontan getroffen hat. Er wird das gut überlegt haben«, gab Nick zu bedenken.

»Ich fände es schade, wenn er geht. Er ist im Laufe der Zeit zu einem richtigen Familienmitglied geworden. Oder?«

»Mehr oder weniger«, brummte Nick. »Christopher! Fahr weiter rechts, von vorne kommen Räder!«

»Ich weiß, du mochtest ihn anfangs nicht besonders, aber mittlerweile kommt ihr doch gut klar.«

»Solange er die Finger von dir lässt, ist alles gut.«

Ich konnte mir abermals ein Lachen nicht verkneifen. »Ach, Nick, mir scheint, du hast die alte Geschichte noch immer nicht verwunden. Das muss ja mächtig an deinem Ego gekratzt haben. Ich wusste nicht, dass du derart nachtragend sein kannst.«

»Manches vergisst man eben nicht.«

»Ihr Männer seid manchmal wirklich ulkig. Apropos ulkig, ich war heute bei einem Grundstück, das wir in Kürze umgestalten sollen«, wechselte ich zu einem anderen Thema.

»Das klingt für mich nicht ungewöhnlich. Ein neuer Auftrag ist doch gut für euch.«

»Ja, das meine ich auch nicht. Ich fand nur die Tatsache ein bisschen merkwürdig, dass das Paar das Grundstück noch nicht gekauft hat, uns aber mit der Planung beauftragt hat.«

»Im Vorfeld?«

»Angeblich ist der Kaufvertrag noch nicht unterzeichnet, was aber in Kürze über die Bühne gehen soll. So ein Vorgehen ist ungewöhnlich. Meinst du nicht auch?«

»Merkwürdige Reihenfolge.«

»Ich war neugierig und habe auf dem Heimweg einen Abstecher zu der Adresse gemacht, um mir das Grundstück anzusehen. Das Haus wirkte bewohnt, deshalb wollte ich klingeln, bevor ich dort herumlaufe. Dann habe ich das Namensschild gesehen und nicht schlecht geguckt. Da stand ›Marga & Okke Lornsen‹.«

»Marga Lornsen? Ein Irrtum ist ausgeschlossen?«

»Absolut. Das ist der Name der Frau, die mit dem Auto tödlich verunglückt ist.«

»Soweit ich weiß, steht das Haus aktuell nicht zum Verkauf. Wir haben gerade heute darüber gesprochen. Marga Lornsen hat ihr gesamtes Vermögen einem Tierschutzverein vermacht mit der Auflage, dass ihr Hund bis zu seinem Tod mit allem versorgt wird, was er braucht.«

»Oh, das ist ungewöhnlich, dass das so explizit geregelt ist.«

»Natürlich wird sich jemand um das Tier und die Verwaltung des Nachlasses kümmern müssen. Trotzdem kann ich mir nicht vorstellen, dass das Haus so schnell verkauft wird. Ihr Tod liegt noch nicht lange zurück.« Nick wirkte nachdenklich.

»Weißt du, was ich denke? Der Unfall wurde bewusst herbeigeführt, um an ihr Geld zu kommen. Warum sollte sonst jemand die Insekten in das Auto gesetzt haben?«

»Dafür gibt es keine Beweise. Außerdem müsste derjenige dann auch noch den Hund und die Tierschutzorganisation aus dem Weg schaffen, um an den Nachlass zu kommen. Das macht also keinen Sinn. Dieses Gedankenspiel haben wir bereits mehrfach durchgespielt, Anna, das kannst du uns glauben.«

»Angenommen …«, holte ich aus, wurde jedoch von Nick umgehend eingebremst.

»Vergiss es. Ein Tötungsdelikt können wir ausschließen, dafür fehlt das Motiv. Ich versichere dir, Sweety, wir haben diesbezüglich in alle Richtungen ermittelt. Es ist und bleibt ein tödlicher Verkehrsunfall. Du brauchst deine Fantasie also nicht weiter zu strapazieren.« Er grinste.

»Aber wenn das Haus …«

»Kein Aber.«

Mittlerweile hatten wir unsere Runde beendet und waren zu Hause angekommen. Die Hunde standen hechelnd vor der geschlossenen Gartenpforte und warteten auf uns.

KAPITEL 31

Als Frank den neuen Kursaal in Westerland betrat, schlug ihm ein Gemisch aus lauter Musik und Stimmengewirr entgegen. Die *Summertime Party* der Harley-Fans war in vollem Gange. Er bahnte sich den Weg durch die Menge, stets Ausschau nach Jörg Neritz haltend, von dem er sich zu der Teilnahme an der Bikerparty hatte überreden lassen. An der Stirnseite des Saals war eine Bühne aufgebaut, auf der eine Live-Band den Gästen ordentlich einheizte. Nach wenigen Minuten hatte Frank den Stehtisch erreicht, an dem Jörg in Begleitung einer weiteren Person stand.

»Frank! Da bist du ja! Darf ich dir Viktor, den Immobilienmakler meines Vertrauens, vorstellen?« Er lachte dröhnend, während er auf den Mann zu seiner Rechten deutete.

»Hi, du bist Jörgs neuer Kompagnon, habe ich gehört.«

»Schauen wir mal.« Frank war darauf bedacht, das Thema nicht näher zu erörtern.

»Welchen Typ Maschine fährst du?«, fragte Viktor interessiert.

»Frank steht mehr auf vierrädrige Sportwagen der Luxusklasse. Stimmt's, mein Lieber?«, klinkte sich Jörg in die Unterhaltung ein.

»Jörg hat recht. Für Motorräder konnte ich mich noch nie begeistern, sorry.«

»Eine Harley kannst du nicht mit einem üblichen Motorrad vergleichen. Eine Harley zu fahren bedeutet nicht nur Freiheit, sondern ist der Inbegriff eines einzigartigen Lebensgefühls. Das ist einfach Kult«, schwärmte der Makler aus voller Überzeugung.

»Kann schon sein«, gab Frank mit einem gequälten Lächeln zurück.

»Ich habe mir letztes Jahr die Nightster mit dem Revolution Max 975T Motor gekauft. Geiles Teil, sage ich euch.«

»Ah, die ist mir viel zu modern. Der fehlt jeglicher Charme. Ich bevorzuge mehr die älteren Modelle«, erwiderte ein anderer Biker, der sich in diesem Moment zu ihnen an den Tisch stellte.

»Hört, hört, unser Eddie liebt es nostalgisch«, lachte Viktor und boxte Eddie freundschaftlich gegen den Oberarm.

Frank sah derweil zu Jörg, der sich nicht in das Gespräch einbrachte, was eher untypisch für ihn war. Stattdessen war er mit seinem Smartphone beschäftigt. Er hob kurz den Kopf. »Entschuldigt mich bitte einen Moment.« Dann eilte er davon.

»Was ist denn mit dem los?«, wollte Viktor wissen und sah seinem Freund verwundert hinterher.

Augenblicklich ertönte frenetischer Jubel, als die Band den nächsten Song anstimmte. Viktor hatte einen weiteren Bekannten entdeckt und wechselte den Tisch. Eddie folgte ihm. Einige Minuten später kehrte Jörg zurück, griff nach seiner Bierflasche und trank sie leer.

»Probleme?«, fragte Frank.

»Alles im grünen Bereich«, antwortete Jörg und war bemüht, Optimismus auszustrahlen.

»Dein Gesichtsausdruck sagt allerdings etwas anderes. Nachrichten von deinem anonymen Freund?«, insistierte Frank und beobachtete Jörgs Reaktion. »Ich kann dir nicht vorschreiben, was du zu tun hast, aber ich an deiner Stelle würde mich an die Polizei wenden.«

»Kein Bedarf, außerdem – was können die schon unternehmen?« Jörg gab einen freudlosen Lacher von sich.

»Wie du meinst.«

»Das sind nichts weiter als leere Drohungen. Das meint er nicht ernst.«

»*Er*? Du weißt also doch, um wen es sich handelt?«

»Jonas«, gab Jörg widerwillig zu.

»Jonas? Wer ist das?«

»Mein Sohn.«

»Ich wusste nicht, dass du Familie hast.« Frank war ehrlich überrascht. »Das hast du nie erwähnt.«

»Habe ich auch nicht. Seine Mutter hat mich damals aufs Kreuz gelegt, um anschließend abzukassieren.«

»Mein Mitleid hält sich in Grenzen«, konterte Frank. »Siehst du deinen Sohn regelmäßig oder beschränkt sich eure Beziehung auf das Finanzielle? Entschuldige, dass ich das so salopp formuliere.«

»Treffender hätte ich es nicht sagen können. Nein, ich sehe ihn so gut wie nie. Jonas geht auf ein Internat. Den Luxus finanziere ich ihm, ansonsten habe ich weder zu ihm noch zu seiner Mutter Kontakt. Alles andere geht über meine Anwälte.«

»Verstehe.«

»Spiel jetzt bitte nicht den Moralapostel, nach dem Motto: ›Der Junge braucht einen Vater‹ und dem ganzen Scheiß. Die Rolle steht dir nicht, Frank. Du bist genauso wenig ein Familienmensch wie ich. Wir würden unsere Freiheit und Unabhängigkeit niemals aufgeben.«

»Das kommt darauf an.«

»Ach nee! Dein Sinneswandel hat nicht zufällig etwas mit dem Blondchen von neulich zu tun?«

»Ich möchte nicht, dass du so von Jill sprichst«, erwiderte Frank verärgert.

»Sorry! Dann ist es scheinbar ernster, als ich dachte. Mutierst du auf deine alten Tage zum Pantoffelhelden, was?«

»Red keinen Stuss!«

»Ambulant statt stationär – das war immer unsere Maxime. Erinnerst du dich nicht mehr? Da bleibt einem ’ne Menge Ärger erspart.«

»Das sieht man ja bei dir.«

»Wie auch immer. Ich für meinen Teil habe jedenfalls

nicht vor, mich von einer Frau herumkommandieren zu lassen oder ständig Rechenschaft darüber ablegen zu müssen, was ich tue oder lasse. Die Weiber sind doch alle gleich. Am Ende wollen sie nur deine Kohle. Wo ist eigentlich Viktor?« Suchend sah er sich nach dem Freund um.

»Er hat jemanden getroffen und steht dort drüben mit Eddie und Wolle.«

»Ja, immer busy, der Mann. Auf Sylt brummt das Geschäft mit Häusern und Grundstücken. Wer kann ihm da verübeln, dass er seine Kontakte pflegt.«

»Ich glaube, für mich ist es Zeit. Ich bin echt kaputt.« Frank sah demonstrativ auf seine Uhr.

»Hat dir das Büffet etwa nicht zugesagt? Es ist noch nicht einmal Mitternacht, und du machst schon schlapp? Oder hast du noch etwas Besseres vor?« Auf Jörgs Gesicht erschien ein anzügliches Grinsen.

»Wir sehen uns!«

»Treib es nicht zu wild, nicht, dass du morgen nicht pünktlich zur Ausfahrt erscheinst. Spätestens 9 Uhr auf der Westerländer Promenade.«

»Ich befürchte, das ist wirklich nichts für mich. Außerdem habe ich einiges zu erledigen«, versuchte Frank, sich elegant aus der Affäre zu ziehen.

»Das kannst du auch ein anderes Mal machen. Komm schon! Ich verlasse mich auf dich!«

»Okay«, ließ sich Frank breitschlagen, worauf ihm Jörg heftig auf die Schulter schlug.

»So gefällst du mir gleich viel besser!«

Draußen auf der Friedrichstraße sog Frank die kühle Nordseeluft tief in seine Lungen und machte sich auf den Weg nach Hause. Der nächtliche Fußmarsch würde ihm helfen, den Kopf frei zu bekommen und seine Gedanken zu sortieren. Als er um die nächste Ecke bog, erkannte er im schwachen Licht einer Laterne zwei Männer, die offensichtlich in einen heftigen Streit verwickelt waren. Im Näherkommen erkannte er den einen von ihnen.

»Viktor, alles in Ordnung? Kann ich helfen?«, bot er ihm an.

»Hi, Frank! Ist die Party schon vorbei?«

»Nein. Jörg ist noch da. Ich glaube, er sucht bereits nach dir.« Frank sah dem Mann nach, mit dem Viktor eben noch gestritten hatte und der jetzt in der Dunkelheit verschwand.

»Bloß ein Bekannter«, erklärte Viktor unaufgefordert und lachte mehr aus Verlegenheit als aus Freude.

»Na, dann noch einen schönen Abend.« Frank ging nicht weiter auf die Äußerung ein, sondern setzte seinen Weg fort. Er hatte erst wenige Meter zurückgelegt, als er einen Anruf erhielt.

KAPITEL 32

»Das freut mich, dass sich Carstens Zustand gebessert hat«, sagte ich, während ich mit Ava nach Westerland in die Klinik fuhr. Ich hatte ihr angeboten, sie heute mit in die Stadt zu nehmen.

»Ja, er macht Fortschritte, ist aber einfach zu ungeduldig. Wenn es nach ihm ginge, wäre er längst zu Hause und würde sein Gemüsebeet beackern.« Sie seufzte und sah aus dem Fenster, zeitgleich drehte sie den Ehering an der rechten Hand.

»Ich kann ihn gut verstehen, ich bin ähnlich ungeduldig bei solchen Dingen. Außerdem fühlt man sich zu Hause eben am wohlsten.«

»Jedenfalls habe ich ihn mittlerweile so weit, dass wir ernsthaft eine Haushaltshilfe in Erwägung ziehen.«

»Das sind ebenfalls erfreuliche Neuigkeiten. Wie hast du das denn hinbekommen?«

»Das war ein langer Weg, glaube mir«, erwiderte sie mit einem Schmunzeln. »Als ich neulich beim Arzt war, habe ich zufällig ein Gespräch zu diesem Thema mitbekommen. Die Sprechstundenhilfe hat mit einer Patientin über einen Pflegedienst gesprochen. Ich habe mir daraufhin gleich die Kontaktdaten geben lassen und später dort angerufen. Kann nicht schaden, sich zu informieren. Übermorgen kommt jemand für einen Beratungstermin vorbei. Das habe ich Carsten allerdings noch nicht gesagt. Ich will erst mal hören, was es gibt und mit welchen Kosten wir rechnen müssen. Davon habe ich nämlich nicht die leiseste Ahnung.«

»Damit habe ich mich auch noch nie befasst«, musste ich zugeben.

»In deinem Alter brauchst du das auch nicht. Am liebsten wäre es mir, wenn wir alles geregelt hätten, wenn Carsten aus der Reha zurück ist. Denn dann benötigen wir mit Sicherheit Hilfe.«

»Das klingt nach einem vernünftigen Plan«, bemerkte ich. »Kann ich dich unterstützen?«

»Danke, das ist sehr nett von dir, aber zunächst handelt es sich bloß um einen unverbindlichen Beratungstermin. Das schaffe ich.«

Nachdem ich Ava an der *Nordseeklinik* abgesetzt hatte, fuhr ich zum Einkaufen nach Tinnum. Am Morgen hatte ich die vorletzte Dose Hundefutter verfüttert und musste dringend Nachschub beschaffen, damit unsere Vierbeiner nicht hungern mussten. Anschließend fuhr ich weiter nach Keitum, da ich dort mit Piet auf einer Baustelle verabredet war, obwohl der Samstag für mich im Gegensatz zu Piet generell arbeitsfrei war. Im Rahmen eines Projekttages machte Christophers Kindergarten heute einen Ausflug an den Strand, und er wollte unbedingt daran teilnehmen. Als ich an der Adresse, die Piet mir genannt hatte, ankam, war keines unserer Firmenfahrzeuge zu sehen. Hatte ich mich in der Uhrzeit geirrt oder hatten sich die anderen verspätet? Ich zog mein Handy hervor und scrollte durch meinen Kalender. Nein, ich hatte mich nicht geirrt. Eine Nachricht, dass er sich verspäten würde, hatte ich ebenfalls nicht erhalten. Vermutlich war Piet aufgehalten worden und würde jeden Moment um die Ecke biegen. Gegen den Kotflügel meines Wagens gelehnt, ließ ich mir die Sonne in das Gesicht scheinen. Der Wetterbericht sagte für heute Sonnenschein bei leichtem Nordwestwind voraus, was sich bislang zu bewahrheiten schien. Nach ungefähr fünf Minuten kam einer unserer Pick-ups um die Ecke und hielt direkt in der Einfahrt des Grundstückes.

»Moin, Anna!«, begrüßte mich Hagen, nachdem er ausgestiegen war und sich zusammen mit unserer Auszubildenden Svenja an der Ladefläche zu schaffen machte. »Wartest du auf Piet?«

»Moin, ihr zwei! Ja, eigentlich schon. Wisst ihr, ob er sich verspätet?«, fragte ich.

»Nee, ich habe ihn heute noch gar nicht gesehen.«

»Dann kommt er sicher gleich.«

Hagen und Svenja luden mehrere Gerätschaften und eine Schubkarre ab, bevor sie damit auf dem Grundstück verschwanden. Abermals überprüfte ich mein Handy nach einem Nachrichteneingang von Piet, als ich seinen Wagen hörte. Er hielt genau hinter meinem und stieg aus.

»Moin! Sorry für die Verspätung. Ungewöhnlich viel Verkehr heute Morgen.« Seine Entschuldigung überzeugte mich in keiner Weise. Zudem sein Haar zerzaust war und sich an seiner linken Wange wie auch am Kragen seines T-Shirts verdächtige rötliche Flecken abzeichneten. Sie stammten eindeutig von einem Lippenstift.

»Obwohl Samstag ist, wirklich komisch«, erwiderte ich, um Ernsthaftigkeit bemüht, und tippte mit dem Zeigefinger auf meine eigene Wange. »Du hast da was.«

Schlagartig wurde er rot und wischte hastig mit der Hand über das Gesicht. Dann warf er einen prüfenden Blick in den Außenspiegel seines Wagens. Als er einen Erklärungsversuch starten wollte, kam ich ihm zuvor.

»Alles gut, du musst dich nicht rechtfertigen.« Ich konnte mir ein Grinsen nicht verkneifen.

»Na schön. Inka und ich sind zusammen, aber das ist wahrscheinlich sowieso kein Geheimnis mehr.«

»Ich finde das schön und freue mich für euch.«

»Danke.« Das Kompliment machte ihn leicht verlegen, was ihn wie einen großen Jungen wirken ließ. »Jetzt komm, ich will dir zeigen, wie weit wir sind. Wie ich neulich bereits angedeutet habe, sind wir so gut wie fertig. Nächsten Dienstag wird der Rollrasen geliefert, und dann haben wir es geschafft.«

»Super!«

Ich folgte Piet auf das Grundstück und sah mir die Umsetzung meines Plans an.

»Das ist sehr gut geworden, Piet. Ich hätte mir zwar keine Düne in den Garten setzen lassen, aber das ist halt Geschmackssache«, sagte ich, als wir vor dem künstlich angehäuften Sandhaufen standen.«

»Nee, ich auch nicht. Das war ein hartes Stück Arbeit, sage ich dir. Wir haben alles zusätzlich mit Gittermatten verstärkt, damit die Erde und der Sand nicht mit der Zeit abrutschen.«

»Jetzt fehlt nur noch die Bepflanzung mit Strandhafer und Strandroggen.«

»Hagen und Svenja sind gerade losgefahren und holen die Pflanzen ab.«

»Gut. Ich bin gespannt, was die Eigentümer sagen werden, wenn alles fertig ist.«

Plötzlich war ein lauter Schrei, gefolgt von weiteren Hilferufen, zu hören. Sie kamen aus der unmittelbaren Nachbarschaft.

»Hast du das gehört?«, fragte ich Piet.

»Ja. Da hat jemand geschrien.«

»Komm, lass uns nachsehen!«

Sofort rannten wir auf die Straße und weiter zum Nachbargrundstück. Den Rufen folgend überwanden wir die Friesenmauer und liefen in den Garten. Dort konnten wir vor einem geöffneten Gartenhaus eine Frau erkennen, die wie wild mit den Armen um sich schlug und dabei panisch kreischte. Dann, noch ehe wir sie erreicht hatten, fiel sie unvermittelt zu Boden. Beim Näherkommen entdeckten wir unzählige Wespen, die um sie herumschwirrten. Offenbar war die Frau von einem Wespenschwarm attackiert worden, als sie das Gartenhäuschen geöffnet hatte.

KAPITEL 33

Die Westerländer Promenade bot an diesem Morgen ein ungewöhnliches Bild. Hunderte Motorräder standen in einer Reihe und wurden von ihren Besitzern zur Schau gestellt. Dazwischen tummelten sich unzählige Schaulustige, um die Cruiser, Tourer und Sport-Modelle zu bestaunen, zu fotografieren oder sich mit deren Besitzern auszutauschen. Die gesamte Promenade entlang waren Harley-Davidson-Fahnen gehisst, die im leichten Wind wehten. Das in Orange und Schwarz gehaltene Logo bot einen starken Kontrast zum strahlend blauen Himmel. Neben der Möglichkeit, sich mit Fanartikeln wie Baseballkappen oder T-Shirts einzudecken, war ebenso für das leibliche Wohl der Teilnehmer und Besucher gesorgt. Buden mit Getränken, Süßigkeiten und Herzhaftem boten für jeden Geschmack etwas an. Frank schlenderte dahin, schob sich zwischen den Menschenmassen hindurch und hielt Ausschau nach Jörg. Aus einem Lautsprecher beschallte gerade Billy Idol mit einem seiner Songs die Umgebung. Als Frank die Musikmuschel hinter sich gelassen hatte, fand er seinen ehemaligen Studienkollegen direkt gegenüber der Galerie am Meer.

»Hey, Frankieboy! Du bist also tatsächlich gekommen. Ich hatte befürchtet, du versetzt mich«, wurde er von Jörg begrüßt.

»Versprochen ist versprochen.«

»Ist das ein Wetterchen? Nach dem Gewitter gestern Abend sah ich uns heute schon im Regen fahren.«

»Das Wetter auf Sylt ist unberechenbar, das kann sich von einer auf die andere Minute ändern.«

»Viktor und Wolle stehen weiter vorne.« Jörg deutete in nördliche Richtung. »Eddie und Helge habe ich noch gar nicht gesehen. Keine Ahnung, wo die beiden stehen. Und? Wie gefällt es dir?« Er blickte Frank erwartungsvoll an.

»Das Treffen findet jedes Jahr statt, das ist nicht neu für mich.«

»Diese Gemeinschaft, die Stimmung, die Bikes – einfach großartig!«, geriet Jörg ins Schwärmen. »Nächstes Jahr komme ich wieder, so viel steht fest.«

»Soll ich uns etwas zu trinken holen, bevor es losgeht? Ich könnte eine Cola gebrauchen, irgendwie habe ich Kopfschmerzen.«

»Für mich ein Bier, alkoholfrei natürlich.«

Frank schlängelte sich durch die Menge auf einen der Getränkestände zu. Während er darauf wartete, an die Reihe zu kommen, betrachtete er die Motorräder in unmittelbarer Nähe. Keines glich dem anderen. Jedes war von seinem Besitzer oder seiner Besitzerin, mittlerweile zählten auch viele Frauen zu den Harley-Anhängern, aufwendig und individuell umgebaut oder lackiert worden. Eine Bikerin, die neben einer auffallend farbig lackierten Maschine stand, zwinkerte ihm frech zu. Frank wechselte

ein paar Worte mit ihr und kehrte dann mit den Getränken zurück zu Jörg, der mit Viktor sprach. Dessen Mienenspiel nach zu urteilen, schien seine Laune an diesem
Vormittag nicht sonderlich gut zu sein.

»Wenn ich gewusst hätte, dass du da bist, hätte ich dir
auch etwas mitgebracht.« Frank reichte Jörg das Bier.

»Ich hatte schon, danke«, erwiderte Viktor knapp.

»Aber es bleibt doch dabei?«, fragte Jörg.

»Sicher, mach dir keine Gedanken. Ich muss zurück. Es
ist kurz vor 12 Uhr, gleich beginnt die Ausfahrt!«

»Probleme?«, erkundigte sich Frank.

»Nein, wieso kommst du darauf?«

»Na, Viktor macht nicht gerade einen begeisterten Eindruck.«

»Der hat alles im Griff. Prost!« Jörg setzte die Flasche
an den Mund und trank. »Das tat gut. So, und nun geht's
los. Startklar?«

KAPITEL 34

Die Kirchenglocken von Sankt Severin läuteten zu 12 Uhr,
als Piet und ich uns gegen den Angriff der Wespen zu weh-
ren versuchten.

»Verdammt! Wo kommen die Viecher her?«, fragte Piet und schlug um sich.

»Schlagen hilft nichts, das macht sie nur noch aggressiver. Wir müssen schnell der Frau helfen«, sagte ich und wurde selbst hinter meinem rechten Ohr und in den linken Oberarm gestochen, als ich mich über die Frau beugen wollte. »Autsch!«
Augenblicklich breitete sich ein brennender Schmerz von den Einstichstellen aus.

»Da! Nimm den Schlauch!«, rief ich Piet zu.

Geistesgegenwärtig griff er nach dem Gartenschlauch, der am Weg lag, drehte den Hahn auf und versuchte mithilfe eines feinen Sprühnebels, die Tiere zu vertreiben. Der Plan schien aufzugehen, denn die meisten Tiere verzogen sich daraufhin. Die übrigen hatte ich im Gartenhaus eingesperrt, indem ich einfach die Türen schloss. Dann kniete ich mich zu der Frau, deren Körper bereits über und über mit Quaddeln übersät war. Ihr Gesicht war extrem angeschwollen, die Augen glichen nur noch schmalen Schlitzen.

»Hallo? Können Sie mich hören?«

»Wie geht es ihr?«, erkundigte sich Piet, der hinter mir stand.

Die Frau hob leicht die rechte Hand und wollte etwas sagen, bekam jedoch kein Wort heraus, sondern rang nach Luft. Mit jeder Sekunde schien ihr Körper mehr und mehr anzuschwellen. Die Lippen waren blass und ebenfalls extrem geschwollen.

»Ich rufe den Rettungswagen!« Piet zog sein Handy hervor und wählte den Notruf, während ich fieberhaft überlegte, was wir für die Frau bis zum Eintreffen der Rettungskräfte tun konnten.

»Sie scheint allergisch zu reagieren. Die Schwellungen werden immer stärker.« Piet warf mir einen hilflosen Blick zu.

»Wir müssen die Stellen kühlen, bis der Rettungswagen kommt«, schlug ich vor und sah mich nach etwas Brauchbarem um.

Piet zog daraufhin spontan sein T-Shirt über den Kopf und rannte zum Wasserhahn. Er ließ kaltes Wasser darüberlaufen und legte es der Frau dann auf Hals und Oberkörper.

»Ich hoffe, das hilft wenigstens ein bisschen. Besser wären Kältekompressen. Diese blauen Dinger, weißt du?«, sagte er.

»Wenn sie Allergikerin ist, besitzt sie sicher ein Notfallset. So etwas habe ich mal bei einer früheren Kollegin gesehen. Die hatte das immer dabei.« Suchend sah ich mich nach einer Tasche um, fand aber nichts. »Ich sehe im Haus nach!« Ich sprang auf und stürmte zum Haus.

»Beeil dich!«, rief Piet mir nach.

Da die Haustür verschlossen war, lief ich um das Haus herum zu einem Nebeneingang und fand die Tür offen vor. Drinnen rannte ich als Erstes in die Küche, riss eine Schublade nach der nächsten auf, dann kamen die Schränke dran. Doch ich fand nichts. »Mist«, fluchte ich verhalten und hastete die schmale Treppe nach oben in die übrigen Räume. Um Haaresbreite wäre ich gestürzt, da ich immer gleich zwei Stufen auf einmal nahm, um keine Zeit zu verlieren. Endlich. In einem Badezimmerschränkchen wurde ich fündig. Ich packte die kleine rote Tasche mit der Aufschrift »Anaphylaxie-Notfallset« und rannte damit zurück in den Garten.

»Hier ist es!«, sagte ich und kniete mich neben die Frau. »Wie geht es ihr?«

»Nicht so gut. Sie atmet zwar, reagiert aber nicht mehr.«

Mit zittrigen Fingern zog ich den Reißverschluss des kleinen Täschchens auf und holte den Adrenalin-Pen heraus.

»Weißt du überhaupt, wie man damit umgeht?« Piet zog skeptisch die Augenbrauen zusammen.

»Wie gesagt, ich habe es mal bei einer Kollegin erlebt. Außerdem gibt es eine Abbildung.« Ich deutete auf die Beschreibung in der Tasche und zog die Kappe ab.

Für den Bruchteil einer Sekunde zögerte ich.

»Worauf wartest du, Anna?«, drängte Piet.

»Ich mach ja schon«, murmelte ich und drückte den Applikator beherzt auf die Oberschenkelaußenseite der Frau. Mit einem Klacken wurde die Nadel freigegeben, so dass das Medikament durch die Hose in den Oberschenkelmuskel injiziert wurde. Nach circa zehn Sekunden entfernte ich ihn vorschriftsmäßig und begann, die Stelle für weitere zehn Sekunden zu massieren.

»Jetzt können wir nur hoffen, dass die Wirkung schnell einsetzt. Wo bleibt bloß der Rettungswagen?«

»Verstehe ich ehrlich gesagt auch nicht. Vielleicht stecken sie irgendwo fest. Die Ausfahrt der Harleys hat gerade begonnen.«

»Gleich kommt Hilfe«, sagte ich zu der Frau, doch sie reagierte kaum. Ich rückte das Handtuch, das ich aus dem Haus mitgenommen hatte, unter ihrem Kopf zurecht.

»Wir müssen etwas unternehmen«, beschloss Piet.

»Was schlägst du vor?«

»Wir fahren sie ins Krankenhaus.«

»Wie willst du das anstellen? Außerdem möchte ich nicht die Verantwortung übernehmen, wenn etwas passiert. Der Notarzt muss jeden Moment kommen.«

Gleichermaßen ratlos wie hilflos sahen wir zu der Frau. Dann hatte ich eine Idee. »Ich laufe nach vorne an die Straße. Erstens kann ich den Rettungswagen gleich in Empfang nehmen, und außerdem ist vielleicht zufällig ein Arzt in der Nähe. Da drüben ist Sankt Severin, an der Kirche und auf dem Friedhof drumherum halten sich immer viele Menschen auf.«

»Einen Versuch ist es wert«, überlegte Piet. »Ich bleibe solange bei ihr.«

Ich lief nach vorne an die Straße. Dort kamen mir zwei Radfahrer entgegen.

»Hallo!«, rief ich ihnen zu. »Ist einer von Ihnen zufällig Arzt?«

Doch sie verneinten bedauerlicherweise. Direkt an der Straße hatten sich bereits unzählige Schaulustige eingefunden und säumten die Strecke, die der Korso der Harleys auf der traditionellen Inselrundfahrt nehmen würde. In diesem Augenblick tauchten sie auf und waren nicht nur zu sehen, sondern vor allem zu hören. Das Dröhnen ihrer schweren Maschinen war unverkennbar. Die Zuschauer winkten den Bikern auf ihren schweren Maschinen, deren polierter Stahl in der Sonne glänzte, begeistert zu. Die Geräuschkulisse war immens, sodass man sein eigenes Wort kaum verstand. Daher ging mein Rufen im Lärm der Motoren unter, meine Hilfe suchenden Gesten wurden vermutlich als begeisterter Beifall fehlinterpretiert. Als ich gerade aufgeben und zurück zu Piet laufen wollte, scherte unerwartet eine Maschine aus der Gruppe aus und hielt direkt auf mich zu. Im ersten Augenblick erschrak ich, doch als die Person hinter dem Fahrer abstieg und den Helm abnahm, erkannte ich sie sofort. Es war Frank Gustafson.

»Anna! Was ist passiert?«, fragte er und nahm die Sonnenbrille ab. Sein Haar war von dem Helm vollkommen platt gedrückt.

»Dich schickt der Himmel! Komm mit! Eine Frau wurde von einem Wespenschwarm angegriffen! Ihr Gesicht und der Körper sind stark angeschwollen, sie atmet kaum! Piet ist bei ihr. Ich habe sie mit dem Notfallset versorgt, aber es scheint nicht zu helfen. Der Rettungswagen müsste längst da sein. Keine Ahnung, warum das so lange dauert«, redete ich auf ihn ein, während wir zurück zum Grundstück liefen.

»Momentan herrscht ein absolutes Verkehrschaos um Westerland herum. Es hat einen schweren Verkehrsunfall gegeben. Wann hast du ihr das Mittel verabreicht?« Frank kniete sich neben die Frau auf den Boden.

»Vor circa einer Viertelstunde, genau kann ich es nicht sagen.«

»Das kommt in etwa hin«, bestätigte Piet mit sorgenvoller Miene. »Ihr Zustand verbessert sich aber nicht.«

»Was ist mit der Frau?«, erklang plötzlich eine Stimme hinter uns. Sie gehörte zu dem Harleyfahrer, mit dem Frank gekommen war. Er hatte seine Maschine abgestellt und war uns gefolgt.

»Anaphylaxie«, murmelte Frank stirnrunzelnd, während er den Puls der bewusstlosen Frau fühlte.

»*Epinephrin*«, erwiderte Franks Begleiter und sah ihm über die Schulter.

»Hat sie bekommen. Anna hat sie bereits mit dem Notfallset versorgt. Es müsste ihr jeden Augenblick besser gehen.« Frank deutete kurz zu dem Adrenalin-Autoinjektor, den ich neben der Frau im Gras hatte liegen lassen.

»Ein Schwarm Wespen ist auf sie losgegangen. Sie kamen offenbar aus dem Gartenhaus«, erklärte ich.

»Da drüben?« Jörg ging auf das Gartenhäuschen zu.

»Nicht aufmachen!«, warnte ich ihn. »Ein paar von denen befinden sich noch da drin. Wir haben die Tür zugemacht.«

Jörg legte die Hände an die Scheibe der Tür und schielte hindurch. »Da ist ganz schön Leben in der Bude! Ehrlich, das muss man doch merken, wenn sich Wespen im Gartenhaus eingenistet haben, erst recht als Allergikerin, oder?«, gab er zu bedenken und schritt quer über den Rasen auf das Haus zu.

»Schlaue Sprüche helfen uns gerade ungemein weiter«, gab Piet grimmig zurück, auf dessen Handgelenk sich eine dicke rote Beule gebildet hatte. Er war ebenso wie ich nicht von Stichen verschont geblieben.

»Wahrscheinlich war sie eine Weile nicht mehr am Gartenhaus und hat nicht bemerkt, dass sich die Wespen da drinnen ein Nest gebaut haben«, zog ich in Erwägung.

»Anzunehmen, freiwillig tut sich das jedenfalls niemand an.« Frank nahm eines der nassen Handtücher und platzierte es an eine andere Stelle. »Gab es kein Eis oder Kühlakkus?«

»Weder noch.«

Jetzt war die Sirene des Rettungswagens zu hören, und gleich darauf hielt er mit eingeschaltetem Blaulicht in der Einfahrt des Grundstücks.

»Das wurde aber auch Zeit!«, seufzte ich erleichtert.

»Wird sie es schaffen?«, fragte ich Frank, als sich die Türen des Rettungswagens geschlossen hatten und er in Richtung Westerland davonfuhr.

»Das kann ich nicht sagen. Sie hat einen schweren anaphylaktischen Schock erlitten. Alles hängt jetzt von ihrem Allgemeinzustand ab«, beantwortete Frank meine Frage mit ernster Miene.

»Ich habe nicht gewusst, was wir noch hätten tun sollen«, gab ich zurück und merkte, wie meine Knie plötzlich weich wurden.

»Alles okay mit dir? Du siehst ein bisschen blass um die Nase aus«, erkundigte sich Frank.

»Ja, danke. Geht schon. Der Schreck steckt mir ein wenig in den Knochen«, versicherte ich und atmete tief durch.

»Mach dir keine Gedanken, Anna, ihr habt alles richtig gemacht. Mehr hättet ihr meiner Ansicht nach nicht tun können. Wichtig ist, dass in so einem Fall schnell gehandelt wird. Woher wusstest du, wie man mit einem Notfallset umgeht?«, wollte Frank wissen und klopfte die restlichen Grashalme von seiner Hose.

»Nachdem die Frau überall Quaddeln bekam und das Gesicht dermaßen anschwoll, war klar, dass sie Allergikerin ist. Als ich noch in Hannover gearbeitet habe, hatte ich eine Kollegin, die ebenfalls allergisch auf Insektenstiche reagiert hat. Sie trug besonders im Sommer immer ein Notfallset mit sich und hat mir mal erklärt, was ich tun muss, falls sie gestochen wird und sich nicht mehr selbst helfen kann. Dass ich tatsächlich eines Tages in die Verlegenheit kommen würde, dieses Wissen in der Praxis anzuwenden, hätte ich nicht gedacht.«

»Damit hast du der Frau wahrscheinlich das Leben gerettet«, bemerkte Jörg.

»Hoffentlich«, bemerkte Piet.

»Wäre nicht das erste Mal, dass du zur Lebensretterin geworden wärst.« Frank strich mir freundschaftlich über den Oberarm.

»Unsinn, wir waren einfach zur richtigen Zeit am richtigen Ort«, wehrte ich ab und sah zu Piet. »Ich stelle es mir schrecklich vor, wenn man plötzlich keine Luft mehr bekommt. Ich wünsche mir sehr, dass es Frau Holmers bald besser geht.«

»Du kennst die Frau?«, schaltete sich Jörg ein.

»Nein, aber ihr Name steht an der Klingel. Piet und ich hatten zufällig auf dem Nachbargrundstück zu tun und haben die Hilferufe gehört. Dann sind wir gleich losgelaufen.« Ich deutete auf das hinter uns liegende Nachbargrundstück.

»Sollten wir nicht besser die Feuerwehr informieren, damit sie das Wespennest entfernt, bevor noch jemand zu Schaden kommt?«, schlug Piet vor.

»Piet hat recht, daran habe ich bislang gar nicht gedacht«, räumte ich ein.

»Dann übernehmt das mal. Komm, Frank, lass uns fahren. Wir müssen uns beeilen, wenn wir den Imbiss in List nicht verpassen wollen«, drängte Jörg und begab sich zu seinem Motorrad.

»Ja, ich komme«, erwiderte Frank.

Plötzlich blieb mein Blick an einer Person auf der gegenüberliegenden Straßenseite hängen, die kurz zu uns herüberschaute und sich anschließend entfernte. »Kennt ihr den Mann?«

Daraufhin drehten die anderen die Köpfe in die angegebene Richtung.

»Nein, nie gesehen.« Piet schüttelte den Kopf.

»Kenne ich auch nicht.« Frank zuckte ratlos die Schultern.

»War bestimmt bloß irgendein Gaffer, der durch den Rettungswagen angelockt wurde«, vermutete Jörg. »Also, Frank, können wir dann?«

»Gleich. Anna, kann ich noch etwas für dich tun?« In seiner Miene spiegelte sich Besorgnis wider.

»Danke, mir geht es gut. Um mich brauchst du dir keine Sorgen zu machen.« Ich begutachtete die gerötete Stelle an meinem Arm, die zu einer beachtlichen Beule angeschwollen war. Auch hinter meinem Ohr meldete sich der Schmerz zurück. »Ich fürchte, fürs Zwiebelauflegen dürfte es mittlerweile zu spät sein, aber wir haben entsprechende andere Mittel zu Hause.«

»In meiner Medikamentenbox im Wagen müsste eine passende Creme für solche Fälle dabei sein«, meinte Piet sich zu erinnern.

»Danke, Piet!«

»Und kühlen nicht vergessen!«, gab mir Frank mit auf den Weg, bevor er sich von uns verabschiedete und Brille und Helm aufsetzte.

Dann fuhr die Harley mit dröhnendem Motor davon.

»Also, für mich wäre das nichts!«, bemerkte Piet mit einem Schulterzucken.

KAPITEL 35

»Moin, Nick! Was treibt dich an einem Samstag ins Büro?«, fragte Uwe verblüfft, als die Tür aufging und sein Kollege hereinspazierte.

»Ich habe Christopher zum *Sylt-Aquarium* gebracht. Heute ist Aktionstag im Kindergarten. Das wird einmal jährlich von der *Wattenmeer Station* initiiert. Heute befreien sie unter anderem den Strand von Müll.«

»Gute Idee, man kann nicht früh genug damit anfangen, die Kinder für das Thema zu sensibilisieren. Das ist aber kein Grund, ins Büro zu kommen.«

»Natürlich nicht! Ich habe erst heute Morgen gemerkt, dass ich mein Portemonnaie hier vergessen haben muss.« Er zog eine Schreibtischschublade auf. »Da ist es!«, stellte Nick erleichtert fest und steckte es ein. »Und du? Was machst du hier?«

»Reimers hat mir eine interne Umfrage weitergeleitet, die ich bis Montag erledigen muss. Gestern bin ich nicht mehr dazu gekommen.«

»Hast du endlich mit Tina gesprochen?«

»Nein. Ich weiß nicht, wie ich es ihr sagen soll.« Uwe ließ einige Sekunden verstreichen, bevor er weitersprach. »Das werde ich machen, wenn ich endgültig Gewissheit habe.«

»Hast du einen Plan, wie du das anstellen willst?«

Uwe raufte sich das schüttere Haar und verbarg anschließend das Gesicht in den Händen.

»Von selbst«, fuhr Nick fort, »wird sich die Sache nicht aufklären. Je eher du Klarheit hast, desto besser. Du quälst dich unnötig selbst.«

»Du hast ja recht. Ich weiß bloß nicht, was ich machen soll. Was würdest du an meiner Stelle tun?«

»Das hängt …« Nick wurde vom Klingeln des Telefons unterbrochen. »Warte, da muss ich kurz rangehen.« Er griff nach dem Hörer. »Eine Schlägerei? Habe ich das gerade richtig verstanden?«

Uwe zog fragend die Augenbrauen zusammen.

»Das fällt nicht in unseren Zuständigkeitsbereich. Haben Sie denn keinen Streifenwagen gerufen?«

»Das war Herr Matthiesen.« Als Uwe ihn fragend ansah, fügte Nick erklärend hinzu: »Der Nachbar von Marga

Lornsen, die kürzlich bei dem Verkehrsunfall ums Leben gekommen ist.«

»Ich weiß. Aber was wollte er?« Während er sprach, kramte er eine Plastikbox hervor, in der sich mehrere dick belegte Sandwiches eng aneinanderquetschten.

»Das erkläre ich dir unterwegs. Let's go!«

»Was wird aus meinem Essen?« Widerwillig schloss Uwe die Box und folgte dem Kollegen.

Als die beiden Beamten am Haus von Marga Lornsen in Archsum ankamen, stand bereits ein Streifenwagen davor.

»Kommen die ohne unsere Hilfe nicht zurecht, oder was soll das?« Uwe schälte sich mühsam aus dem Sitz und schlug die Beifahrertür unsanft hinter sich zu. Sein Rücken machte ihm heute besonders arg zu schaffen.

Bereits im Näherkommen drangen laute Stimmen zu ihnen herüber. Eine Frau und zwei Männer wurden gerade von zwei uniformierten Polizisten daran gehindert, aufeinander loszugehen. Bei einem von ihnen handelte es sich um den Nachbarn, Ole Matthiesen. Ein weiterer Mann im Anzug stand einige Meter abseits vor einer Ligusterhecke und presste sich ein blutverschmiertes Taschentuch an die Nase.

»Kann mir mal einer erklären, was hier los ist?«, brüllte Uwe, als er und Nick die Streitenden erreicht hatten. Sein Magen rumorte lautstark vor Hunger.

»Das werden wir ja sehen!«, blaffte ein aufgebrachter Mittvierziger Matthiesen an und wollte ihm an den Kragen gehen.

»Lass dir das nicht gefallen, Bernhard!«, keifte seine Begleiterin, die von einer Streifenpolizistin daran gehindert wurde, ebenfalls mitzumischen.

»Mit dir werde ich spielend fertig, Landratte!«, gab Matthiesen prompt zurück und begab sich ebenfalls in Angriffsstellung.

»Aufhören! Auf der Stelle!« Uwe platzierte sich zwischen die beiden Streithähne. Aufgrund seiner Körperfülle wirkte er wie ein Bollwerk. Die Männer ließen voneinander ab und wichen ein Stück zurück. »Was ist hier los?«

»Dieser Kerl will uns daran hindern, uns auf dem Grundstück umzusehen«, erklärte der unbekannte Mann und massierte sein rechtes Handgelenk, das im Zuge der Auseinandersetzung offensichtlich in Mitleidenschaft gezogen worden war.

»Sie haben auf diesem Grundstück nichts zu suchen! Das ist Privatgelände! Wie oft soll ich Ihnen das noch sagen?«, konterte Ole Matthiesen erbost und funkelte den vermeintlichen Eindringling wütend an.

»Sie haben mir überhaupt nichts zu sagen!«

»Jetzt beruhigen Sie sich erst mal und dann schön der Reihe nach.« Während Uwe damit beschäftigt war, die Wogen zu glätten, hatte sich Nick dem Mann mit der blutenden Nase zugewandt.

»Hallo, Herr Doktor Herdenrodt.«

Der Angesprochene nahm das Taschentuch vom Gesicht. Die Blutung war zum Stillstand gekommen, die Nase sah dennoch mitgenommen aus.

Er sah Nick verwundert an. »Kennen wir uns?«

»Nick Scarren. Sie haben damals die Interessen meiner Frau in der Erbschaftssache Johannes von Waldenbach vertreten. Anna Bergmann. Erinnern Sie sich?«

»Natürlich, Herr Scarren! Entschuldigen Sie bitte, dass ich Sie nicht sofort erkannt habe.«

»Kein Problem. Was ist passiert? Soll ich einen Arzt

verständigen?« Nick unterzog den Anwalt einem kritischen Blick.

»Nein, nein. Ich glaube nicht, dass die Nase gebrochen ist«, erwiderte der und berührte behutsam sein Riechorgan. »Herr Matthiesen hatte mich angerufen und davon berichtet, dass sich Unbefugte auf dem Grundstück von Frau Lornsen aufhalten würden. Frau Lornsen hatte mir bereits zu Lebzeiten für alle rechtlichen Angelegenheiten ein Mandat erteilt. Dazu gehört nun leider auch die Regelung ihres Nachlasses. Ich habe nicht den blassesten Schimmer, warum diese Leute behaupten, die Immobilie stehe zum Verkauf.« Er versuchte vergeblich, mit einem frischen Taschentuch das restliche Blut von seinem Hemd und den Fingern zu wischen.

Nick sah zu den Personen hinüber, die nach wie vor hitzig diskutierten. »Frau Lornsen hat ihren Hund beziehungsweise eine Tierschutzorganisation als Alleinerben eingesetzt, wir haben davon gehört«, entgegnete er zum Erstaunen des Anwalts.

»Ach, das überrascht mich tatsächlich. Darf ich fragen, warum sich die Polizei für den Nachlass der Verstorbenen interessiert?«

»Wir sind im Zuge der Ermittlungen in der Unfallsache darauf gestoßen.«

»Ermittlungen? Wenn ich mich recht erinnere, arbeiten Sie bei der Kripo. Kann ich daraus schließen, dass es sich nicht um einen gewöhnlichen Autounfall handelte?«

»Doch, aber es gab ein paar Ungereimtheiten, denen wir nachgehen mussten. Die Ermittlungen wurden eingestellt. Ein Fremdverschulden kann ausgeschlossen werden. Wir gehen bei der Unfallursache von menschlichem Versagen aus«, bestätigte Nick die offizielle Version.

»Tragisch ist die Sache trotz allem.« Nachdenklich blickte der Anwalt zu dem Haus, dann auf seine Armbanduhr. »Wenn Sie mich momentan nicht brauchen, würde ich jetzt nach Hause fahren. Vor dem nächsten Termin mit einem Mandaten würde ich mich gern umziehen.« Er deutete auf sein mit Blut beflecktes Hemd.

»Sie können gehen. Wenn Sie Strafanzeige erstellen möchten, Sie wissen, wo Sie uns finden. Gute Besserung für Ihre Nase!«

»Danke. Ich werde darüber nachdenken.«

»Das reinste Irrenhaus! Man sollte meinen, dass erwachsene Menschen vernünftig miteinander reden, anstatt aufeinander loszugehen wie die Kampfhähne.« Uwe schüttelte verständnislos den Kopf.

»Wer sind die Leute und worum geht es?«, wollte Nick wissen und wies zu dem Grüppchen, das sich mittlerweile beruhigt zu haben schien.

»Bei dem Mann in der dunklen Hose handelt es sich um Bernhard Freyer, bei der Frau um seine Partnerin. Er hat mir erklärt, dass er bereits Verkaufsgespräche zu dem Haus geführt und daher ein Recht hat, sich auf dem Gelände aufzuhalten. Wirklich verstanden habe ich das alles nicht, muss ich gestehen. Matthiesen hat außerdem ständig dazwischengequatscht. Der scheint so etwas wie der Blockwart hier zu sein. Kennt jeden, weiß alles, mischt sich überall ein.«

»Dann hat der Mops dem Hausverkauf aber zügig zugestimmt. Bemerkenswert.«

»Haha, ich bin gerade echt nicht zum Scherzen aufgelegt, Nick«, konterte Uwe genervt. Sein Magen signalisierte ihm abermals lautstark, dass es höchste Zeit war, ihm Nahrung zuzuführen. »Hörst du, was da drin los ist? Ich stehe kurz vor einer Unterzuckerung.«

Nick grinste. »Allerdings. Mal im Ernst, wie kommt Freyer zu der Behauptung, der Verkauf sei so gut wie besiegelt?«

»Ich habe nicht näher nachgefragt. Ist mir im Grunde auch egal. Ich weiß sowieso nicht, was wir damit zu tun haben und obendrein am Wochenende. Das hätten die Kollegen von der Streife wirklich allein lösen können. Wer war der Typ mit der lädierten Nase, mit dem du gesprochen hast?«

»Das war Doktor Herdenrodt, der Rechtsanwalt von Marga Lornsen. Herr Matthiesen hat ihn ebenfalls gleich informiert, als er die fremden Personen auf dem Grundstück herumlaufen sah«, ließ Nick seinen Kollegen wissen.

»Da hat er ja alle Hebel in Bewegung gesetzt. Ein Wunder, dass er nicht auch noch den Papst informiert hat.« Uwes Laune befand sich auf einem Tiefpunkt. »So, ich denke, den Rest schaffen die Kollegen ohne unsere Unterstützung. Lass uns zurückfahren. Wenn ich nicht gleich etwas zu essen bekomme, kann ich für nichts mehr garantieren.«

»Merkt man kaum«, gab Nick spöttisch zurück.

KAPITEL 36

Ich war mit dem Auto unterwegs, als mich meine Mutter anrief.

»Anna, mein Kind! Ich wollte mich kurz bei dir melden. Es ist doch alles in Ordnung bei euch?«, zwitscherte sie fröhlich drauflos.

»Ja, Mama, bei uns ist alles in Ordnung. Und bei euch? Habt ihr alles erledigt, was ihr euch vorgenommen habt?«

»Ja, und noch viel mehr. Ich habe auch nicht viel Zeit zum Telefonieren. Du kannst dir nicht vorstellen, wen wir alles wiedergetroffen haben. Ich komme gleich, Volker!« Offenbar waren meine Eltern gerade gemeinsam unterwegs. Im Hintergrund war Straßenlärm zu hören. »Da bin ich wieder. Wir stehen am Nordufer des Maschsees und warten auf Bekannte. Wo war ich stehen geblieben?«

»Dass ihr viele Leute wiedergetroffen habt«, wiederholte ich.

»Richtig. Erinnerst du dich noch an Hiltrud? Sie hat früher bei Papa in der Bank gearbeitet und wohnt jetzt in der Südstadt mit ihrem neuen Lebenspartner. Ein ausgesprochen sympathischer Mann. Du, ich muss Schluss machen, sie kommen. War schön, mit dir gesprochen zu haben. Grüß bitte meinen kleinen Christopher und natürlich Nick! Tschüss!«

»Tschüss, Mama. Grüße an Papa«, fügte ich hinzu, doch sie hatte bereits aufgelegt.

Nicks Wagen stand in unserer Einfahrt. Nick und ich hatten vereinbart, dass er Christopher von seinem Ausflug abholen würde.

»Mama!« Christopher kam mir in der Diele entgegen-
gelaufen und präsentierte mir voller Stolz sein neu-
estes Kunstwerk. Ein Stück Treibholz, das mit diversen
Muscheln beklebt war.

»Das sieht ja toll aus! Hast du das ganz allein gemacht?«

»Ja, die Muscheln habe ich alle am Strand gesammelt.
Und das auch.« Er zeigte auf eine grüne Glasscherbe, deren
Kanten durch das Salzwasser und den Sand im Laufe der
Zeit rund geschliffen worden waren.

»Dann hat dein Schiff ein richtiges Bullauge«, stellte
ich fest.

»Ja. Ich habe noch mehr gesammelt! Aber auch Müll.
Und Plastikflaschen. Yannik hat sogar einen Schuh gefunden«, teilte er mir aufgeregt mit. Dann rannte er die Treppe
nach oben in sein Zimmer.

»Sweety!« Nick kam auf mich zu und wollte mein
Gesicht in seine Hände nehmen, um mich zu küssen, doch
ich wich seiner Berührung aus.

»Vorsicht!«

»Was ist?«

»Ich bin von einer Wespe gestochen worden, genau hin-
term Ohr.« Dann berichtete ich von der Wespenattacke
auf die Frau in Keitum.

»Wie geht es der Frau jetzt?«, wollte Nick schließlich
wissen, als wir draußen auf der Terrasse saßen. Christopher hatte sein gesammeltes Strandgut vor uns ausgebrei-
tet und war damit beschäftigt, neue Kunstwerke daraus
zu kreieren.

»Ich weiß es nicht. Gleich morgen werde ich im Krankenhaus anrufen und mich nach ihr erkundigen. Piet hat
die Feuerwehr informiert, die wollen das Nest noch heute
entfernen.«

»Das ist in jedem Fall besser, bevor noch jemand verletzt wird.«

»Ich darf gar nicht daran denken, was passiert wäre, wenn wir nicht zufällig in der Nähe gewesen wären.« Dieser Gedanke verursachte mir im Nachhinein eine Gänsehaut.

»Sie hatte unglaubliches Glück, dass ihr geistesgegenwärtig gehandelt habt. Damit habt ihr ihr vermutlich das Leben gerettet.«

»Das hat Frank auch gesagt.«

»Er kann das sicher besser beurteilen als ich.«

»Ich möchte nicht allein sein, wenn ich so alt bin.«

»Wie kommst du jetzt darauf?«

»Na, die Frau war wohl alleinstehend, soweit ich weiß.«

»Tja, Anna, das kann man sich leider nicht aussuchen«, entgegnete Nick.

»Ich weiß. Ava und Carsten haben sich dazu entschlossen, sich Unterstützung im Haushalt durch einen Pflegeservice zu holen. Wenn Carsten aus der Reha zurückkommt, wird er nicht gleich so weitermachen können wie gehabt. Das Haus und der Garten machen Arbeit, das wissen wir ja selbst. Mittlerweile schaffen die beiden das nicht mehr ohne Weiteres und jetzt schon überhaupt nicht mehr. Ich kann nicht abschätzen, wie fit Carsten letztendlich sein wird.«

»Ich halte das für eine vernünftige Entscheidung, sich um Entlastung zu bemühen.«

Ich nickte. »Das habe ich Ava auch gesagt. Wie ich sie verstanden habe, kommt in den nächsten Tagen jemand von einem Betreuungsdienst bei ihr vorbei, um alles zu besprechen. Erst mal handelt es sich nur um ein informatives Gespräch.«

Schweigend sahen wir Christopher dabei zu, wie er kleine Stöcke, die er am Strand gefunden hatte, mit einer Schnur zu einer Art Floß zusammenband. Fernes Donnergrollen lenkte meinen Blick zum Himmel. Am Horizont hatten sich dunkle Wolkenberge bedrohlich aufgetürmt.

»Ich fürchte, das gibt gleich ein ordentliches Gewitter. Das kommt erstaunlich häufig vor in den letzten Wochen.«

»Ja, die letzten Tage waren auch teilweise ungewöhnlich warm, fast schon schwül. Lass uns besser alles reinbringen!« Nick stand auf und räumte die Gläser vom Tisch.

»Christopher! Pack bitte auch alles zusammen, wir gehen rein«, bat ich ihn. »Du kannst drinnen weiterbasteln.«

»Okay!« Eilig sammelte er seine Schätze zusammen und brachte sie ins Haus.

Ein greller Blitz zuckte am Himmel, wenige Sekunden später folgte der Donner. Die Hunde flitzten nach drinnen und suchten im Haus Schutz. Besonders Pepper mochte kein Gewitter und verkroch sich jedes Mal zitternd in einer Ecke, bis das Gewitter vorüber war. Wir hatten uns gerade in das Haus zurückgezogen, als die ersten dicken Regentropfen auf dem Terrassendeck nasse Flecken bildeten. Gleich darauf öffnete der Himmel seine Schleusen, begleitet von Blitz und Donner prasselte der Regen vom Himmel.

»Da brauchen wir wenigstens nicht zu gießen«, sagte ich mit Blick aus dem Fenster. »Wie war dein Vormittag?«

»Keine besonderen Vorkommnisse bis auf eine leichte Schlägerei in Archsum.« Als Nick in mein fragendes Gesicht blickte, führte er weiter aus. »Ich weiß, was du sagen willst, und du hast recht. Normalerweise fallen solche Delikte nicht in unseren Zuständigkeitsbereich, aber ein Zeuge, den wir neulich befragt haben, hat uns um Hilfe gebeten.«

»Was war der Grund?«

»Auf dem Grundstück von Marga Lornsen kam es zu einer Auseinandersetzung zwischen mehreren Personen, wobei eine von ihnen leicht verletzt wurde. Du kennst denjenigen sogar.« Nick legte eine Pause ein.

»Keine Ahnung! Aber du wirst es mir sicher gleich verraten.«

»Der Anwalt aus Keitum.«

»Doktor Herdenrodt?«, vergewisserte ich mich.

»Genau der. Er hat ganz schön eins auf die Nase bekommen.«

»Wie unangenehm. Ich kann mir nicht vorstellen, dass er überhaupt zu irgendwelchen Handgreiflichkeiten fähig ist. Er wirkte immer sehr beherrscht und weniger impulsiv.«

»Bei dem Versuch zu schlichten ist er versehentlich in die Schusslinie geraten«, entgegnete Nick.

»Das passt schon eher zu ihm. Worum ging es?«

»Das würde jetzt zu weit führen«, ließ er sich breitschlagen, als ich einen meiner schönsten Augenaufschläge präsentierte. »Okay, ein Paar hat sich unbefugt auf einem Grundstück aufgehalten, der Nachbar hat es mitbekommen und sofort die Polizei verständigt.«

»Na ja, das erscheint mir nicht ungewöhnlich. Was wollten diese Leute dort?«

»Sie haben behauptet, das Haus kaufen zu wollen, obwohl es nicht zum Verkauf steht. Das hat uns der Anwalt bestätigt.«

»Weißt du, wie die Leute heißen?«, hakte ich nach.

»Wen meinst du? Den Nachbarn?«

Die Umgebung wurde für den Bruchteil einer Sekunde

in grelles Licht getaucht. Dann ließ uns ein lautes Krachen augenblicklich zusammenfahren. Pepper hatte sein Versteck verlassen und quetschte sich nun hechelnd unter den Couchtisch, während Chili lediglich kurz den Kopf hob, um gleich darauf weiterzuschlafen.

»Was war das, Daddy?« Christopher krabbelte auf Nicks Schoß.

»Wahrscheinlich ist irgendwo ein Blitz eingeschlagen«, erklärte Nick. Christopher knetete angestrengt seine Finger und sah beunruhigt nach draußen. »Du brauchst keine Angst zu haben, mein Großer«, raunte ihm Nick zu und strich ihm liebevoll über den Kopf.

»Ich meine das Paar, das das Haus von Marga Lornsen kaufen will. Kennst du ihren Namen?«, nahm ich den Gesprächsfaden wieder auf.

»Beyer oder so ähnlich, glaube ich zumindest«, versuchte Nick, sich zu erinnern.

»Freyer«, erwiderte ich prompt.

»Ja, könnte sein. Die Personalien haben die Kollegen der Streife aufgenommen, daher weiß ich es nicht genau.«

»Die Freyers sind die Leute, die neulich bei mir waren. Die sich einen Garten planen lassen, obwohl ihnen das Haus noch nicht einmal gehört. Das hatte ich dir erzählt. Erinnerst du dich?«

»Ich erinnere mich. Das werden sie vermutlich gewesen sein. Es sei denn, es gibt noch mehr Leute, die sich für die Immobilie interessieren. Das ist allerdings zwecklos, da das Haus nicht zu verkaufen ist. Das hat Doktor Herdenrodt bestätigt. Das Testament liegt beim Gericht.«

»Trotzdem ist die Sache merkwürdig. Wie kommen die Freyers auf die Idee, das Haus kaufen zu wollen? Weißt du, wer ihr Makler ist?«

»Nein, das kann ich dir nicht sagen.« Nick rieb sich über die Augen. Er wirkte erschöpft.

»Bist du müde?«

»Ich fühle mich in letzter Zeit ziemlich ausgepowert.«

»Wir könnten für eine Woche wegfahren«, schlug ich vor.

»Momentan geht das nicht. Die Personaldecke ist erheblich ausgedünnt, und die Hochsaison hat gerade begonnen. Außerdem kannst du doch bestimmt auch nicht alles stehen und liegen lassen. Was ist mit Christopher? Er muss in den Kindergarten.«

»War nur eine Idee. Trotzdem sollten wir vor lauter Arbeit nicht vergessen, die Akkus hin und wieder aufzuladen.«

Nick sah mich lange an. »Du bist wunderbar.« Dann beugte er sich zu mir und küsste mich.

»Knutscht ihr?« Christopher stand plötzlich mit seinem neuesten Kunstwerk in der Hand vor uns und verzog angewidert das Gesicht.

»Ein bisschen, weil ich deine Mum sehr liebhabe«, erwiderte Nick mit einem Lachen und betrachtete das Gebastelte. »Ist es fertig?«

»Ja. Ein Schiff!«, erwiderte er stolz und streckte es seinem Vater entgegen.

»Das ist toll geworden. Wir könnten noch ein Segel bauen, damit es bei Wind schnell vorankommt.«

»Au ja!«, erwiderte er begeistert.

»Das könnt ihr morgen machen. Jetzt essen wir Abendbrot, und dann geht es ab in die Falle!«

»Nein!«, nörgelte Christopher und sah um Unterstützung bittend zu Nick.

»Mum ist der Chef«, erwiderte dieser mit entschuldigender Miene.

»Na gut.« Mit diesen Worten schlappte er zu Pepper, der sich mittlerweile auf sein Kissen unter der Treppe zurückgezogen hatte. Das Gewitter hatte sich verzogen, und der Regen hatte ebenfalls nachgelassen.

»Habt ihr eigentlich darüber nachgedacht, dass es unter Umständen ein zweites Testament geben könnte?«, überlegte ich, als wir in der Küche alles für das Abendessen vorbereiteten.

»Ein zweites?«

»Ein neueres. Vielleicht hatte Marga sich die Sache anders überlegt. Wäre immerhin denkbar, dass sie ein neues Testament zugunsten jemand anderem aufgesetzt hat.«

»Oh bitte, Anna! Jetzt geht deine Fantasie mit dir durch. Verschone mich bitte damit! Der Hund beziehungsweise der Tierschutzverein erbt alles, Punktum.«

»War nur eine Idee. Aber …?«

»Nichts aber. Achtermann hat die Ermittlungen eingestellt, da weder ein Tatverdacht besteht noch irgendwelche Beweise dafür vorliegen. Wir haben alles hinreichend überprüft. Es war ein Verkehrsunfall ohne Fremdverschulden. Mit manchen Dingen muss man sich eben abfinden. Nimm es mir nicht übel, aber ich würde das Thema an dieser Stelle gerne beenden.«

KAPITEL 37

»Guten Abend«, wurde Jörg Neritz von der Rezeptionistin in der Hotellobby begrüßt.

»'n Abend«, brummte er im Vorbeigehen.

»Herr Neritz, warten Sie bitte einen Moment! Da ist etwas für Sie!« Die junge Frau verschwand in einem angrenzenden Raum und kam unmittelbar darauf mit einem Päckchen in den Händen zurück und streckte es ihm entgegen. »Bitte, das wurde heute Nachmittag für Sie abgegeben.«

Stirnrunzelnd griff er nach der Schachtel, die sorgfältig in braunes Packpapier eingeschlagen und mit einem roten Band umwickelt war, das in einer akkurat gebundenen Schleife endete. Da auf den ersten Blick kein Absender zu erkennen war, fragte er: »Von wem ist das?«

»Das kann ich Ihnen leider nicht sagen. Mein Dienst hat erst vor einer halben Stunde begonnen. Mein Kollege hat die Sendung entgegengenommen.«

»Komisch«, murmelte er im Weitergehen, den Blick auf das Objekt in seiner Hand gerichtet.

»Einen angenehmen Abend!«, rief ihm die junge Frau hinterher, doch er reagierte nicht, sondern bog um die nächste Ecke, um zu seinem Zimmer zu gelangen.

Zunächst legte er das kleine Paket auf das schmale Tischchen vor der Wand, dann ging er in das Badezimmer und wusch sich die Hände. Anschließend setzte er sich mit dem Päckchen auf das Bett und begann, erst das Band und dann das Papier zu lösen. Zum Vorschein kam ein roter Karton mit Deckel. Ein erster Gedanke schoss ihm durch den Kopf. Befand sich darin das, was er annahm? Hatte Beatrice ihm ein persönliches Souvenir zukommen lassen? Die Vorstellung entlockte ihm ein Schmunzeln. Doch woher sollte sie wissen, in welchem Hotel er eingecheckt hatte? Ihre erste Begegnung war gerade einen Tag her, dafür war sie umso intensiver gewesen. Während er noch überlegte, hob er den Deckel ab, schob das feine Papier zur Seite und schreckte augenblicklich zurück. Nachdem er sich von dem ersten Schrecken erholt hatte, griff er nach seinem Smartphone und wählte Franks Nummer.

»Sorry, Jörg, ich habe gerade überhaupt keine Zeit. Ich stehe quasi schon im OP. Ein Notfall. Also mach's kurz, ja?« Doktor Frank Gustafson hielt das Handy zwischen Schulter und Ohr geklemmt, während er in seine grüne OP-Hose schlüpfte. »Du hast *was* bekommen?« Mitten in der Bewegung hielt er kurz inne.

»Du hast richtig gehört. Jemand hat mir eine noch blutige Schweinenase geschickt. Hübsch verpackt in Seidenpapier mit roter Schleife. Total pervers!«

»Sonst war nichts dabei?«

»Nein, eine liebevolle Karte habe ich auch nicht erwartet.«

»Du weißt, wie ich das meine. Keine Nachricht oder wenigstens ein Hinweis auf den Absender?«

»Nein, Fehlanzeige.«

»Könnte es sich um einen Denkzettel von einer deiner Verflossenen handeln?« Franks spöttischer Unterton war deutlich zu erkennen.

»Selten so gelacht«, blaffte Jörg zurück. »In dieser Hinsicht fehlt mir der Humor.«

»Zugegeben, das Ganze ist auf jeden Fall äußerst geschmacklos. Du hast wirklich keine Idee, wer dir das geschickt haben könnte? Einer deiner Bikerfreunde vielleicht?« Eine Krankenschwester wartete mit dem sterilen Kittel in der Hand vor Frank und bedachte ihn mit einem mahnenden Blick. »Jedenfalls kennt der Unbekannte deinen Aufenthaltsort. Jörg, ich muss jetzt wirklich Schluss machen, die warten dringend auf mich. Du solltest zur Polizei gehen. Ich kenne dort jemanden, wenn du willst, dann …«

»Ich weiß, dein Bullenfreund von neulich«, fiel er ihm ins Wort. »Ich denk drüber nach, okay? Bis dann!«

Nachdem das Telefonat beendet war, saß Jörg eine Weile unschlüssig auf der Bettkante. Immer wieder wanderte sein Blick zu der Schachtel. So sehr er sich anstrengte, die Botschaft des Inhaltes erschloss sich ihm nach wie vor nicht. Warum schickte ihm jemand eine Schweinenase? Kurzerhand verstaute er das unliebsame Geschenk in einer Plastiktüte, um es anschließend in irgendeinem öffentlichen Mülleimer verschwinden zu lassen. Als er in das Badezimmer gehen wollte, um unter die Dusche zu steigen, klingelte das Telefon.

KAPITEL 38

Zwei Tage später

Am nächsten Morgen fuhr ich nach Keitum, um mit einer Kundin deren Änderungswünsche hinsichtlich der Gartengestaltung zu besprechen. Piet war gleich im Morgengrauen auf das Festland gefahren, um sich mit einem potenziellen Lieferanten zu treffen. Momentan war unser Auftragsbuch dermaßen gut gefüllt, dass wir sogar in Erwägung ziehen mussten, einige Aufträge abzulehnen, da wir mit der Umsetzung kaum hinterherkamen. Das Dauerthema bezahlbarer Wohnraum machte es auch uns schwer, qualifiziertes Personal für die Arbeit auf der Insel zu gewinnen. Das tägliche Pendeln zwischen dem Festland und der Insel schreckte viele Bewerber ab.

»Guten Morgen, Frau Scarren! Danke, dass Sie es kurzfristig einrichten konnten«, wurde ich von unserer Auftraggeberin begrüßt.

»Hallo, Frau Baumgartner! Ich habe heute ohnehin in Keitum zu tun, da war das kein Problem.«

»Kommen Sie herein! Darf ich Ihnen einen Kaffee oder eine Tasse Tee anbieten?«

»Das ist sehr nett von Ihnen, aber ich habe gerade erst gefrühstückt«, erwiderte ich mit einem Lächeln.

»Dann schlage ich vor, dass wir gleich auf die Terrasse gehen.«

Ich folgte der Hausherrin nach draußen in den Garten. Das Grundstück lag direkt an der Wattseite. Bei klarer Sicht konnte man im Norden den Lister Hafen und in südlicher Richtung den Eisenbahndamm erkennen, auf dem die Züge aus der Ferne wie riesige Raupen wirkten.

»Der Blick ist einmalig, das muss ich sagen«, stellte ich fest.

»Nicht wahr? Ich bin unglaublich dankbar, dass wir dieses Grundstück bekommen haben. Ich habe es damals gesehen und wusste sofort, das wird eines Tages uns gehören! Das ist ein wahrer Glücksgriff. Ein Grundstück auf Sylt ist beinahe so kostbar wie ein Goldschatz.« Liebevoll betrachtete sie das Haus, das mit seiner schneeweißen Fassade in der Sonne zu strahlen schien.

»Da gebe ich Ihnen recht«, bestätigte ich.

»Früher stand hier ein kleines Backsteinhaus. Eine Modernisierung wäre viel zu aufwendig gewesen, von den Kosten einmal abgesehen. Außerdem war es ohnehin zu klein für uns. Wir sind zwar nur in den Sommermonaten ab und zu hier, aber man möchte sich doch wohlfühlen.«

»Natürlich. Kennen Sie den Vorbesitzer?«

»Nein, nicht persönlich. Herr Hasselkamp, das ist unser Makler, erzählte uns, die Frau sei schon älter gewesen und hätte allein gelebt. Sie ist auf tragische Weise ums Leben gekommen. Soviel ich weiß, soll sie ertrunken sein. Tragisch. Wie gesagt, das habe ich lediglich gehört.« Sie zuckte entschuldigend die Achseln.

»Badeunfälle sind auf Sylt nicht so selten, wie man vielleicht annehmen sollte. Viele Leute unterschätzen die Nordsee, und damit meine ich nicht nur die Wellen. Besonders die Unterströmungen können selbst für geübte Schwimmer mitunter lebensgefährlich werden. Ebenso die Buhnenreste, an denen man sich erheblich verletzen kann.«

»Diesen Gefahren setze ich mich erst gar nicht aus. Die Nordsee ist mir eindeutig zu kalt. Ich bevorzuge warmes

Wasser, mindestens 26 Grad. Da wären wir auch gleich bei dem Grund, weshalb ich Sie sprechen wollte. Ich würde mir wünschen, dass man den neuen Pool von außen nicht einsehen kann. Einen schnöden Sichtschutzzaun fände ich allerdings weniger schön. Sie haben bestimmt eine Idee, wie sich das am geschicktesten gestalten ließe?«

»Herkömmliche Sichtschutzelemente würde ich in diesem Fall ebenfalls nicht verwenden wollen. Da ich vorrangig mit natürlichen Baustoffen arbeite, könnte ich mir eine Kombination aus Holz und Pflanzen sehr gut vorstellen. Das ist nachhaltig und würde darüber hinaus zum Charakter des Hauses sowie des übrigen Gartens passen. Wir könnten außerdem mit unterschiedlichen Höhen arbeiten, dann wirkt es gefälliger und fügt sich besser in das restliche Umfeld ein. Was halten Sie davon?«

»Das klingt ganz hervorragend! Ich wusste, dass ich mich auf Sie verlassen kann, und bin sehr gespannt auf Ihren Vorschlag, Frau Scarren.«

KAPITEL 39

Ein Sonnenstrahl schien ihm direkt in das Gesicht und blendete ihn beim Zeitunglesen. Kurzerhand tauschte er den Sitzplatz und saß nun auf der gegenüberliegenden

Seite mit dem Rücken zum Fenster. Neben ihm dampfte eine Tasse frisch gebrühter schwarzer Kaffee.

»Guten Morgen! Könnten Sie mir bitte Ihre Zimmernummer nennen?« Eine Servicekraft stand neben ihm.

»26«, brummte Jörg Neritz, ohne von der Zeitung aufzusehen.

»Vielen Dank. Möchten Sie eine Eierspeise? Ich kann Ihnen Rührei, ein gekochtes Ei oder ein Spiegelei anbieten«, bot der junge Mann ihm höflich an.

»Ich mag keine Eier, egal in welcher Form, danke.«

Jörg verspürte keinen Hunger. Obwohl er den gestrigen Abend für seine Verhältnisse wenig getrunken hatte und relativ früh im Bett lag, fühlte er sich wie gerädert. Stundenlang hatte er sich von einer Seite auf die andere gewälzt und fand trotz allem nicht in den Schlaf. Stattdessen beschäftigte er sich zum einen mit der Frage, wer der Absender des Päckchens sein könnte, zum anderen, welches Ziel der oder diejenige damit verfolgte. Ihn einschüchtern? Drohen? Weswegen? Über das Grübeln war er in einen unruhigen und von abstrusen Träumen geprägten Schlaf gefallen. Auch jetzt konnte er sich nicht auf den Zeitungsartikel vor sich konzentrieren, daher faltete er die Zeitung zusammen und trank seinen Kaffee aus. Als er aufblickte, sah er Viktor Hasselkamp mit einem breiten Grinsen auf dem Gesicht auf ihn zukommen.

»Moin! Alter, du siehst echt mitgenommen aus«, begrüßte er seinen Freund und rief die Servicekraft zu sich. »Einen Kaffee bitte.«

»Sind Sie Gast des Hauses?«, fragte der Mann leicht verunsichert.

Ehe Viktor antworten konnte, schaltete sich Jörg ein. »Das geht in Ordnung. Schreiben Sie es auf mein Zimmer.«

Mit einem Nicken entfernte sich der Kellner.

»Die werden auch immer kleinlicher«, bemerkte Viktor und nahm Platz. »Möchte nicht wissen, was ein Zimmer in diesem Schuppen kostet.«

»Was verschafft mir die Ehre am frühen Morgen?«

»Sag mal, du bist aber ausgesprochen mies drauf heute. War wohl eines der Bierchen gestern schlecht?«, feixte der Makler. »Eigentlich solltest du in Feierlaune sein.« Auf den fragenden Blick seines Freundes fügte er hinzu: »Guck mal, ich habe dir etwas mitgebracht.« Er öffnete die mitgebrachte Aktentasche und zog eine dünne Mappe hervor.

»Was ist das?«

»Das, mein lieber Jörg, ist ein Vertrag. Willkommen auf der Insel der Schönen und Reichen!« Er schob Jörg die Mappe über den Tisch.

»Dann ist sie …« Seine Miene erhellte sich deutlich.

»Ist sie. Deinem Traum steht nichts mehr im Wege. Die Bagger stehen quasi in den Startlöchern, um die alte Bude zusammenzuschieben. Wenn das kein Grund ist zum Feiern, weiß ich auch nicht. Darauf sollten wir anstoßen! Aber lass uns woanders hingehen.«

Plötzlich war Jörgs Katerstimmung verschwunden und ein zufriedener Ausdruck legte sich auf sein Gesicht. Dann erhoben sie sich von ihren Plätzen und schenkten dem Hotelangestellten, der in diesem Moment mit dem bestellten Kaffee in der Hand an ihren Tisch kam, keinerlei Beachtung.

KAPITEL 40

Zwei Tage später

Ich befand mich auf dem Weg von Keitum nach Westerland und wartete vor einer roten Ampel auf Höhe eines
Discounters, als Frank anrief.

»Moin, Anna!« Seine Stimme klang matt.

»Frank! Alles okay mit dir?«

»Ja, ich hatte Nachtdienst und bin ein bisschen groggy.
Ich wollte dir nur kurz mitteilen, dass Frau Holmers, die
Frau mit der Hymenopterengiftallergie, also der Insek-
tengiftallergie«, fügte er erklärend hinzu, »in den frühen
Morgenstunden verstorben ist.«

»Oh. Ich dachte, es ging ihr schon besser?« Ich verspürte
einen dicken Kloß im Hals. Auch wenn ich die Frau nicht
näher kannte, berührte mich die Nachricht ihres Todes.

»Es ist zu unerwarteten Komplikationen gekommen.
Wir konnten ihr leider nicht mehr helfen, sie war zu sehr
geschwächt. Tut mir leid, dass ich keine positiven Neuigkeiten habe.«

»Danke, dass du mir Bescheid gegeben hast. Kommst
du heute Abend?« Nick und ich hatten beschlossen, Jills
Rückkehr mit einem Essen in engem Kreis bei uns zu
Hause zu feiern. Frank hatten wir ebenfalls eingeladen.

Er zögerte mit der Antwort. »Ich habe noch nicht entschieden, ob ich komme. Momentan bin ich nicht sicher,
ob das eine gute Idee ist. Jill ist nach wie vor stinksauer
auf mich. Ich hätte eher mit ihr reden müssen, das weiß
ich. Das ist neulich ziemlich blöd gelaufen.«

»Du musst dich mir gegenüber nicht rechtfertigen. Die Entscheidung liegt bei dir. Nick und ich würden uns freuen, wenn du kämst. Und Jill sicherlich auch. Du weißt doch, wie sie sein kann. Bestimmt renkt sich alles wieder ein. Du bist auf jeden Fall willkommen.«

Nachdem ich meine Einkäufe in Westerland beendet hatte, fuhr ich zurück nach Morsum und hielt vor dem Haus der Familie Carstensen. Ich hatte Ava versprochen, ein bestelltes Buch aus der Stadt für sie mitzubringen, und wollte es nun bei ihr abgeben. Gleich vor dem Haus fiel mir ein modernes E-Bike auf, das gegen die Friesenmauer lehnte. Allem Anschein nach hatte Ava Besuch. Die Haustür öffnete sich, ohne dass ich den Klingelknopf betätigt hatte. Unerwartet stand ich einem jungen Mann mit einer Aktenmappe unter dem Arm gegenüber. Hinter ihm tauchte Ava auf. Sie lachte gut gelaunt.

»Dann wünsche ich Ihnen noch einen angenehmen Tag, Frau Carstensen!« Mit einem Lächeln schob er sich an mir vorbei und ging zu dem Fahrrad.

»Moin, Anna! Komm rein!«

Ich folgte Ava in das Wohnzimmer, wo neben einigen Papieren und Prospekten zwei Teetassen auf dem Couchtisch standen.

»Du hattest Herrenbesuch? Wenn das Carsten mitbekommt!«, witzelte ich.

»Ein bisschen frischer Wind kann nie schaden.« Sie zwinkerte mir zu. »Das war der Herr vom Pflegedienst. Ich habe dir doch davon erzählt.«

»Ja, aber ich wusste nicht, dass der Termin schon heute ist.«

»Konntest du auch nicht, das war ganz spontan.« Sie räumte das Geschirr zusammen.

»Hat er euch ein vernünftiges Angebot gemacht?«, fragte ich und nahm ihr die Tassen ab, um sie in die Küche zu bringen.

»Das klingt alles sehr vertrauenerweckend. Ich spreche noch mit Carsten darüber, und dann steht einer Beauftragung aus meiner Sicht nichts mehr entgegen.« Sie ließ sich in den Sessel fallen und massierte ihr linkes Knie. »Das wird eine Erleichterung für uns bringen. Die kümmern sich wirklich um alles. Den Garten, das Haus und so weiter. Die erledigen sogar Einkäufe und kümmern sich um Behördenangelegenheiten, wenn man das möchte«, zählte sie begeistert auf. »Man hat die Möglichkeit, spezielle Pakete dazuzubuchen, ganz nach Bedarf.«

»Das klingt gut. Wahrscheinlich hat dieser Service aber auch seinen Preis.«

»Ach, das ist uns die Sache wert. Wir haben doch niemanden, dem wir etwas hinterlassen können. Im Augenblick sind wir ja noch nicht derart tüddelig, dass wir gleich alle Leistungen auf einmal in Anspruch nehmen müssen.« Sie lachte. Dann wurde ihr Gesichtsausdruck ernster. »Aber wer weiß, wie lange wir in unserem Haus bleiben können. Selbst um einen möglichen Verkauf würden die sich kümmern.«

»Na, in diesem Fall sind wir auch noch da, sollte es wirklich eines Tages dazu kommen«, betonte ich.

»Das wissen wir, und dafür sind wir euch sehr dankbar. Wir möchten euch bloß nicht zur Last fallen, ihr habt selbst genug um die Ohren. Warte mal ab, wenn der Lütte erst in die Schule kommt. Dann geht es los mit den Hausaufgaben.«

»Das wird zweifellos eine neue Zeit. Hier ist übrigens das Buch, das du bestellt hast. Ganz schön dick!« Ich reichte ihr das umfangreiche Exemplar.

Lachend nahm sie es entgegen. »Carsten soll es in der Reha nicht langweilig werden. Danke fürs Abholen. Das Geld gebe ich dir gleich.«

»Wann geht er in die Reha?«

»Morgen.«

»Oh, das ging schneller als gedacht.«

»Ja. Es ist kurzfristig ein Platz frei geworden. Deshalb muss ich gleich einige Sachen zusammenpacken. Sein Gepäck wird heute Abend noch abgeholt.«

»Dann will ich dich nicht unnötig aufhalten.« Ich verabschiedete mich mit dem Versprechen, in den nächsten Tagen wieder vorbeizuschauen.

Zu Hause angekommen, drehte ich schnell eine Runde mit den Hunden, bevor ich mich an die Vorbereitungen für das Abendessen machte. Als ich die Hundeleinen zurück an ihren Platz legte, blieb ich versehentlich an dem Gurt meiner Handtasche hängen, die auf der Anrichte stand. Ich bekam sie zu spät zu fassen, und somit ergoss sich der gesamte Inhalt vor mir auf den Fliesen. »Super, Anna«, murmelte ich und bückte mich, um alles einzusammeln. Dabei fiel mir der gebrauchte Adrenalin-Pen in die Hände, den ich eingesteckt hatte, nachdem der Rettungswagen weggefahren war. Ich hatte ihn zunächst absichtlich in der Tasche belassen, damit Christopher ihn nicht versehentlich in die Finger bekam, und wollte ihn später entsorgen. Das hatte ich vollkommen vergessen. Aber durfte man den Applikator ohne Weiteres im Hausmüll entsorgen, stellte ich mir die Frage. Bestimmt befand sich ein Hinweis zur Entsorgung außen auf der Verpackung. Nach der Anweisung suchend, kehrte ich zurück in die Küche und wäre beinahe über Chili gestolpert, die um meine Beine schlich.

»Es gibt noch nichts zu fressen, Chili!«, machte ich ihr unmissverständlich deutlich, indem ich sie aus der Küche schickte.

Ich drehte den Applikator in meinen Händen, als mein Blick auf einer Stelle hängen blieb, die überklebt zu sein schien. Ich versuchte, den Aufkleber mit dem Fingernagel behutsam abzukratzen. Glücklicherweise ließ er sich relativ leicht lösen, ohne das Darunterliegende zu beschädigen. Was zum Vorschein kam, verursachte mir umgehend eine Gänsehaut.

KAPITEL 41

Nick saß allein im Büro und erledigte unbeliebten Papierkram, als sein Handy neben ihm vibrierte. Das Telefonat war in dem Moment beendet, als Uwe hereinkam.

»Sag bitte nicht, dass etwas reingekommen ist. Ich wollte mich jetzt in den Feierabend verabschieden. Ausnahmsweise mal ein bisschen früher als sonst.« Fragend sah er den Kollegen an.

»Das war Anna. Sie hat eine interessante Entdeckung gemacht.«

»Klingt nach Arbeit. Oder täusche ich mich?« Uwe strich sich über den Vollbart.

»Du erinnerst dich, dass ich dir von der Frau erzählt habe, die von einem Wespenschwarm attackiert wurde und eine Insektengiftallergie hatte«, sagte Nick. »Anna hatte die leere Verpackung des Notfallmedikamentes mitgenommen, mit der sie die Frau versorgt hat. In der ganzen Aufregung hat Anna völlig vergessen, es zu entsorgen.«

»Ja, und? Das klingt für mich nicht besonders außergewöhnlich. Worauf willst du hinaus?«

»Ich bin noch nicht fertig. Da sie sich nicht sicher war, ob sie die leere Packung in den Hausmüll geben darf, hat sie nach einem Hinweis gesucht und dabei festgestellt, dass das Medikament gar keines war.«

»Wie?« Uwe blickte Nick fragend an.

»Bei dem Medikament handelt es sich in Wirklichkeit um ein Placebo. Die entsprechende Kennzeichnung, dass es sich ausschließlich um ein Muster handelt, wurde fein säuberlich überklebt.«

»Das würde bedeuten …«

»… dass das Medikament gar nicht wirken konnte, weil es keinen Wirkstoff enthielt«, führte Nick den Gedanken zu Ende. »Die Frau ist übrigens heute Nacht verstorben. Das hat Frank Anna vorhin mitgeteilt.« Er lehnte sich in seinem Stuhl zurück und atmete tief durch.

»Könnte es sich um ein Versehen handeln?« Uwe überlegte und kaute währenddessen nachdenklich auf seiner Unterlippe herum.

»Ausschließen kann man das natürlich nicht.«

»Möglicherweise wurde es vertauscht.«

»Oder ausgetauscht«, betonte Nick.

»Aber warum?«

»Zunächst müssen wir das Medikament untersuchen lassen und dann herausfinden, woher die Frau es hatte.«

»Wir?«

»Wer sonst? Ich habe Anna gebeten, das Teil auf jeden Fall aufzuheben. Ich werde mich schlaumachen, wer der Hausarzt der Frau war. Im Krankenhaus können sie mir das bestimmt sagen.« Nick stand auf und griff nach dem Autoschlüssel.

»Okay, meinetwegen. Wieder nichts mit Feierabend. Ich werde unsere beiden Frischlinge damit beauftragen, sämtliche Apotheken auf der Insel abzuklappern. So viele sind es ja nicht. Dort können sie uns vielleicht sagen, ob sie das Zeug verkauft haben und wenn ja, an wen.«

»Meinst du, wir sollten Achtermann informieren?«, fragte Nick, der bereits mit einer Hand nach der Türklinke griff.

»Nein, lass uns nicht gleich die Pferde scheu machen. Das nehme ich erst mal auf meine Kappe. Wir sollten etwas Handfestes vorzuweisen haben, bevor wir den Staatsanwalt einschalten.«

Kurze Zeit später verließ Nick die *Nordseeklinik* mit der Information, die er benötigte. Nachdem er den Applikator von zu Hause abgeholt hatte, fuhr er direkt weiter zu der Arztpraxis, die ihm die Stationsschwester genannt hatte. Ein Blick auf die Öffnungszeiten auf einem Schild am Eingang verriet, dass er gerade noch rechtzeitig gekommen war.

»Moin, was möchten Sie?«, wurde er von der Sprechstundenhilfe empfangen, deren Freundlichkeit in Anbetracht des nahenden Feierabends zu wünschen übrig ließ.

»Moin, Frau Kessler.« Den Namen las Nick von ihrem Namensschild ab, das an ihrem Poloshirt befestigt war. »Ich würde gern Ihre Chefin sprechen.«

»Haben Sie einen Termin?«

»Nein, aber …«

»Ohne Termin wird das heute nichts mehr. Wir schließen in einer Viertelstunde.«

Nick schob ihr seinen Dienstausweis über den Tresen.

»Oh. Ich werde mal fragen, was sich machen lässt.« Sie stand auf und verschwand in einem der angrenzenden Zimmer. Gleich darauf kehrte sie zurück. »Kommen Sie bitte mit.«

Nick wurde in einen fensterlosen Raum geführt, in dem neben einem Schreibtisch eine Liege und ein Ultraschallgerät standen. Er brauchte nicht lange zu warten. Die Tür schwang auf, und eine große, sportliche Frau kam herein. Das lange schwarze Haar wurde von einem Haargummi im Nacken zusammengehalten.

»Hallo! Julia Schönborn. Meine Sprechstundenhilfe sagte mir, Sie wollen mich dringend sprechen? Haben Sie akute Beschwerden?« Sie bot Nick einen Stuhl an und nahm selbst hinter ihrem Schreibtisch Platz.

»Nein, es geht nicht um mich, sondern vielmehr um eine Ihrer Patientinnen, Frau Johanna Holmers, um genau zu sein. Sie ist vergangene Nacht an den Folgen einer Insektengiftallergie verstorben.«

»Oh, das wusste ich bis jetzt nicht.«

»Aber Ihnen war bekannt, dass Frau Holmers diese Allergie hatte?« Nick beobachtete die Medizinerin, während sie konzentriert auf der Tastatur herumtippte.

»Ja, das haben wir selbstverständlich in ihrer Patientenakte vermerkt.« Ihre Aufmerksamkeit galt nun wieder ausschließlich Nick.

»Wir haben dieses Notfallmedikament bei ihr gefunden.«

Die Ärztin begutachtete den in einem durchsichtigen Asservatenbeutel verpackten Adrenalin-Pen.

»Das ist ein gängiges Präparat, das ich meinen Patienten für Notfälle verschreibe. Es ist allerdings nur für den einmaligen Gebrauch bestimmt. Bislang haben wir ausschließlich gute Erfahrungen damit gemacht.« Sie wirkte angespannt.

»In diesem speziellen Fall hat es sich leider als wirkungslos erwiesen.«

»Wirkungslos?«, wiederholte sie und rutschte unruhig auf ihrem Stuhl hin und her. »Was soll das heißen?«

»Das soll heißen, dass dieses Medikament keinen Wirkstoff enthielt, da es sich lediglich um eine Attrappe handelt.«

»Das kann ich mir nicht vorstellen. Darf ich bitte nochmal sehen?« Nick hielt ihr die Tüte hin, und sie betrachtete den Inhalt erneut. »Sie haben recht. Wir verwenden diese Muster zu Demonstrationszwecken, beispielsweise, um den Patienten die Dosierung und Handhabung zu erklären. Schon allein, um im Ernstfall die Hemmschwelle zu verringern. Wenn man vorher bereits damit in Berührung gekommen ist, fällt es in der Regel leichter, damit umzugehen. Das hat die Erfahrung gezeigt«, präzisierte die Ärztin.

»Können Sie sich erklären, wie Frau Holmers an dieses Demonstrationsmuster gelangt sein könnte? Könnte eventuell eine versehentliche Verwechslung mit einem echten Notfallmedikament vorliegen?«

Sie überlegte kurz, schüttelte dann jedoch heftig mit dem Kopf. »Nein, das ist vollkommen ausgeschlossen. In meiner Praxis werden diese Vorführexemplare nicht aus der Hand gegeben. Unsere Patienten erhalten außerdem alle benötigten Medikamente auf Rezept, das sie dann in der Apotheke einlösen können. Ausgenommen davon sind gängige Impfstoffe und spezielle Medikamente zur Akutversorgung. Diese bekommen wir direkt geliefert und verabreichen sie den Patienten vor Ort, schon aus dem Grund, die vorgeschriebene Kühlkette nicht zu unterbrechen.«

»So war das auch im Fall von Frau Holmers? Sie hat ein entsprechendes Rezept erhalten?«, vergewisserte sich Nick und steckte den Beutel mit dem Beweisstück ein. Die Medizinerin nickte.

»Wann war Frau Holmers das letzte Mal bei Ihnen?«

Julia Schönborn richtete ihren Blick abermals auf den Bildschirm. »Frau Holmers war zuletzt vor knapp zwei Monaten wegen einer Bronchitis bei mir. Sehen Sie?« Sie drehte den Monitor in Nicks Richtung.

»Haben Sie ihr damals auch ein Rezept für das Notfallmedikament ausgestellt?«

»Warten Sie, auch das haben wir gleich.« Erneut wanderten die Augen der Ärztin über den Computerbildschirm. »Nein. Das Rezept für das Notfallset wurde erst vor zwei Wochen ausgestellt, nachdem sie telefonisch darum gebeten hatte.«

»Dann ist sie deswegen nicht persönlich bei Ihnen vorstellig geworden.«

»Korrekt. In diesem Fall war eine persönliche Vorstellung nicht erforderlich.« Sie lächelte zustimmend.

»Eine Frage hätte ich noch: Wissen Sie, ob Frau Holmers das Rezept persönlich abgeholt hat?«

»Das weiß ich nicht, aber ich gehe davon aus. Hin und wieder kann es vorkommen, dass die Rezepte auch von Dritten abgeholt werden, beispielsweise Familienangehörigen, aber dazu kann ich im Einzelfall nichts sagen. Da befragen Sie am besten meine Mitarbeiterinnen vorne an der Anmeldung. Die haben diesbezüglich den besseren Überblick. Ich hoffe, ich konnte Ihnen weiterhelfen.«

»Danke, dass Sie sich Zeit genommen haben, Frau Doktor Schönborn.«

»Jederzeit gerne wieder, Herr Scarren«, lächelte sie und reichte ihm zur Verabschiedung die Hand.

KAPITEL 42

Frank hatte den Wagen in einer Nebenstraße in Westerlands Süden abgestellt und war zu Fuß weiter am Strand entlang in die Innenstadt von Westerland gegangen. Jetzt saß er auf der Mauer unterhalb des Hotels *Miramar* und blickte auf das ruhige Meer. Auf den sanften Wogen schaukelten Möwen und andere Wasservögel. Am Strand und direkt an der Wasserkante tummelten sich unzählige Urlauber. Einige saßen in den blau-weiß gestreiften Strandkörben lesend in ein Buch vertieft, hielten ein Nickerchen oder sahen einfach nur dem bunten Treiben zu, das sich vor ihren Nasen abspielte. Nach Geschäftsschluss in spätestens einer Stunde würde es bei diesem sommerlichen Wetter vermutlich noch mehr Menschen direkt ans Meer ziehen, vermutete Frank. Er sah auf die Uhr. Wenn Jörg nicht innerhalb der nächsten zehn Minuten am verabredeten Treffpunkt erscheinen würde, würde er sich auf den Heimweg machen, da er abends bei Nick und Anna eingeladen war und sich noch um ein Mitbringsel kümmern musste.

»Frankieboy, du alter Träumer!«

Frank fuhr herum. »Jörg! Ich habe dich gar nicht kommen sehen.«

»Kein Wunder in dem Gewusel. Ich habe dich von dort oben hier sitzen sehen.« Er zeigte zu der Kuppe der Düne, auf der sich ein Restaurant mit freiem Blick auf die Nordsee befand. »Wir feiern gerade meine Wandlung zum echten Sylter. Du weißt schon, die Sache mit dem Grundstück.« Seine leicht verwaschene Aussprache ließ darauf schließen, dass bereits ausgiebig auf dieses Ereignis angestoßen wurde.

Frank lachte bitter auf. »Ein echter Sylter wirst du deshalb nicht. Dazu gehört viel mehr, als nur eine Immobilie auf der Insel zu besitzen.«

»Alter Spielverderber«, nuschelte Jörg und schlug seinem Kumpel auf die Schulter. »Komm mit! Es gibt einiges zu feiern. Die anderen warten schon.«

»Ich habe nicht viel Zeit, aber das habe ich dir bereits am Telefon gesagt.« Franks Lust, sich mit dem angetrunkenen Jörg und dessen Freunden zu treffen, verringerte sich mit jedem Schritt, den sie sich dem Restaurantaufgang näherten.

»Freunde, darf ich euch meinen Freund und zukünftigen Chefarzt meiner Klinik, Frank Gustafson, vorstellen«, verkündete Jörg lautstark, als sie die Restaurantterrasse erreicht hatten.

Alle Augen richteten sich auf Frank, der zaghaft in die Runde, vornehmlich Biker, nickte. Er fühlte sich zwischen den Anwesenden vollkommen fehl am Platz und bereute, mitgegangen zu sein. Dann griff er nach dem Bierglas, das ihm jemand reichte, und stieß notgedrungen mit an.

»Das ist Viktor, aber den kennst du ja. Und das ist Maik, sein Mädchen für alles!«, stellte Jörg ihm mit glasigem Blick die beiden Männer vor.

»Ich glaube, du setzt dich besser, bevor du uns noch umfällst.« Viktor führte ihn zu einem Stuhl, auf den er sich plumpsen ließ.

»Komm her zu mir, Frankieboy!« Jörg winkte Frank zu sich und sprach dicht an sein Gesicht. Dabei waberte Frank eine Alkoholfahne entgegen. »Du siehst aus, als ob du dich nicht freuen würdest.«

»Doch, natürlich freue ich mich für dich.«

»Verstehe, du kannst es bloß nicht so zeigen.« Er kicherte albern.

»Ich muss noch einmal mit dir wegen des Stellenangebotes sprechen«, begann Frank und musste sich eingestehen, dass er den Zeitpunkt nicht hätte schlechter wählen können.

»Warum plötzlich? Über die Bezahlung werden wir uns einig, mach dir deswegen keinen Kopf.« Jörg stieß lautstark auf. »Entweder ich mache Geschäfte oder ich trinke. Und jetzt wird getrunken! Auf Sylt!«, rief er, worauf die anderen um ihn herum einstimmten.

Eine Bedienung, die gerade mit einem vollen Tablett vorbeikam, warf der Gruppe einen missbilligenden Blick zu.

»Weißt du, Frank, das Haus war für die olle Schachtel sowieso nichts mehr.« Jörg hob sein Glas und stürzte den Inhalt hinunter. Rechts und links seiner Mundwinkel liefen kleine Rinnsale aus Bier das Kinn hinab. »Und weißt du, warum? Weil sie tot ist. Mausetot! Summ, Bienchen, summ«, begann er unvermittelt zu singen, was zusehends in groteskes Gelächter überging. Im ersten Moment hätte man annehmen können, er wäre im Begriff, den Verstand zu verlieren. Frank erhob sich und wollte gehen, als Viktor neben ihn trat.

»Ich glaube, unser Freund hat definitiv genug für heute. Hilf mir mal, ihn wegzuschaffen, bevor die Sache eskaliert!«

»Wovon redet er die ganze Zeit?«, wollte Frank wissen, während sie den Betrunkenen stützten.

»Das weiß er wahrscheinlich selbst nicht. Vergiss es am besten! Du siehst doch, wie hinüber der ist. Morgen kann er sich an nichts und niemanden mehr erinnern. Maik und ich bringen ihn jetzt in sein Hotel, damit er seinen Rausch ausschlafen kann. Maik! Fass mal mit an!«

KAPITEL 43

»Mama! Wo soll das hin?«, fragte Christopher und hielt ein gläsernes Windlicht umklammert.

»Das kannst du draußen auf den Terrassentisch stellen.«

»Kommt Tante Jill bald?«, wollte er nun wissen.

»Sie kommt um 19 Uhr. Jetzt ist es 17.30 Uhr, du musst dich noch ein bisschen gedulden«, erklärte ich.

»Darf ich solange *Paw Patrol* gucken?«

»Meinetwegen. Aber höchstens eine halbe Stunde«, willigte ich ein.

»Okay.«

Nick traf eine knappe Stunde vor den Gästen ein und kümmerte sich um die Fertigstellung des Essens.

»Super, dass du alles vorbereitet hast.« Er gab mir einen Kuss.

»Seid ihr in der Medikamentensache weitergekommen?«

»Ich war vorhin in der Praxis von Frau Doktor Schönborn, der Hausärztin von Frau Holmers, und habe mit ihr gesprochen.«

»Hatte sie eine Erklärung, wie das passieren konnte?«

»Sie schließt eine Verwechslung in ihrer Praxis aus, da sie lediglich das Rezept ausgestellt hat. Medikamente gibt sie generell nicht an Patienten ab. In welcher Apotheke das Rezept eingelöst wurde, konnte sie mir nicht sagen. In Deutschland besteht freie Apothekenwahl. Uwe hat unsere beiden Neuen damit beauftragt herauszufinden, bei welcher Apotheke Frau Holmers Rezept eingelöst wurde.«

»So viele gibt es nicht mehr auf Sylt, nachdem die in Tinnum und Keitum geschlossen haben.«

»Morgen sind wir bestimmt schlauer.« Er blickte auf die Uhr. »Wenn die anderen nicht bald kommen, wird der Salat welk.«

»Und ich sterbe auch langsam vor Hunger. Wo bleiben die denn?« Ich schielte aus dem Küchenfenster zur Einfahrt. In diesem Augenblick bog ein schwarzer Transporter mit einem silbernen Seestern quer über der Seite in die Einfahrt. Unsere Freunde Britta und Jan waren die Ersten.

»Tut mir leid, dass wir es nicht eher geschafft haben«, entschuldigte sich Britta und überreichte mir eine große Tüte Champagnertrüffel.

»Oh, lecker, danke! Ist nicht schlimm, ihr seid die Ersten«, erwiderte ich und umarmte sie zur Begrüßung.

»Echt? Und ich dachte, wir seien schon spät dran.«

»Frank und Jill kommen sicher jeden Moment. Wie wäre es bis dahin mit einem Glas Prosecco?«

»Gerne, dazu sage ich nicht Nein.«

Frank und Jill trafen kurz nach den Hansens ein. Christopher stürmte seiner Patentante sofort entgegen.

»Toffy!«, rief sie und schloss ihn in die Arme. Obwohl sich die beiden nur unregelmäßig zu Gesicht bekamen, freute Christopher sich jedes Mal unbändig über sie.

Nach dem Essen gesellte sich Frank zu mir in die Küche.

»Wo kann ich die Schüssel abstellen?«

»Da drüben! Du musst aber nicht beim Abräumen helfen, das machen wir schon.«

»Kein Problem.« Er lächelte unsicher.

»Schön, dass du gekommen bist.«

»Ja, danke noch mal für die Einladung. Das Essen war wie immer hervorragend.« Er lehnte gegen einen der Küchentische, und ich wurde das Gefühl nicht los, dass ihm etwas auf der Seele brannte.

»Spuck es aus!«, forderte ich ihn direkt auf.

»Nick hat mir von der Sache mit dem wirkungslosen Notfallmedikament erzählt. Darauf wäre ich im Leben nicht gekommen, dass es sich um ein Placebo gehandelt hat.«

»Ja, das ist schrecklich. Die Frau würde wahrscheinlich noch leben, wenn das drin gewesen wäre, was draufstand. Machst du dir etwa deswegen Vorwürfe?«

»Vielleicht ein bisschen.« Er senkte den Kopf und sah auf seine Schuhspitzen.

»Woher sollten wir das wissen? Schließlich war ich diejenige, die es ihr gegeben hat. Du bist erst später dazugekommen.«

»Das ist es nicht allein.« Ich konnte sehen, wie er mit sich rang.

»Frank? Was ist?«

»Im Grunde ist es mehr ein Gefühl. Ich weiß nicht, wie ich es sagen soll.«

»Ich verstehe leider kein Wort.«

»Ach, besser, du vergisst es schnell wieder. Kann ich dir behilflich sein? Soll ich etwas raustragen?« Frank sah sich in der Küche um.

»Nein, und den Rest erledigt die Geschirrspülmaschine.«

Den restlichen Abend fragte ich mich ein ums andere Mal, was Frank mit seiner Andeutung gemeint haben könnte, hakte aber nicht näher nach. Umso mehr nahm ich mit Freude zur Kenntnis, dass sich die Stimmung zwischen Jill und ihm immer mehr zu entspannen schien. Vielleicht gäbe es für die beiden doch noch ein Happy End.

KAPITEL 44

»Moin, Nick. Konntest du gestern in der Arztpraxis etwas zu der Medikamentensache herausfinden?«, erkundigte sich Uwe, als er am nächsten Morgen das Büro betrat.

Daraufhin fasste Nick den Besuch bei Doktor Schönborn in knappen Worten zusammen.

»Da bleibt zu hoffen, dass die Kollegen Westermann und Ferrara in den Apotheken mehr Erfolg haben.«

Er hatte den Satz kaum zu Ende gesprochen, als die Tür aufging und Hubsy Westermann in Begleitung von Maurizio Ferrara hereinkam.

»Moin! Eben haben wir von euch gesprochen. Konntet ihr etwas in Erfahrung bringen?«

Maurizio nickte, überließ jedoch der Kollegin den Vortritt.

»Das Rezept für das Notfallmedikament wurde in einer Apotheke in der Friedrichstraße eingelöst«, teilte Hubsy den Kollegen mit. »Die Apothekerin konnte sich sogar an Frau Holmers erinnern, denn sie zählte zu ihren Stammkundinnen. Mithilfe der Kundenkarte lässt sich jeder Einkauf leicht nachvollziehen.«

»Dann sind die Dinger doch zu etwas nütze«, brummte Uwe vor sich hin.

»Frau Holmers hat ihre Medikamente aber nicht jedes Mal selbst abgeholt«, warf Maurizio ein.

»Das ist allerdings interessant. Sondern?«, hakte Nick nach.

»Hin und wieder hat das eine junge Frau für sie erledigt.«

»Habt ihr ihren Namen?«

»Moment. Der Name hatte etwas mit einem Vogel zu tun.« Maurizio kramte umständlich in seiner Jackentasche nach dem Notizbuch, doch seine Kollegin kam ihm zu Hilfe.

»Sie heißt Rabe. Den vollständigen Namen konnte uns die Apothekerin nicht sagen.«

»Das ist immerhin besser als nichts. Danke, gut gemacht«, lobte Uwe und strich sich zufrieden über den Vollbart.

»Worüber denkst du gerade nach?«, erkundigte sich Uwe, nachdem sie wieder unter sich waren.

»Ich habe da so eine Idee.«

»Lass hören!«

»Kannst du dich an unseren Besuch bei Marga Lornsens Haus erinnern? Als wir mit ihrem Nachbarn, Ole Matthiesen, gesprochen haben?«

»Klar. Aber was hat das mit dieser Frau zu tun?«

»Da kam gerade eine Frau, die Medikamente für Frau Matthiesen abgegeben hat. Erinnerst du dich?«

»Ist mir nicht aufgefallen. Und wenn schon, ein freundlicher Nachbarschaftsdienst. Tina hat Femke in der letzten Zeit auch öfter etwas aus der Stadt mitgebracht. Du meinst, die Rabe hat für die Lornsen ebenfalls Botengänge erledigt?«

»Die beiden Häuser liegen unmittelbar nebeneinander. Es wäre gut möglich, dass Frau Rabe weiteren Nachbarn ihre Botendienste angeboten hat.«

»Ein kleiner Nebenverdienst, warum nicht? Das ist nicht verboten«, gab Uwe zu bedenken.

»Ich werde der Sache mal nachgehen«, entschied Nick und griff nach seiner Jacke und dem Autoschlüssel.

»Nimm einen der Frischlinge mit«, schlug Uwe ihm vor.

Kurze Zeit später fuhr Nick in Begleitung von Hubsy Westermann nach Archsum, um mit Ole Matthiesen zu sprechen.

»Was genau wollen wir von dem Nachbarn?«, erkundigte sich Hubsy, als sie sich dem Bahnübergang in Keitum näherten.

»Ich möchte wissen, ob es sich bei der jungen Frau, die dort Medikamente abgeliefert hat, ebenfalls um Frau Rabe gehandelt hat.«

»Aha.« Nach einer Weile sagte sie: »Wie lange seid Uwe und du eigentlich schon ein Team?«

»Das sind mittlerweile schon einige Jahre.«

»Kennst du auch seine Frau?«

»Natürlich. Außerdem ist Tina mit meiner Frau Anna befreundet.«

»Haben die beiden Kinder?«

»Ganz schön viele Fragen. Warum fragst du ihn das nicht alles selbst?« Nick warf ihr einen Seitenblick zu, doch sie wich seinem Blick aus und sah stattdessen aus dem Fenster.

»Reine Neugierde. Vertraust du ihm?«, fragte sie zu seiner Überraschung.

»Selbstverständlich. Man muss seinem Partner voll vertrauen können, das ist in unserem Job überlebenswichtig. Ich würde fast behaupten, Uwe weiß genauso viel über mich wie meine Frau. Hast du denn Zweifel an der Loyalität deines Partners?«

»Du meinst Maurizio?« Sie schüttelte energisch den Kopf. »Nein, auch wenn wir uns noch nicht besonders lange kennen. Er ist total okay und nimmt seine Aufgabe sehr ernst.« Sie schwieg und knetete angestrengt ihre Finger.

Die Schranke schloss sich, und Nick stellte den Motor ab.

»Schön hier. Damit meine ich nicht nur das Meer. Hast du dich damals freiwillig für Sylt entschieden?«, nahm sie den Gesprächsfaden erneut auf.

»Ich bin auf Sylt geboren, habe aber viele Jahre in Kanada gelebt.«

»Echt? Du siehst gar nicht aus wie ein Sylter.« Sie kräuselte die Stirn und betrachtete ihn eingehend.

Nick musste unwillkürlich lachen. »Wie sieht denn deiner Ansicht nach ein Sylter aus?«

»Ich weiß nicht. Anders irgendwie. Blond, blauäugig, ganz genau weiß ich es eigentlich auch nicht.« Hubsy begann ebenfalls zu lachen.

Ein blauer Autozug ratterte in diesem Moment in Richtung Westerland vorbei. Unmittelbar darauf öffneten sich die Schranken, und die wartenden Fahrzeuge setzten sich in Bewegung. Nach wenigen Minuten hielten sie vor dem Haus von Marga Lornsen.

»Hoffentlich ist bei Familie Matthiesen jemand zu Hause, der uns Auskunft geben kann.« Nick stieg aus.

»Vielleicht hätten wir uns besser ankündigen sollen«, erwiderte die junge Kollegin und folgte ihm.

Die beiden betraten das Grundstück der Matthiesens durch die Gartenpforte und steuerten auf die Eingangstür zu.

»Scheint niemand da zu sein«, sagte Nick, nachdem er mehrmals vergeblich geklingelt hatte.

»Schätze, wir müssen ein anderes Mal wiederkommen. Ich kann mal ums Eck schielen, ob jemand im Garten ist«, schlug Hubsy vor und marschierte los.

»Moin. Wenn Sie zu den Matthiesens wollen, die sind vor einer halben Stunde weggefahren.« Eine Frau in Bademantel und Hausschlappen meldete sich von dem Hauseingang auf der gegenüberliegenden Seite.

»Moin, Frau …?«

»Stephanie Katzowski.«

»Wissen Sie zufällig, wann die Matthiesens wiederkommen, Frau Katzowski?«, fragte Nick und überquerte die Straße.

»Nee, woher soll ich das wissen? Bei mir muss sich niemand an- und abmelden.« Sie verzog den Mund.

Das Haar hing ihr in Strähnen bis auf die Schultern. Als Nick unmittelbar vor ihr stand, schien sie erst zu realisieren, dass sie für einen Besuch nicht entsprechend hergerichtet war, denn sie fuhr sich hektisch mit den Händen durch das Haar. Dabei wurde ihr Gesicht von einer leichten Röte überzogen.

»Entschuldigen Sie bitte meinen Aufzug, aber ich habe bis eben geschlafen. Sommergrippe«, rechtfertigte sie ihr desolates Erscheinungsbild.

»Hauptsache, es geht Ihnen bald besser.« Hubsy war Nick gefolgt und stand nun neben ihm.

»Danke, wird schon.« Die Nachbarin zog den Gürtel an ihrem Bademantel enger und verschränkte dann die Arme vor dem Körper.

Nick überlegte nicht lange und wagte einen Schuss ins Blaue. »Das ist ein bisschen unglücklich, dass es weder hier noch drüben in Morsum eine Apotheke gibt. Haben Sie jemanden, der Ihnen notfalls etwas vorbeibringen kann?«

»Die Polizei – dein Freund und Helfer, oder was?« Sie lachte und wurde augenblicklich von einem Hustenanfall erfasst. »'tschuldigung.« Sie wischte sich die Tränen aus den Augen. »Eine Frau aus der Nachbarschaft versorgt mich mit allem, was ich brauche. Jana ist wirklich ein echtes Goldstück.«

»Ach, Jana Rabe! Die hat auch neulich bei Matthiesens etwas abgegeben«, reagierte Hubsy geistesgegenwärtig.

»Ja, genau die! Sie wohnt bei ihrem Vater auf der anderen Seite der Hauptstraße. Sie ist ein so herzensguter Mensch. Dabei hat sie es wirklich nicht leicht.«

Die Polizisten warfen sich unauffällige Blicke zu.

»Inwiefern?«, heuchelte Nick Betroffenheit.

Frau Katzowski putzte sich lautstark die Nase und ließ das Papiertaschentuch in einer der ausgebeulten Taschen ihres Bademantels verschwinden, bevor sie antwortete.

»Na ja, ihre Mutter hat sich das Leben genommen, als die Kleine acht Jahre alt war. Tragisch, sage ich Ihnen! Jana musste schon früh viel im Haushalt erledigen. Der Vater musste ja arbeiten. Nun ist er krank, und sie muss sich die ganze Zeit um ihn kümmern. Einen Bruder gibt es auch, aber der hat Sylt vor Jahren den Rücken gekehrt. Angeblich soll er nach Amerika gegangen sein. Erzählen tut sie jedenfalls nichts von dem. Tja, das Mädel hat es echt nicht leicht.«

»Das ist ein hartes Los. Sie muss doch sicherlich auch arbeiten?«, erkundigte sich Nick.

»Sie ist Arzthelferin.«

»Wissen Sie auch, in welcher Praxis Frau Rabe arbeitet?«

»Doch, da gehe ich auch hin. Zu Frau Doktor Schönborn.«

»Danke, Sie haben uns sehr geholfen, Frau Katzowski. Weiterhin gute Besserung für Sie!«

»Das war super reagiert!«, lobte Nick die Kollegin, während sie zu Jana Rabe fuhren. Die genaue Adresse hatten sie von Frau Katzowski erhalten.

»Ich habe bloß deine Vorlage genutzt. Damit hatten wir sie am Haken. Offenbar muss ich mein Bild von euch Norddeutschen erneut korrigieren.«

»Inwiefern?«

»Ihr seid doch redseliger, als ich ursprünglich dachte. Von wegen stur und einsilbig.« Sie lachte.

»Man muss nur den richtigen Ton treffen«, gab Nick

belustigt zurück. »Na, dann wollen wir mal sehen, ob die Rabe zu Hause ist.«

»Scheint keiner da zu sein. Wahrscheinlich muss sie arbeiten«, nahm Hubsy an, als nach dem dritten Klingeln niemand öffnete. Im Haus war alles still, nichts rührte sich.

Ein Quietschen ließ die beiden Polizisten plötzlich aufhorchen. Zeitgleich drehten sie sich um und erblickten einen Radfahrer, der mitten auf der Straße angehalten hatte. Er hantierte kurz an dem Vorderrad herum, bevor er sich wieder auf sein Rad schwang und weiterfuhr.

»Und was machen wir jetzt?«, fragte Hubsy.

»Wenn sie nicht zu Hause ist, finden wir sie vermutlich an ihrem Arbeitsplatz. Wir fahren in die Praxis Schönborn.«

KAPITEL 45

»Jörg, wir müssen uns dringend unterhalten.«

»Hey, Frankieboy! Geht es um deinen Arbeitsvertrag? Willst du mehr Gehalt? Ich bin mir sicher, wir werden uns einig.«

»Das hast du gestern bereits gesagt. Nein, darum geht es im Augenblick nicht.«

»Worum dann?«

»Das möchte ich ungern am Telefon mit dir besprechen. Können wir uns irgendwo treffen? Am besten sofort.«

»Das ist schwierig, ich habe gerade auf Loch sieben abgeschlagen. *Budersand* ist echt ein geiler Platz, das muss ich sagen. Lass uns heute Abend in gepflegter Umgebung einen Wein zusammen trinken. Sagen wir 19.30 Uhr in einem Restaurant deiner Wahl?«

»Nein, das ist zu spät. Bis gleich.«

»Ja, aber …«, wollte Jörg Einspruch erheben, aber Frank hatte das Gespräch schon weggedrückt.

Frank fuhr in seinem Porsche in den Süden der Insel. Er hatte Rantum hinter sich gelassen und fuhr weiter auf der rechts und links von Dünenlandschaft gesäumten Hauptstraße in Richtung Hörnum. Da er ohnehin in einer Stunde mit Jill im *Restaurant Strönholt* verabredet war, stellte der Weg keinen Umweg dar. Das Restaurant lag leicht erhöht und bot, abgesehen von der hervorragenden Qualität des Essens, einen fantastischen Ausblick über den gesamten Golfplatz. In Höhe des Parkplatzes Sansibar geriet der Verkehr kurzzeitig ins Stocken, sodass Frank abbremsen musste. Die Fußgängerampel war auf Rot umgesprungen. Eine Gruppe Urlauber überquerte die viel befahrene Straße. Gleich darauf konnte Frank seine Fahrt zügig fortsetzen. Dabei überholte er den einen oder anderen Wagen, der gemütlich und ohne Eile durch die Landschaft tuckerte. Für die landschaftliche Schönheit um ihn herum hatte Frank heute wenig übrig. Er musste so schnell wie möglich mit Jörg sprechen. Endlich erreichte er den Hörnumer Hafen, auf dem an diesem Vormittag ein Flohmarkt stattfand. Hunderte Besucher tummelten sich bei herrlichem Sonnenschein zwischen den unterschiedlichen Verkaufsständen auf der Jagd nach einem Schnäppchen. Frank bewegte sich schnurstracks auf das *Hotel Budersand* zu, zu dem der gleichnamige Golfplatz gehörte, bei dem er selbst Mitglied war, seitdem er auf der Insel lebte.

»Moin, Herr Doktor Gustafson!«, rief ihm ein Greenkeeper zu, als Frank sich nach Jörg umsah. »Kann ich helfen? Suchen Sie jemanden?«

»Danke, ich habe ihn gerade gefunden.«

Frank steuerte auf den Mann in der auffällig rot-grün karierten Hose und leuchtend gelben Schirmmütze zu. Jörg, der inzwischen Bahn neun erreicht hatte, war nicht allein, sondern in Begleitung von Viktor Hasselkamp und zwei ihm unbekannten Frauen.

»Das muss ja unglaublich wichtig sein, wenn du mich sogar auf dem Golfplatz aufsuchst.«

Frank war der spöttische Unterton in Jörgs Worten nicht entgangen. »Ist es, sehr sogar.«

Jörg ließ sich nicht aus der Ruhe bringen und positionierte sich neben den Ball. Dann holte er mit dem Eisen sieben aus und schlug den Golfball entlang des Fairways Richtung Grün.

»Sauberer Schlag!«, zeigte sich Viktor begeistert und verfolgte die Flugbahn der kleinen weißen Kugel, bis sie in der Nähe der Fahne auf dem Green landete.

»Wer kann, der kann«, erwiderte Jörg mit einem selbstgefälligen Grinsen und sah Beifall heischend zu den beiden Frauen, die applaudierten.

Dann war eine der beiden Frauen an der Reihe. Ihr Ball schoss flach über den Rasen und landete anschließend in einem Bunker. Ihrer Mitspielerin gelang ein wesentlich passablerer Schlag. Nachdem Viktor als Letzter in dem Flight geschlagen hatte, bewegte sich die Gruppe in Richtung ihrer Bälle. Frank lief neben Jörg her, die anderen waren mit einigem Abstand vorausmarschiert.

»Was hat es mit der Immobilie auf sich, die dir Viktor verkauft hat?«

»Ich fürchte, ich verstehe dich nicht.« Jörg ging zielstrebig neben Frank her, ohne ihn eines Blickes zu würdigen.

»Du verstehst mich sehr genau. Was spielt ihr für ein perfides Spiel?«, zischte Frank, doch Jörg antwortete nicht, sondern ging weiter, ohne auf die Frage einzugehen.

»Hallo? Ich rede mit dir. Jetzt bleib doch mal stehen!«

»Was willst du hören?« Jörg stoppte derart abrupt, dass Frank beinahe in ihn hineingelaufen wäre. Seine Augen verengten sich zu Schlitzen, als er mit ihm sprach.

»Wie wäre es mit der Wahrheit?«

»Du willst die Wahrheit hören? Ich habe auf dieser Insel ein Haus gekauft, was durchaus legal ist. Da bin ich vermutlich nicht der Einzige, der das tut. Da hast du deine Wahrheit! Zufrieden?« Dann setzte Jörg sich wieder in Bewegung, um die anderen einzuholen.

»Ganz und gar nicht. Eine Frau verstirbt im Krankenhaus an den Folgen eines Wespenangriffs, weil ihr lebensrettendes Medikament durch ein wirkungsloses Mittel ersetzt wurde. Du warst sogar Zeuge des Vorfalls, falls du dich erinnerst. Kurz darauf erzählst du mir, dass du ausgerechnet ihr Haus kaufen wirst. Willst du mir weismachen, dass das alles ein Zufall ist?« Frank hielt ihn am Arm fest.

»Warum nicht? Shit happens!«

»Ist das alles, was dir dazu einfällt?«

»Was willst du, Frank? Willst du mir unterstellen, dass ich etwas damit zu tun haben soll, dass die Alte an Wespenstichen krepiert ist? Das ist lächerlich!«

»Ich unterstelle dir nichts, aber du musst zugeben, dass das schon irgendwie seltsam ist.«

»Ich kann daran nichts Seltsames finden. Die Frau ist tot, und wenn ich das Haus nicht nehme, tut es ein anderer. Das ist der einzige Unterschied.«

»Mehr hast du dazu nicht zu sagen?«

»Nein, und jetzt lass mich gefälligst los!«, konterte Jörg verärgert und befreite sich aus Franks Griff.

»Wo bleibt ihr denn? Ich dachte, wir sind zum Golfen hier. Diskutieren könnt ihr später!«, rief Viktor von Weitem. »Los, Jörg, du bist dran!«

»Ich gebe dir eine letzte Chance, die Sache selbst bei der Polizei anzuzeigen. Ansonsten übernehme ich das«, machte Frank unmissverständlich klar, worauf Jörg zunächst stutzte, um anschließend in schallendes Gelächter zu verfallen.

»Ich mochte deinen Humor schon immer, Frank.« Er wischte sich mit dem rechten Handrücken die Lachtränen aus den Augen.

»Das ist mein voller Ernst.«

»Momentan habe ich wirklich andere Sorgen.« Das Lachen war einer ernsten Miene gewichen.

»Dein anonymer Fan?«

»Heute morgen hatte ich wieder Fanpost.«

»Was war es denn dieses Mal?«, wollte Frank wissen.

Jörg fixierte ihn und sagte: »Ein frisches Schweineherz mit einem Loch in der Mitte.«

Frank verzog angewidert das Gesicht. »Geschmacklos. Und du bist nach wie vor davon überzeugt, dass dein Junior hinter der Sache steckt? Was wirst du als Nächstes tun?«

»Nichts. Ich lasse mich nicht einschüchtern. Von niemandem.«

Mittlerweile hatten sie die anderen erreicht. Eine der beiden Frauen versuchte gerade, den Ball einzulochen, was gründlich misslang. Nach vier weiteren erfolglosen Versuchen landete er endlich im Loch. Plötzlich sahen sie einen Mann, der vom Parkplatz geradewegs auf sie zukam. Er trug weder Golfkleidung noch führte er entsprechendes Equipment mit sich.

»He, Sie da! Das ist ein Golfplatz und kein Wanderpfad!«, rief Viktor Hasselkamp dem Fremden zu, doch dieser ließ sich nicht beeindrucken und setzte seinen Weg unbeirrt fort.

»Haben Sie nicht gehört? Sie können nicht einfach über den Platz latschen. Im Übrigen ist das nicht ganz ungefährlich. Verschwinden Sie!«, forderte Jörg ihn auf, den Platz zu verlassen.

Jegliche Appelle blieben ohne erkennbare Wirkung, stattdessen kam der Mann mit entschlossenen Schritten näher. Gleichzeitig näherte sich eine Frauengestalt von der Düne, auf der sich das Klubhaus mit dem *Restaurant Strönholt* befand, und kam auf die Gruppe zu. Das lange blonde Haar wehte im Wind. Frank erkannte sie sofort. Jill. Sie winkte ihm fröhlich von Weitem zu. In diesem Augenblick war der Unbekannte nur noch wenige Meter von der Gruppe entfernt. Jill hatte ihn ebenfalls bemerkt.

»Eddie! Du bist das! Warum hast du denn nichts gesagt? Sorry, aber ohne Bart und ohne Lederklamotten haben wir dich nicht gleich erkannt. Wer hat dich denn so zugerichtet?« Jörg lachte lauthals in die Runde, worauf die anderen in das Gelächter einstimmten.

In Eddies Gesichtsausdruck regte sich keine Emotion. Er griff mit der Hand hinter sich und zog einen Revolver aus dem Hosenbund, den er direkt auf Jörg richtete, ohne ein einziges Wort zu verlieren.

»He, Mann! Das war bloß Spaß!« Jörgs gute Laune
erstarb augenblicklich.

Eine der Frauen schrie laut auf und versuchte, sich hinter Viktor zu verstecken.

»Eddie, hör zu! Nimm die Knarre runter«, sprach Frank
ruhig, ohne ihn aus den Augen zu lassen.

»Du elendes Schwein!«, sagte Eddie, zielte und feuerte
einen Schuss ab.

Die Kugel traf Jörg in den rechten Oberschenkel. Er
schrie schmerzerfüllt auf und drückte beide Hände auf
die Stelle, aus der sogleich Blut floss.

»Bist du bescheuert?«, presste er zwischen zusammen-
gebissenen Zähnen hervor. »Was soll der Scheiß?«

Eddie hielt noch immer die Waffe auf Jörg gerichtet.
»Sie ist tot. Deinetwegen!«

»Ich habe keinen blassen Schimmer, von wem du redest.
Sag's mir, aber leg endlich das verdammte Ding weg.«

Jill war wie angewurzelt stehen geblieben. Dann machte
sie auf dem Absatz kehrt und ergriff die Flucht. Eddie
Schmidtke hatte Franks Blick bemerkt, als dieser kurz den
Kopf in Jills Richtung drehte. Sie hatte gerade das Starter-
häuschen oberhalb des Grüns erreicht, als direkt neben ihr
eine Kugel in den Holzbalken einschlug. Jill duckte sich
in eine Ecke an die Wand. Ihr Herz raste. Hastig holte
sie ihr Handy hervor, um ihren Bruder anzurufen. Dabei
zitterten ihre Hände derartig stark, dass sie das Telefon
kaum festzuhalten vermochte. Sie hielt das Handy ans
Ohr und wartete darauf, dass Nick endlich abnahm. Im
selben Augenblick fiel ein weiterer Schuss, gefolgt von
einem lauten Schrei.

KAPITEL 46

Ich saß an meinem Schreibtisch und brütete seit einer Dreiviertelstunde ergebnislos über meinem neuen Projekt. An diesem Vormittag wurde ich wiederholt durch Telefonate in meiner Arbeit unterbrochen, was zur Folge hatte, dass mir am Ende die nötige Konzentration fehlte. Um neue Energie zu schöpfen, beschloss ich, mit den Hunden eine kleine Runde durch die Morsumer Felder zu machen. Das hatte mir bislang jedes Mal geholfen, den Kopf frei zu bekommen. Als ich im Begriff war, unseren Fellnasen die Halsbänder anzulegen, klingelte jemand an der Haustür.

»Moin, Anna! Entschuldige bitte, dass ich unangemeldet hereinplatze. Ich hoffe, ich störe dich nicht bei deiner Arbeit?«

»Hallo, Tina! Nein, ich wollte schnell mit den Hunden eine Runde drehen. Den ganzen Vormittag über klingelt das Telefon, und ich komme quasi zu nichts, da brauche ich einfach ein bisschen frische Luft.«

»Ach so. Ich wollte dich fragen, ob du noch mal mit in Femkes Haus kommen willst. Vielleicht möchtest du noch ein paar von den Büchern haben, bevor nächste Woche das Entrümpelungsunternehmen kommt und endgültig das Haus leer räumt.«

»Hm. Lust hätte ich schon«, überlegte ich. »Wann wolltest du denn hinfahren?«

»Eigentlich gleich.«

Ich dachte kurz nach. »Vorher müsste ich aber wenigstens eine kleine Runde mit den beiden drehen. Du kannst uns gerne begleiten.«

»Warum eigentlich nicht.«

»Dann lass uns keine Zeit verlieren.«

»In der Gegend bin ich seit ewigen Zeiten nicht mehr spazieren gegangen«, stellte Tina fest, während wir an einer Wiese mit Ziegen vorbeikamen.

»Wenn wir die Hunde nicht hätten, würde ich wahrscheinlich auch nicht täglich hier laufen«, erwiderte ich.

»Weiß man jetzt schon, wer in Femkes Haus einziehen wird?«, erkundigte ich mich, als wir eine Stunde später das Grundstück in Wenningstedt betraten.

»Soviel ich weiß, gibt es eine Menge Bewerber für das Haus«, erwiderte Tina und zog den Hausschlüssel hervor.

»Das kann ich mir gut vorstellen. Kein Wunder bei der Immobilienknappheit, jedenfalls als Dauerwohnraum.«

»Am Ende wird das Los entscheiden. Ich bin froh, dass ich die Entscheidung nicht treffen muss. Bevor die neuen Mieter kommen, muss noch kräftig renoviert werden. Guck dir die Tapeten an, echt retro.«

»Diese Muster liegen wieder voll im Trend.«

»Na ja, mein Geschmack ist das auf keinen Fall.« Tina verzog den Mund. »Du kannst dich gerne bei den Büchern umsehen. Ich nehme mir in der Zeit die Schränke im Wohnzimmer vor.«

»Hoffentlich bekommen wir nicht wieder ungebetenen Besuch.«

»Ich glaube nicht, dass der Typ sich noch mal hertraut.«

Ich ging die Reihen mit Büchern durch, stieß aber nur auf wenige Titel, die mich neugierig machten. Dann richtete sich mein Augenmerk auf eine Reihe dicker Buchrücken, die bei näherer Betrachtung gar keine Bücher waren, sondern aufwendig gebundene Fotoalben. Zunächst zögerte ich, da ich nicht zu tief in die Privatsphäre anderer Menschen eindringen wollte, doch im Grunde tat ich das längst, indem ich mich in dem Haus aufhielt. Ich zog eines der Alben hervor und schlug es auf. Gleich auf der ersten Seite blickte ich in das Gesicht einer jungen Frau, die, adrett gekleidet und sorgfältig frisiert, in die Kamera blickte. Bei dem Bild handelte es sich um eine Schwarz-Weiß-Fotografie, die vor etlichen Jahren entstanden war, was die handgeschriebene Jahreszahl darunter bestätigte. Die Frau auf dem Foto war vermutlich Femke, überlegte ich. Dann zog ich einen weiteren Band hervor. Die Fotos darin stammten aus neueren Zeiten, sie waren durchwegs farbig und die Menschen darauf sahen moderner aus. Unter jedem Bild war etwas handschriftlich mit schwarzer Tinte vermerkt worden.

»Was hast du da?« Tina stand hinter mir und schaute neugierig über meine Schulter.

»Eine Fotosammlung. Offenbar hat Femke früher gern fotografiert. Schau mal! Sie hat alles sehr sorgfältig aufgeklebt und beschriftet. Eine Sammlung von Momenten aus längst vergangenen Zeiten.« Behutsam blätterte ich die Seite um.

»Das würde erklären, warum ich drüben im Schrank mehrere Kameras gefunden habe. Da, guck mal! Das war ihr Mann.« Tina deutete auf ein Foto, auf dem ein Mann vor dem Dorfteich posierte. »Tja, Erinnerungen! Uwe hat neulich auch Fotoalben aus seiner Sturm-und-Drang-Zeit gewälzt. Komisch eigentlich, er hat die Alben seit Ewigkeiten nicht mehr herausgeholt. Ich war schon kurz davor, sie zu entsorgen, weil sie langsam, aber sicher verstauben.« Sie starrte gedankenverloren auf ein Bild, dann schüttelte sie den Kopf.

Als ich das Album zurückstellen wollte, rutschten einige Blätter Papier heraus.

»Was ist das?«, wollte Tina wissen.

»Sieht aus wie eine Vereinbarung oder ein Vertrag«, entgegnete ich, während ich den Inhalt flüchtig überflog. Einige Sätze und Textpassagen waren nachträglich farbig hervorgehoben worden. Ganz am Ende klebte ein kleiner Zettel mit einer handschriftlichen Notiz: »Doktor Herdenrodt fragen«.

»Möglich, dass dieses Schriftstück der Grund für den Termin war, den Femke in ihrem Kalender notiert hat«, mutmaßte ich, als ich den Namen sah.

Tina nickte bedächtig. »Sieht ganz danach aus. Aber warum?«

»Dazu müsste man sich den gesamten Inhalt näher ansehen. Für mich stellt sich eher die Frage, warum hat sie das Papier in einem Fotoalbum versteckt? Vor wem? Sie hat doch allein in dem Haus gewohnt.«

»Stimmt.«

»War sie vielleicht ein bisschen dement?«

»Davon habe ich jedenfalls nichts mitbekommen. Auf mich machte sie geistig einen absolut fitten Eindruck.«

Ratlos sahen wir einander an. Dann begann ich, Seite für Seite zu lesen.

KAPITEL 47

»Moin! Waren Sie nicht erst neulich hier?« Die Arzthelferin zeigte sich überrascht über das erneute Erscheinen der Polizei.

»Moin, Frau Kessler. Wir würden gern mit Ihrer Kollegin Frau Rabe sprechen. Könnten Sie sie bitte holen?«, fragte Nick und trommelte mit den Fingern auf dem Tresen.

»Worum geht es denn?«

»Das würden wir gern selbst mit Frau Rabe besprechen.«

»Einen Moment, bitte.« Eingeschnappt griff sie nach dem Telefonhörer und drückte eine Taste. »Frau Doktor? Die Polizei ist hier. Sie möchten mit Jana sprechen. – In Ordnung.« Dann legte sie auf und wandte sich wieder den Beamten zu. »Die Chefin kommt gleich.«

Die Tür eines Sprechzimmers wurde geöffnet, und Frau Doktor Schönborn empfing sie mit einem freundlichen Lächeln.

»Herr Scarren! Ich hätte nicht vermutet, Sie so schnell wiederzusehen. Bitte kommen Sie mit.« Sie ging vorweg und schloss die Tür hinter ihnen. »Wie ich sehe, haben Sie dieses Mal Verstärkung mitgebracht.« Sie schenkte der Kollegin Westermann einen kurzen Seitenblick, dann widmete sie Nick ihre volle Aufmerksamkeit.

»Wir hätten gern mit Ihrer Angestellten Frau Rabe gesprochen. Ist sie da?«, kam Nick umgehend auf den Punkt.

»Das tut mir sehr leid, aber Frau Rabe hat sich heute Morgen krankgemeldet. Darf ich nach dem Grund fragen, weshalb Sie sie sprechen möchten?«

»Wir müssen ihr einige Fragen stellen. Nähere Details kann ich Ihnen momentan nicht nennen«, erklärte Nick höflich, aber bestimmt.

»Dann versuchen Sie es doch am besten bei ihr zu Hause. Ich kann Ihnen ihre Adresse geben oder sie anrufen, wenn Sie möchten«, bot sie an, wobei ihre Augen fest auf Nick gerichtet waren.

»Danke, aber zu Hause haben wir sie nicht angetroffen«, fügte Hubsy hinzu, worauf sich Frau Schönborns Augenbrauen überrascht hoben.

»Haben Sie vielen Dank für Ihre Hilfe.« Nick wandte sich dem Ausgang zu, als er innehielt und sich noch einmal zu der Ärztin umdrehte. »Sagen Sie, Frau Schönborn, wissen Sie, ob Frau Rabe liiert ist?«

Die Frage schien die Ärztin zu überraschen. »Dazu kann ich Ihnen leider nichts sagen. Details über das Privatleben meiner Angestellten entziehen sich meiner Kenntnis.« Sie hob entschuldigend die Hände. »Wenn Sie keine weiteren Fragen haben, das Wartezimmer ist voll.«

»Was für eine arrogante Schnepfe«, platzte es aus Hubsy heraus, als sie zu ihrem Wagen gingen. »Die hat dich richtig angemacht.«

»Hat sie?«

»Aber total! Dass ihr das nicht peinlich war.« Kurz bevor sie den Wagen erreicht hatten, stellte Hubsy fest: »Nick, ich müsste mal dringend die Wasserspiele aufsuchen.« Als er nicht sofort verstand, wurde sie konkreter. »Aufs Klo!«

»Okay, beeil dich.«

Die junge Kollegin lief zurück in die Praxis. Wenige Minuten später kam sie zurück. In ihrem Gesichtsausdruck lag Triumph.

»Du strahlst ja so«, wunderte sich Nick und warf ihr den Autoschlüssel zu. »Du fährst.«

»Gern. Ich habe etwas herausgefunden.«

»Das wäre?«

»Die Arzthelferin hat mir anvertraut, dass Jana seit Kurzem einen festen Freund hat«, berichtete sie stolz. »Er wohnt in Westerland. Einen Namen hat sie allerdings nicht genannt. Wahrscheinlich hält sich Jana bei ihm auf.«

»Glaube ich nicht.«

»Warum?« Ihre Euphorie erlitt einen Dämpfer.

»Erinnerst du dich an den Mann mit dem Fahrrad vor ihrem Haus?«

Sie schüttelte den Kopf.

»Der war nicht zufällig dort. Er wollte ebenfalls zu Jana.«

»Du meinst, er hat uns gesehen und es sich dann anders überlegt?«, folgerte sie und bog auf die Hauptstraße ab. »Aus welchem Grund sollte er das gemacht haben?«

»Diese Frage gilt es zu klären.«

Plötzlich klingelte Nicks Handy. »Jill! – Was? Bleib, wo du bist, und rühr dich nicht von der Stelle! Wir sind unterwegs!«

»Ist was passiert?«, fragte Hubsy, die lediglich Wortfetzen mitbekommen hatte.

»Wir müssen sofort nach Hörnum. Eine bewaffnete Person auf dem Golfplatz *Budersand*. Gib Gas!« Er ließ die Seitenscheibe herunter und setzte das mobile Blaulicht auf das Dach. Dann forderte er einen Rettungswagen sowie Verstärkung an.

Jörg lag auf dem Rasen und stöhnte vor Schmerzen. Die zweite Kugel hatte ihn in die linke Schulter getroffen. Frank kniete neben ihm und war bemüht, die Blutungen

zu stillen, soweit dies ohne medizinische Hilfsmittel möglich war. Eddie stand nach wie vor einige Meter entfernt,
den Revolver fest mit einer Hand umschlossen, als wäre
beides miteinander verschmolzen.

»Du verdienst dir eine goldene Nase mit dem Schicksal
anderer Menschen.« Er spuckte die Worte regelrecht aus.

»Was willst du?«, keuchte Jörg, dessen Sinne mehr und
mehr zu schwinden drohten.

»Gerechtigkeit. Du sollst leiden, so wie sie gelitten hat.«
Eddie hob die Waffe und zielte erneut auf Jörg. Dieses Mal
nahm er Jörgs linkes Knie ins Visier.

»Hör auf! Das ist doch Wahnsinn! Damit ist keinem
geholfen!« Frank war aufgestanden und stellte sich schützend vor den Verletzten.

»Halt dich da raus und geh zur Seite, wenn du dir keine
Kugel einfangen willst«, forderte Eddie ihn auf. »Ich meine
es ernst. Ich habe nichts mehr zu verlieren!«

Hubsy stoppte den Wagen auf dem Parkplatz direkt unterhalb des Golfplatzes. Nick riss die Beifahrertür auf und
sprang heraus. Er lief zur Heckklappe und öffnete sie.

»Hier, zieh die an!«

Mit ihren schusssicheren Westen ausgerüstet, rannten
sie los. Jill hatte sie per Handy die ganze Zeit über die aktuellen Entwicklungen auf dem Laufenden gehalten. Um
von Eddie unbemerkt zu bleiben, kletterten sie oberhalb
des Parkplatzes über die Mauer und erreichten das Star-
terhäuschen, in das Jill vor dem Angreifer geflüchtet war.

»Ich bin so froh, dass du da bist.« Jill presste sich fest
an Nick.

»Bist du okay?«

»Ja. Ich habe keine Ahnung, wer der Verrückte ist und

warum er geschossen hat. Was um alles in der Welt macht Frank da? Will er sich umbringen? Das macht doch keinen Sinn?«

Alle drei Augenpaare richteten sich in diesem Moment auf Frank, der sich dem bewaffneten Mann in den Weg stellte, als dieser abermals die Waffe gegen den am Boden liegenden Jörg richtete.

»Gib mir Rückendeckung«, sagte Nick und machte sich bereit, die Hütte zu verlassen.

»Sollten wir nicht besser auf Verstärkung warten?« Hubsy wirkte verunsichert.

»Sie hat recht. Bitte, Nick, bleib hier! Der Kerl ist völlig durchgeknallt. Er wird sofort auf dich schießen.« Jill sah ihren Bruder flehend an.

Doch Nick ließ sich nicht abhalten und pirschte sich von hinten an den Mann heran, seine Dienstwaffe im Anschlag. Hubsy blieb in einem gewissen Abstand auf gleicher Höhe mit ihm.

»Geh zur Seite! Oder willst du für den Drecksskerl dein Leben opfern?«, forderte Eddie Frank auf, der daraufhin stehen blieb und beschwichtigend die Hände hob.

»Lass uns reden. Bitte. Wir finden eine Lösung.«

»Es wurde schon viel zu viel geredet, und für eine Lösung ist es zu spät. Das Schwein wird für das bezahlen, was er getan hat. Ein für alle Mal!« Dann feuerte er zum wiederholten Mal ab.

Frank zuckte schmerzhaft zusammen. Die Kugel hatte ihn am Arm gestreift, bevor sie seinen Freund traf. Entsetzt sah er erst auf seinen Arm, dann zu Jörg, auf dessen Körpermitte sich ein Blutfleck auszubreiten begann. Als er wieder zu Eddie sah, bemerkte er Nick und die Kollegin, die sich ihnen langsam näherten. Er versuchte, sich nichts anmerken zu lassen, und hoffte inständig, die anderen würden die Anwesenheit der beiden nicht durch unüberlegte Reaktionen verraten. Eine der beiden Frauen kauerte völlig apathisch hinter ihrem Golfbag, während sich die andere fest an Viktor klammerte, der reglos vor Angst und mit leichenblasser Miene zu dem blutüberströmten Jörg starrte.

»Wo liegt dein Problem, Eddie?« Frank war trotz seiner Verletzung bestrebt, sein Gegenüber in ein Gespräch zu verwickeln.

»Sie ist tot, weil dem da Menschen egal sind und er den Hals nicht voll genug bekommen kann.« Er zeigte mit der Waffe auf den am Boden liegenden Jörg. Seine Unterlippe zitterte, und er kämpfte mit den Tränen. Ob vor Wut oder aus Verzweiflung war nicht eindeutig zu erkennen.

»Von wem sprichst du? Sag mir ihren Namen!« Obwohl Eddie schwieg, sprach Frank einfach weiter. »Findest du nicht, Jörg hat seine Lektion gelernt? Leg die Waffe weg, bevor noch mehr Menschen verletzt werden. Anschließend können wir überlegen, wie es weitergehen kann.« Frank wünschte sich in diesem Augenblick, er hätte während seines Studiums Psychologie als Hauptfach belegt. Für den Bruchteil einer Sekunde schien es, als zeigten Franks Worte tatsächlich Wirkung, denn der Revolver in Eddies Hand senkte sich leicht. Doch plötzlich hatte Eddie es sich anders überlegt und hob ihn erneut mit einem entschlossenen »Vergiss es!«.

Nick und Hubsy hatten sich aus östlicher Richtung bis auf wenige Meter der Gruppe genähert. Der Westwind spielte ihnen in diesem Fall in die Karten, denn er trug alle verdächtigen Geräusche mit sich.

»Polizei! Keine Bewegung!«, rief Nick. »Legen Sie die Waffe langsam auf den Boden.«

Eddie verharrte einen Moment in der Bewegung. Kurzzeitig erweckte es den Anschein, als würde er sich ergeben, dann drehte er sich blitzschnell um und zielte auf Nick. Beinahe zeitgleich krachte ein Schuss. Eddie schrie auf und ließ die Waffe fallen, die vor ihm auf dem Grün landete. Unmittelbar darauf lag er selbst, von Nick überwältigt, auf dem Boden. Zunächst versuchte er, Widerstand zu leisten, doch Nick fixierte ihn so, dass er bewegungsunfähig war. Weitere Beamte sowie Rettungssanitäter stürmten plötzlich aus unterschiedlichen Richtungen auf den Golfplatz. Auch Jill kam quer über den Platz gerannt. Nur Hubsy stand noch immer mit eingefrorener Miene auf derselben Stelle, von der sie den Schuss abgefeuert hatte, und rührte sich nicht vom Fleck.

»Bist du okay?«, vergewisserte sich Nick, als er neben sie trat.

Sie nickte. »Ich habe noch nie zuvor auf einen Menschen geschossen«, brachte sie mit dünner Stimme sichtlich bewegt hervor.

»Du hast alles richtig gemacht. Hättest du es nicht getan, hätte er abgedrückt. Danke, erstklassige Reaktion. Komm!« Behutsam legte er ihr eine Hand an den Rücken und führte sie zu den anderen.

Die Rettungssanitäter kümmerten sich bereits um den schwer verletzten Jörg sowie auch um Eddie und die übrigen unter Schock stehenden Anwesenden.

»Wie schlimm steht es um deinen Freund?«, erkundigte sich Nick bei Frank.

»Sieht nicht gut aus. Der Rettungshubschrauber ist unterwegs, um ihn in eine Klinik aufs Festland zu bringen. Dort kann er besser versorgt werden als bei uns«, bestätigte dieser.

»Oh Gott, ich hatte solche Angst um euch.« Jill sah abwechselnd zwischen den beiden Männern hin und her.

»Ist noch mal gut gegangen.« Nick schenkte seiner Schwester ein aufmunterndes Lächeln.

»Ich kann nicht verstehen, wie Anna mit dieser ständigen Angst, dass dir etwas passieren könnte, leben kann.«

»Das war heute eine Ausnahmesituation, normalerweise geht es auf Sylt ziemlich friedlich zu«, erwiderte Nick.

»Ach ja? Das ist mir neu.« Dann wandte sie sich an Frank. »Versprich mir, dass du nie wieder den Helden spielst, okay?« Ihre Stimme zitterte, während sie ihn ansah.

»Versprochen.« Er gab ihr einen Kuss.

»Wie geht es dir?« Nick deutete auf den Verband an Franks Oberarm.

»Nur ein Streifschuss. Glück gehabt. Ich muss zugeben, ich habe nicht damit gerechnet, dass er ein weiteres Mal schießt. Für einen Moment dachte ich, er gibt auf.«

»Zwei Kugeln hatte er noch und nichts mehr zu verlieren«, betonte Nick mit Blick auf die Waffe, die er gerade einem Kollegen zur Sicherstellung übergab.

»Ich hoffe, er bekommt seine gerechte Strafe.« Jill blickte in Eddies Richtung.

»Kanntest du den Schützen? Was wollte er von deinem Freund?«, fragte Nick.

»Soweit ich weiß, hat Jörg ihn erst bei den *Harleydays* hier auf Sylt kennengelernt. Ich habe ihn kurz auf der *Summertime-Party* erlebt. Eigentlich ein ruhiger, sympathischer Typ. Er machte auf mich eher einen bodenständigen Eindruck, das ganze Gegenteil von Jörg. Ich habe keine Ahnung, welches Problem die beiden haben, aber es scheint sich nicht um eine Lappalie zu handeln.«

»Mal sehen, wie er sich uns gegenüber dazu äußert.«

»Ist die Kollegin neu?« Frank sah zu Hubsy hinüber, die sich mit einem Notarzt unterhielt.

»Ja, Hubsy Westermann. Sie hat erst kürzlich bei uns angefangen.«

»Ganz schön tough für ihr Alter. Sie hat erstklassig reagiert, soweit ich das als Laie beurteilen kann.«

»Da gebe ich dir recht, das hat sie. Frank, könntest du morgen bitte aufs Revier kommen? Wir müssen deine Aussage noch schriftlich aufnehmen.«

»Kein Problem.«

Ein lautes Geräusch am Himmel ließ jedes weitere Gespräch verstummen. Der Helikopter schwebte über ihren Köpfen und setzte zur Landung an.

»Okay, wir müssen zurück zur Dienststelle. Kann ich noch etwas für dich tun, Schwesterherz?«

»Vielen Dank, Nick, ich bin okay. Ich möchte mir nicht vorstellen, was alles hätte passieren können.«

»Denke am besten nicht darüber nach. Also, bis später!« Nick gab seiner Kollegin Hubsy das Zeichen zum Aufbruch.

Der Helikopter stieg mit einem heftigen Luftwirbel auf und flog mit dem Schwerverletzten an Bord Richtung Festland. Eddie, dessen Verletzung nicht lebensbedrohlich war, wurde mit dem Rettungswagen in die *Nordseeklinik* transportiert.

KAPITEL 48

Nachdem ich mich von Tina verabschiedet hatte, fuhr ich schnurstracks nach Westerland zum Polizeirevier, um Nick meine Entdeckung zu zeigen. Als ich dort ankam, traf ich allerdings nur Uwe an.

»Tut mir leid, Anna, aber Nick befindet sich im Einsatz. Ich will damit sagen, er ist zurzeit außer Haus«, korrigierte sich Uwe schnell.

»Was für ein Einsatz?« Unwillkürlich beschlich mich ein ungutes Gefühl. »Uwe?«

»Es gab einen Zwischenfall auf dem Golfplatz in Hörnum, aber du kannst ganz beruhigt sein, Nick ist unversehrt. Er müsste jeden Moment hier sein.«

»Was denn für einen Zwischenfall?« Mein Pulsschlag beschleunigte sich rapide.

»Einzelheiten kenne ich auch nicht. Wie gesagt, er ist auf dem Weg hierher und wird uns gleich erzählen können, was los war.«

Die Tür flog auf und Staatsanwalt Achtermann betrat das Büro. »Oh, Frau Scarren! Ich bin erfreut, Sie zu sehen.« Er schüttelte galant meine Hand und deutete dabei eine leichte Verbeugung an.

»Hallo, Herr Achtermann! Sie sind auch da? Dann scheint die Lage ernst zu sein.«

»Ich bin seit gestern Abend auf der Insel, aber wie es scheint, genau zur richtigen Zeit. Liegen Ihnen mittlerweile nähere Informationen zum Tathergang vor, Herr Wilmsen? Wie mir zu Ohren gekommen ist, spricht die Presse bereits von einem Amoklauf.«

Ich musste bei dem Gedanken unwillkürlich schlucken. »Amoklauf?«

»Soweit ich informiert bin, konnte der Täter zwischenzeitlich überwältigt werden. Eines der Opfer wurde schwer verletzt mit dem Hubschrauber ausgeflogen, ein weiteres konnte vor Ort durch die Rettungskräfte behandelt werden. Der Angreifer selbst hat ebenfalls Verletzungen davongetragen und befindet sich auf dem Weg in die *Nordseeklinik*«, fasste Uwe die aktuellen Geschehnisse zusammen.

»Gut. Wo befindet sich Ihr Kollege?«

»Herr Scarren ist auf dem Weg hierher. Er müsste jeden Moment eintreffen. Sie können gerne hier auf ihn warten.« Uwe bot dem Staatsanwalt einen Platz an.

»Ich fürchte, daraus wird nichts.« Achtermann sah auf seine Armbanduhr. »Nein, ich muss mich sputen, Herr Reimers hat in 20 Minuten zu einer ersten Pressekonferenz geladen. Sie kommen doch auch, nehme ich an.« Er verabschiedete sich und verließ das Büro.

Der Staatsanwalt war gerade gegangen, als man draußen vor der Tür Stimmen hören konnte. Dann kam Nick herein.

»Anna? Was machst du hier?«

»Ich habe eben gehört, was passiert ist. Geht es dir gut? Wer war der Amokläufer?«

Er nahm mich kurz in die Arme, um mich zu beruhigen. »Mit mir ist alles in Ordnung. Frank geht es den Umständen entsprechend gut. Er hat bloß einen Streifschuss abbekommen.«

»Was hat Frank mit der Sache zu tun?« Ich verstand kein einziges Wort, worauf Nick uns eine knappe Zusammenfassung dessen gab, was sich in Hörnum ereignet hatte.

»Und ihr habt keine Ahnung, warum der Mann das getan hat?«, fragte ich schließlich.

»Bislang nicht. Sobald der Mann vernehmungsfähig ist, werden wir ihn eingehend zu seinen Beweggründen befragen.«

»Nick, wir müssen uns sputen. Reimers hat eine Pressekonferenz einberufen«, mahnte Uwe mit Blick auf die Uhr.

»Ich weiß, ich habe Achtermann eben draußen auf dem Flur getroffen.« Dann wandte er sich mir zu. »Warum bist du eigentlich hier?«

»Ich habe bei Femke im Haus etwas gefunden, was ich euch zeigen wollte. Ich glaube, das könnte interessant für euch sein.«

»Nick! Wir kommen zu spät!« Uwe stand bereits in der offenen Tür.

»Sorry, Anna, aber momentan ist es wirklich ungünstig. Lass uns später darüber reden. Okay?«

»Ich muss mich auch beeilen, sonst kann ich Christopher nicht pünktlich abholen.«

KAPITEL 49

Als Nick und Uwe den großen Konferenzraum betraten, hatten sich neben Dienststellenleiter Peter Reimers und Staatsanwalt Matthias Achtermann bereits etliche Pressevertreter eingefunden. Ein Kamerateam des lokalen TV-Senders nahm letzte Aufbauten vor. Techniker kontrollierten die Einsatzfähigkeit der Mikrofone für die Sprecher. Reimers winkte Nick zu sich und deutete auf den freien Platz neben ihm. Eine Minute später eröffnete er die Konferenz, worauf umgehend unzählige Fragen der Journalisten auf ihn einprasselten.

»Können Sie uns Details zu den Hintergründen der Tat geben?«, wollte eine Journalistin mit auffälligem Brillengestell wissen.

»Bislang konnte der mutmaßliche Täter nicht befragt werden«, erklärte Reimers nüchtern.

»Können Sie nähere Angaben zu dem Opfer machen? Wie schwer sind seine Verletzungen wirklich?«, wurde eine weitere Frage in den Raum geworfen.

»Der Mann befindet sich momentan in ärztlicher Behandlung auf dem Festland. Zu seinem aktuellen Gesundheitszustand liegen uns derzeit keine näheren Angaben vor.«

Die nächste Frage kam von einem korpulenten Journalisten mit Vollbart. »Ist es richtig, dass sowohl das Opfer als auch der Täter der Harley-Szene zuzuordnen sind? Könnte der Vorfall in diesem Zusammenhang mit möglicher Bandenkriminalität stehen?«

»Zum jetzigen Zeitpunkt gibt es keine Hinweise, die

eine solche Annahme stützen würden«, erteilte Reimers dieser Spekulation eine klare Absage. »Bei den *Harleydays* handelt es sich um ein friedliches Treffen von Motorradfans und nicht um eine Zusammenkunft von Kriminellen. Wenn keine weiteren Fragen bestehen, würde ich die Konferenz an dieser Stelle gern beenden. Eine letzte Frage?« Er sah in die Menge vor sich. Die Hand einer jungen Frau schnellte in die Höhe. »Ja bitte!«

»Ich hätte eine Frage an Ihren Kollegen.« Sie wies auf Nick. »Ist es richtig, dass Sie im Alleingang den Angreifer unschädlich gemacht und somit das Leben mehrerer Menschen gerettet haben?«

»Nein, ein Alleingang wäre verantwortungslos gewesen. Im Fernsehen mag das Heldentum explizit gewünscht sein, in der Realität arbeiten wir stets mit mindestens einem weiteren Kollegen oder wie in diesem Fall einer Kollegin. Wie Sie richtig erkannt haben, geht es um Menschenleben, die zu keiner Zeit gefährdet werden dürfen.«

»Meine Leute sind topp ausgebildet. Teamarbeit steht in meiner Dienststelle an erster Stelle. Das liegt mir besonders am Herzen. So, Herrschaften, damit ist die Pressekonferenz für heute beendet. Wir werden Sie zeitnah über den Stand der weiteren Ermittlungen informieren. Danke für Ihre Aufmerksamkeit.« Reimers schaltete das Mikrofon aus und erhob sich. Dann verließ er mit dem Staatsanwalt zusammen den Konferenzraum.

»Da wollte dir wohl jemand den Heldenstempel aufdrücken und dich zum Bruce Willis von Sylt küren, was?« Uwe grinste verschmitzt, als sie im Anschluss an die Pressekonferenz am Schreibtisch saßen.

»Danke, darauf kann ich gut verzichten. Wenn wir schon von Heldentum sprechen, hätte Hubsy den Titel am ehesten verdient. Sie hat unglaublich schnell und vor allem treffsicher reagiert.«

»Hm«, brummte Uwe anerkennend.

»Wo wir gerade beim Thema sind, rede endlich mit ihr! Danach fühlt ihr euch beide besser.«

Uwe sah überrascht auf. »Wie meinst du das?«

»Genauso, wie ich es sage. Sie hat mir ziemlich viele Fragen über dich gestellt.«

»Ich kann das einfach nicht, Nick. Was, wenn ich mich zum Gespött des gesamten Reviers mache? Von Tinas Reaktion ganz zu schweigen.« Uwe warf dem Kollegen einen verzweifelten Blick zu.

»Je eher du dir Klarheit verschaffst, desto besser. Du bist jetzt schon nervlich am Ende.«

»Tina fragt ständig, ob ich irgendwas habe. Ich weiß nicht, wie lange ich ihr noch etwas vormachen kann.«

»Dann hör einfach auf damit. So, ich mache Feierabend für heute. Morgen früh sollten wir uns als Erstes mit diesem Eddie unterhalten. Außerdem müssen wir uns um Jana kümmern.«

»Jana?«

»Erzähl ich dir alles morgen früh ausführlich.«

»Wie du meinst. Und, Nick?«

»Was?«

»Danke. Für alles.«

KAPITEL 49

»Vorsicht, Christopher, nicht alle Teller auf einmal. Warte, ich helfe dir!« Gemeinsam brachten wir das benutzte Geschirr vom Abendessen in die Küche.

»Darf ich noch eine Geschichte hören? Bitte, Mama!«, quengelte er.

»Aber nur eine kurze, danach geht es ins Bett.«

»Ja!« Zufrieden zog er ab nach oben in sein Zimmer.

»Heute ohne lange Diskussionen? Wie hast du das denn angestellt?« Nick stand plötzlich hinter mir, ohne dass ich ihn hatte kommen hören.

»Noch ist die kurze Geschichte nicht zu Ende.« Ich lachte.

»Setzt du dich zu mir auf die Terrasse?«

»Klar, das Geschirr läuft nicht weg.«

»Du wolltest mir noch erzählen, warum du heute bei uns im Büro warst. Ich bin in dem ganzen Durcheinander heute gar nicht dazu gekommen, dich das zu fragen.« Nick trank von seinem Espresso.

»Heute war wirklich ein aufregender Tag, in erster Linie für dich. Ich war mit Tina heute noch mal im Haus von Femke Breeker in Wenningstedt. Du weißt, ihre ehemalige Nachbarin.« Er nickte, ohne mich zu unterbrechen. »In den nächsten Tagen kommt ein Entrümpelungsunternehmen, um das Haus komplett leer zu räumen. Daher wollten wir noch einige Sachen retten. Dabei habe ich einen Vertrag gefunden.«

»Einen Vertrag worüber?«

»Warte!« Ich holte das Dokument und gab es ihm.

»Das ist ein Vertrag mit einem Pflegeservice«, sagte er, nachdem er den Inhalt überflogen hatte.

»Ja, aber sieh mal genauer hin.« Ich deutete auf eine markierte Stelle. »Da steht, dass das gesamte Vermögen im Falle des Todes an die Pflegedienstgesellschaft geht, wenn ich das richtig interpretiere.«

»Es ist ein bisschen umständlich formuliert, aber so würde ich das auch verstehen. Frau Breeker hat den Vertrag allerdings nicht unterschrieben.« Nick legte das Papier vor sich auf den Tisch.

»Das stimmt, aber warum hat sie ihn versteckt? Ich habe ihn in einem Fotoalbum ganz unten im Bücherregal gefunden. Das ist sonderbar, findest du nicht auch?«

»Vielleicht hat sie ihn versehentlich mit dem Album in den Schrank gestellt. Warum sollte sie ihn verstecken wollen?«

»Das ist ja genau die Frage. Ich glaube, damit stimmt etwas nicht. Da ist doch dieser Typ rumgeschlichen, als Tina und ich das erste Mal in Femkes Haus waren. Könnte doch sein, dass er danach gesucht hat und gar nicht nach Wertgegenständen?«

»Das ist allerdings sehr weit hergeholt, Anna! In meinen Augen spricht rein gar nichts für diese Theorie. Ehrlich gesagt, reicht es mir für heute. Lass uns ein anderes Mal in Ruhe darüber reden. Nach der Sache auf dem Golfplatz haben wir echt viel, worum wir uns in den nächsten Tagen kümmern müssen.« Er fuhr sich mit der Hand durch das Haar.

»Das verstehe ich. Trotzdem musst du zugeben, dass meine Vermutung nicht komplett abwegig ist.«

»Bestimmt gibt es dafür eine ganz einfache Erklärung.«

KAPITEL 51

»Moin, Uwe! Gibt es schon Neuigkeiten?«

»Nicht wirklich, außer, dass ich vergessen habe, Kaffeebohnen zu besorgen, nichts.«

»Das bedeutet im Klartext, es gibt keinen Kaffee?« Nicks Blick wanderte zu dem Kaffeevollautomaten neben dem Fenster.

»Sorry. Ich besorge nachher gleich welche.«

Ehe Nick etwas erwidern konnte, platzte Reimers ohne Anklopfen in den Raum.

»Guten Morgen! Wie weit sind Sie? Haben Sie mittlerweile mit dem Täter sprechen können?«

»Moin, Herr Reimers! Wir sind sozusagen schon unterwegs in die Klinik«, erklärte Uwe betont freundlich.

»Schön. Ich wäre Ihnen dankbar, wenn dies auch in Kürze passieren würde. Wie geht es dem Schwerverletzten? Liegen zu seinem Gesundheitszustand neue Informationen vor?«

»Er befindet sich nach wie vor in einem äußerst kritischen Zustand. Ich habe vor wenigen Minuten mit der Klinik telefoniert. Sie melden sich umgehend, sollte sich an seinem Zustand etwas ändern.«

»Danke, Herr Wilmsen. Halten Sie mich auf dem Laufenden.« Reimers zog beim Verlassen des Büros lautstark die Tür hinter sich zu.

»Der legt sich wieder mal mächtig ins Zeug«, bemerkte Nick.

»Wundert mich nicht. Der Fall erregt öffentliches Interesse, da will er glänzen. Sag mal, du hast gestern von einer Jana gesprochen. Wer ist das genau?«

»Jana Rabe arbeitet als Arzthelferin bei Doktor Julia Schönborn. Das ist die Ärztin, bei der Johanna Holmers Patientin war. Jana Rabe wohnt in Archsum und erledigt hin und wieder unter anderem Apothekengänge für Patienten, die aus unterschiedlichen Gründen nicht selbst dazu in der Lage sind. Das hat eine Apothekerin aus Westerland bestätigt.«

»Das ist doch nett von Frau Rabe.«

»Prinzipiell bin ich voll bei dir.«

»Wo liegt also das Problem?«

»Frau Rabe hat das Rezept für Frau Holmers Notfallmedikament eingelöst.« Nick räumte dem Kollegen eine kurze Bedenkzeit ein.

»Ah, du denkst, sie könnte das Medikament gegen das wirkungslose Mittel ausgetauscht haben? Vielleicht liegt der Fehler aber auch bei der Apotheke?«

»Nach Aussage der Apothekerin ist eine Verwechslung mit einem Placebo ausgeschlossen. Im vorliegenden Fall handelt es sich um ein Vorführgerät, das keinen echten Wirkstoff enthält. Die Laboranalyse hat das zweifelsfrei betätigt. Diese Vorführgeräte werden, wie der Name sagt, zum Vorführen der Handhabung eines Medikamentes durch den Arzt verwendet. Meines Erachtens hatte Frau Rabe die Möglichkeit und das Wissen, das Medikament absichtlich auszutauschen, bevor sie es Frau Holmers gebracht hat.«

»Klingt nachvollziehbar, aber trotz allem erkenne ich kein Motiv dahinter, warum sie das getan haben sollte.« Uwe kratzte sich nachdenklich am Kinn.

»Ein Motiv kann ich momentan auch nicht erkennen, trotz allem bin ich überzeugt, sie hat mit der Sache zu tun.«

»Dann lass uns mit ihr reden.«

»Bei unserem Besuch haben wir sie nicht angetroffen, jedenfalls hat niemand geöffnet. Sie wohnt angeblich bei ihrem kranken Vater, um den sie sich kümmert. Das hat uns eine Nachbarin erzählt.«

»Habt ihr es bei ihrer Arbeitsstelle versucht?«

»Klar, aber dort ist sie nicht aufgetaucht, sie hat sich krankgemeldet. Als wir vor ihrem Haus standen, ist mir ein Mann aufgefallen, er hat sich merkwürdig verhalten«, erinnerte sich Nick. »Ich wette, der wollte ebenfalls zu ihr. Als er Hubsys Uniform gesehen hat, hat er so getan, als müsse er sein Fahrrad reparieren. Anschließend ist er zügig weitergefahren.«

»Wer könnte das gewesen sein?«

»Ihr Freund? Hubsy hat herausgefunden, dass Jana Rabe seit Kurzem einen festen Freund hat. Einen Namen haben wir leider nicht.«

»An der Sache sollten wir auf jeden Fall dranbleiben. Aber jetzt lass uns in die Klinik fahren, bevor Reimers gleich wieder hier aufschlägt und sich aufführt wie Rumpelstilzchen.«

»Ich rufe von unterwegs noch mal in der Praxis von der Schönborn an. Vielleicht ist Frau Rabe ja heute da.«

»Jana Rabe hat sich heute erneut krankgemeldet«, teilte Nick Uwe mit, als sie auf den Parkplatz der *Nordseeklinik* einbogen. »Ich schicke Ansgar bei ihr zu Hause vorbei. Sollte er sie dort nicht antreffen, soll er sich mal umhören. Irgendwo muss sie ja sein.«

»Gute Idee. Jetzt bin ich gespannt, was uns dieser Eddie zu sagen hat.«

Die beiden Polizeibeamten erreichten das Krankenzimmer, vor dem ein Streifenpolizist saß und auf seinem Smartphone spielte. Als er die beiden sah, ließ er es schnell in der Jackentasche verschwinden.

»Moin!«

»Moin!«, grüßte Uwe zurück. »Irgendwelche Auffälligkeiten? Hat sich jemand nach Herrn Schmidtke erkundigt?«

»Nein, es ist niemand hier gewesen außer dem Krankenhauspersonal.«

»Danke. Na, dann wollen wir mal!«, beschloss Uwe und drückte die Türklinke herunter.

In dem Krankenzimmer standen zwei Betten, von denen eines unbenutzt war. In dem Bett am Fenster lag ein Mann, dessen rechte Schulter dick verbunden war.

»Moin, Herr Schmidtke! Kripo Westerland, mein Name ist Wilmsen, das ist der Kollege Scarren, aber den kennen Sie ja bereits«, stellte Uwe sie vor. »Wir müssen Ihnen ein paar Fragen stellen. Zuvor belehre ich Sie als Beschuldigten über Ihre Rechte«, begann Uwe.

»Tun Sie sich keinen Zwang an«, entgegnete Schmidtke, der Uwes folgende Ausführungen mit Gleichgültigkeit aufnahm.

»Wie lautet Ihr vollständiger Name? Geburtsdatum, Wohnort? Was machen Sie beruflich?«, fuhr Uwe fort, während Nick sich Notizen machte.

»Eduard Schmidtke, 25. Oktober 1980, Berlin, Uhrmachermeister.«

»Ihnen wird vorgeworfen, am gestrigen Tag gegen 11.30 Uhr auf dem Golfplatz *Budersand* mehrfach auf Herrn Jörg Neritz geschossen sowie weitere Personen, darunter zwei Polizeibeamte, mit einer Waffe bedroht zu haben.«

»Das Schwein hat es verdient.« Schmidtke sah aus dem Fenster.

»Könnten Sie das näher erläutern?«, schaltete sich Nick ein.

»Er hat sie umgebracht.«

»Wen? Herr Schmidtke, es wäre auch in Ihrem Interesse, wenn Sie sich etwas kooperativer zeigen würden«, ließ Uwe seinen Unmut erkennen. »Also? Wen soll Herr Neritz Ihrer Meinung nach umgebracht haben?«

»Ohne einen Anwalt sage ich gar nichts mehr.« Ab diesem Moment hüllte er sich in Schweigen.

»Großartig, den Weg hätten wir uns getrost sparen können«, brummte Uwe übellaunig vor sich hin, als sie zurück zum Auto gingen. »Was bezweckt er mit dieser Verzögerungstaktik? Das bringt ihm doch nichts!«

»Reg dich nicht unnötig auf.« Nicks Handy klingelte.

»Was hat Ansgar gesagt?«, erkundigte sich Uwe im Anschluss an das Telefonat.

»Frau Rabe wartet im Büro auf uns.«

»Das sind doch zur Abwechslung mal erfreuliche Neuigkeiten.«

KAPITEL 52

In Keitum stellte ich meinen Wagen auf dem großen Parkplatz am Ortseingang ab und legte den restlichen Weg zu Fuß zurück. Ich hatte mich spontan dazu entschlossen, Doktor Herdenrodt einen Besuch abzustatten. Als ich die Eingangstür der Kanzlei erreicht hatte und mein Blick auf das polierte Messingschild fiel, kehrten schlagartig Erinnerungen zurück. Der Anwalt und Notar hatte mich vor einigen Jahren in einer Nachlassangelegenheit kontaktiert, die mein bisheriges Leben komplett auf den Kopf gestellt hatte. Mit einem Lächeln auf dem Gesicht betätigte ich den Klingelknopf. Im Inneren waren sich nähernde Schritte zu hören, dann wurde die Tür geöffnet. Seine Mitarbeiterin begrüßte mich freundlich und führte mich in ein Büro, auf dessen Tisch mittig eine Vase mit einem üppigen Blumenstrauß platziert war.

»Frau Scarren! Ich freue mich, Sie zu sehen!« Der Anwalt streckte mir zur Begrüßung seine Hand entgegen, bevor er mir gegenüber auf einem der eleganten Stühle Platz nahm.

»Guten Morgen, Herr Doktor Herdenrodt! Danke, dass Sie kurzfristig Zeit für mich haben. Geht es Ihnen wieder besser?« Um sein rechtes Auge herum zeichnete sich deutlich ein violetter Schatten ab.

»Ah, *die* Geschichte meinen Sie. Sicher hat Ihr Mann Ihnen davon berichtet. Das geht schon wieder. Wie geht es Ihnen und Ihrer Familie? Was macht das Geschäft?«

»Danke, uns geht es gut. Die Firma hat sich gut etabliert, wir können nicht klagen. Das Auftragsbuch ist voll«, erwiderte ich wahrheitsgemäß.

»Das freut mich außerordentlich für Sie. Was kann ich für Sie tun?«

»Genau genommen geht es nicht um mich, sondern um Femke Breeker«, erklärte ich. »Ich habe in ihrem Haus einen Vertrag gefunden.«

In wenigen Sätzen brachte ich mein Anliegen auf den Punkt, wobei mir der Anwalt aufmerksam zuhörte. Ich berichtete von dem Vertrag, den ich in einem Fotoalbum bei Femke gefunden hatte, und dem Mann, der vor mir weggelaufen war. Nachdem ich meine Ausführungen beendet hatte, beugte der Anwalt den Oberkörper leicht nach vorne und legte die Unterarme auf der Tischplatte ab.

»Sie wissen, dass ich der Schweigepflicht unterliege. Selbst wenn ich wollte, dürfte ich Ihnen keine Auskünfte erteilen, Frau Scarren.«

»Das ist mir bewusst. Ich dachte bloß, Sie könnten mir eventuell einen Hinweis darauf geben, worum es in dem Termin gehen sollte, den Frau Breeker bei Ihnen gehabt hätte. Vielleicht hat er etwas mit diesem Vertrag zu tun. Sie hat ihn bestimmt nicht versehentlich in das Album gelegt. Und dann der Mann, der sich auf ihrem Grundstück herumgetrieben hat. Was wollte er dort und warum ist er weggelaufen? Ich bin überzeugt, dass er genau danach gesucht hat.« Ich tippte mit dem Finger auf den Vertrag vor mir auf dem Tisch.

Doktor Herdenrodts Mundwinkel zuckten amüsiert. »Ich weiß, Sie geben nicht leicht auf. Warten Sie einen Moment, ich bin gleich zurück.« Mit diesen Worten stand er auf und verließ den Raum, um wenig später mit einem Laptop zurückzukommen.

»Wollen wir doch mal sehen.« Seine Augen wanderten über den Bildschirm, während auf seiner Stirn mittig eine tiefe Falte erschien. »Ah, da haben wir den Termin. Meine Sekretärin hat als Betreff eine allgemeine Vertragsprüfung notiert. Worum es sich im Einzelnen handelt, kann ich Ihnen nicht sagen, selbst wenn ich wollte. Aber nach dem, was Sie mir eben erzählt haben, könnte es schon sein, dass es sich um diesen Vertrag handelt. Darf ich ihn mir mal genauer ansehen?«

»Selbstverständlich.« Ich schob ihm das Schriftstück zu und beobachtete sein Mienenspiel, während er den Text studierte.

»Hm, soweit ich das auf den ersten Blick abschätzen kann, handelt es sich zunächst um einen Vertrag über bestimmte Pflegedienstleistungen. Da scheint juristisch gesehen alles in Ordnung zu sein. Der zweite Teil allerdings beinhaltet einige Stellen, die aus meiner Sicht Klärungsbedarf haben. Ferner tritt ein weiterer Vertragspartner auf.«

»Wie meinen Sie das?«

»Der Vertrag beinhaltet eine zweite Vereinbarung, deren Vertragspartner ein anderer ist, der im Todesfall alleiniger Erbe von Frau Breeker geworden wäre. Sehen Sie?« Er ließ seinen Zeigefinger an einer Stelle verharren.

»Das war mir auf den ersten Blick gar nicht aufgefallen«, musste ich zugeben.

»Es ist auch nicht sofort ersichtlich.«

»Ziemlich verwirrend. Das kann man leicht überlesen.«

»Das stimmt, zumal der Text für einen juristischen Laien alles andere als verständlich ist. Ich möchte keine böse Absicht unterstellen, aber von der Hand zu weisen ist es nicht, dass sich jemand richtig Mühe gegeben hat, etwas zu verstecken.«

»Angenommen, Frau Breeker hätte den Vertrag unterschrieben, dann wäre im Todesfall ihr gesamtes Vermögen auf diese Gesellschaft übertragen worden. Habe ich das richtig verstanden?«

»Das ist korrekt«, stimmte der Anwalt mir zu.

»Das klingt für mich nach einer Betrugsmasche.«

»Das ist sicher nicht die feine Art, aber niemand wird gezwungen, diesen Vertrag zu unterschreiben, ohne ihn vorher überprüft zu haben. Juristisch gesehen ist er, soweit ich das sehe, korrekt.« Doktor Herdenrodt wollte mir das Dokument zurückgeben, doch ich lehnte ab.

»Bitte behalten Sie ihn, schließlich war Frau Breeker Ihre Mandantin. Der Vertrag ist mir nur zufällig in die Hände gefallen.«

Ich bedankte mich und fuhr weiter nach Braderup in die Firma.

»Moin, Chefin!«, wurde ich von Björn, einem unserer Mitarbeiter, begrüßt, der einen Rasenmäher über eine Rampe auf die Ladefläche des Transporters schob. »Falls du Piet suchst, den hast du knapp verpasst. Ich soll dir sagen, dass er dir etwas auf den Schreibtisch gelegt hat. Du wüsstest Bescheid.«

»Danke! Ich sehe es mir gleich an. Alles okay sonst?«

»Logisch! Wenn nichts dazwischenkommt, werden wir heute in List früher fertig als geplant. Piet will später zur Abnahme vorbeikommen.«

»Das klingt hervorragend. Dann drücke ich die Daumen, dass es klappt!«

Als ich mein Büro betrat, fand ich auf meinem Schreibtisch die Auftragsbestätigung für ein neues Projekt vor. Piet hatte einen kleinen gelben Zettel daraufgeklebt mit der Aufschrift: »Leg los!« Daneben hatte er ein grinsendes Smiley gemalt. Ich musste schmunzeln und griff nach der Bestätigung. Der Auftraggeber war Bernhard Freyer. Das Grundstück befand sich in Archsum. Dann war der Hauskauf offensichtlich in trockenen Tüchern. Ich würde mich später näher damit befassen. Im Augenblick hatte ich mir zum Ziel gesetzt, mehr über den Pflegedienst in Erfahrung zu bringen, der in Femke Breekers Vertrag genannt worden war. Deshalb setzte ich mich an den Schreibtisch und klappte den Laptop auf. Anschließend gab ich den Namen des Pflegedienstes aus dem Vertrag in die Suchmaschine ein. Mehrere Treffer wurden angezeigt. Ich wählte einen davon aus und begann zu lesen. Der Internetseite zufolge gehörte der Pflegedienst zu einer Gruppe aus mehreren Firmen, die ihren Hauptsitz in der Schweiz hatte. Den Bewertungen nach zu urteilen, die durchweg positiv ausfielen, schien es sich um ein seriöses Unternehmen zu handeln. Während ich durch das WorldWideWeb surfte, kam mir plötzlich eine Idee. Schnell klappte ich den Laptop zu und verstaute ihn in meiner Tasche. Dann verließ ich das Büro und machte mich auf den Weg zurück nach Keitum. Von unterwegs rief ich Nick an.

»Hey, Nick! Ich bin auf etwas Interessantes gestoßen und …«, wollte ich erklären, wurde jedoch von ihm freundlich abgewürgt.

»Sorry, Sweety, ich habe gerade keine Zeit.«

»Ich mache es auch ganz kurz«, insistierte ich.

»Es geht wirklich nicht. Hat das nicht bis heute Abend Zeit?«

»Klar, bis dann.« Ich versuchte, mir meine Enttäuschung nicht anmerken zu lassen, und legte auf.

Ich wählte die Straße über Munkmarsch nach Keitum, die parallel zum Watt verlief. In der Rechtskurve am Munkmarscher Hafen überquerte in diesem Moment eine

Gruppe Radfahrer die Hauptstraße. Ich bremste ab, um sie passieren zu lassen. Dann fuhr ich weiter. Auf dem Weg zwischen Munkmarsch und Keitum tauchte linker Hand die Lügenbrücke auf. Eine Holzbrücke auf der Wattseite, die Wanderer bei Hochwasser vor dem Wasser schützen soll. Früher erzählten Eltern den Kindern, dass die Brücke beim Überqueren einstürzen würde, wenn sie lügen. Auch wenn die Kinder die Geschichte heutzutage längst nicht mehr glauben, ihren Namen hat sie nicht verloren. Kurz nach dem Ortseingang von Keitum bog ich links ab und hielt vor dem Grundstück von Johanna Holmers. Beim Betreten des Grundstückes tauchten die dramatischen Szenen des Insektenangriffes vor meinem inneren Auge auf. Die Feuerwehr hatte das Wespennest mittlerweile aus dem Gartenhaus entfernt. Nichts erinnerte mehr an das tragische Ereignis, das sich hier zugetragen hatte. Vorsichtshalber betätigte ich die Klingel und wartete einen Moment, aber erwartungsgemäß blieb es still im Inneren des Hauses. Dann ging ich zum Hintereingang, durch den ich neulich in das Haus gelangt war. Die Tür war abgeschlossen. Was hatte ich erwartet? Dass ich ohne Weiteres in ein fremdes Haus spazieren konnte, um darin nach einem Vertrag zu suchen, der möglicherweise überhaupt nicht existierte? Sicher nicht. Dennoch sah ich mich nach einem möglichen Versteck für einen Schlüssel um. Dann wanderte mein Blick abermals zu dem Gartenhaus hinüber. Ich ging darauf zu und drückte beherzt die Klinke nach unten. Die Tür war unverschlossen. Neben einem Fahrrad, gängigen Gartenutensilien und -geräten weckte ein verwittertes Vogelhäuschen mein Interesse. Ein unscheinbares, aber geeignetes Versteck für einen Schlüssel, überlegte ich und öffnete die Bodenklappe. Bingo! Der Schlüssel fiel mir direkt vor die Füße. Er gehörte zu der Hintertür. Obwohl mich niemand sehen konnte, schlüpfte ich dennoch schnell ins Haus und zog die Tür leise zu. Vorsichtig pirschte ich mich den Flur entlang, an der Küche vorbei in das Wohnzimmer. Ich sah mich um und entdeckte einen Sekretär. Schnell zog ich eine Schublade auf und fand mehrere geöffnete Briefumschläge darin. Ohne sie anzurühren, schloss ich die Lade wieder und öffnete eine weitere. Neben Büromaterial und Briefpapier befand sich nichts darin, was mich weiterbringen würde. Zuletzt öffnete ich die beiden Klappen ganz unten. Darin standen mehrere Ordner nebeneinander. Meine Augen überflogen die akkurat beschrifteten Ordnerrücken und blieben an dem Wort »Verträge« hängen. Als ich den Ordner hervorziehen wollte, ließ mich ein Geräusch inmitten der Bewegung verharren. Ich horchte angestrengt in die Stille, während sich mein Pulsschlag schlagartig beschleunigte. Nichts. Vermutlich kam das Geräusch irgendwo aus der Umgebung. Geschwind schlug ich den Ordner auf und wurde schnell fündig. Obenauf waren ein Dokument sowie eine Infobroschüre abgeheftet, deren aufgedrucktes Logo mir sofort ins Auge stach.

»Wusste ich es doch!«, murmelte ich und fühlte mich in meinem Handeln bestätigt. Rasch blätterte ich zur letzten Seite. Im Gegensatz zu Femke Breeker hatte Johanna Holmers den Vertrag unterschrieben. Ich machte schnell einige Fotos mit meinem Smartphone und stellte den Ordner ordnungsgemäß an seinen Platz zurück. Anschließend schloss ich die Klappen des Sekretärs und steuerte zielstrebig auf den Hinterausgang zu. Plötzlich hörte ich eine Stimme direkt draußen vor der Tür. Durch die Milchglasscheibe erkannte ich einen Schatten. Mist, man durfte mich unter keinen Umständen entdecken. Fieberhaft sah ich mich nach einem geeigneten Versteck um. Eine schmale Tür unter der Treppe war das Erste, was mir ins Auge fiel. Dahinter verbarg sich vermutlich eine Art Abstellkammer, nahm ich an. Viel Zeit zum Überlegen blieb mir nicht, daher öffnete ich die Tür, schlüpfte hindurch und zog sie leise zu. Im Innern meines Verstecks war es nahezu stockdunkel und roch muffig nach alten feuchten Lappen. Etwas kitzelte mich im Nacken, doch ich wagte nicht, mich zu bewegen. Angespannt wartete ich, was geschah. An einer Stelle fiel ein hauchdünner Lichtstrahl durch eine Ritze im Holz. In ihm tanzten winzige Staubpartikel. Vorsichtig drehte ich den Kopf, um mich zu orientieren, konnte jedoch in der Dunkelheit kaum etwas erkennen. Jetzt hörte ich die Stimme deutlicher. Sie kam näher. Es handelte sich zweifelsfrei um eine Männerstimme. Unmittelbar neben mir blieb der Mann stehen, denn der winzige Lichtstrahl wurde unterbrochen. Mein Herz schlug mir bis zum Hals. Ich durfte nicht das leiseste Geräusch von mir geben, wenn ich ihm nicht gleich gegenüberstehen wollte. Mir wurde heiß. In meinem Kopf bastelte ich bereits an einer schlüssigen Erklärung für meinen momentanen Aufenthaltsort, sollte ich eine benötigen. Allerdings kam nichts Vernünftiges dabei heraus.

»Nein, ich bin ganz sicher, dass ich den Schlüssel nicht stecken gelassen habe«, versicherte der Mann. Er schien nach wie vor zu telefonieren. »Okay, ich sehe mich mal um und melde mich gleich wieder.«

Damit beendete er das Gespräch. Ich konnte anhand seiner Schritte auf dem Holzfußboden hören, dass er sich ein Stück von mir entfernte. Durch die staubige Luft um mich herum fing plötzlich meine Nase an, heftig zu kribbeln. Ich versuchte, ein Niesen zu unterdrücken, indem ich sie zuhielt. Als ich jedoch den Arm bewegte, stieß ich hinter mir gegen etwas, was sich wie ein Besenstiel anfühlte. Das Geräusch ließ mich erstarren. Ich hielt die Luft an und schloss die Augen. Ich rechnete jeden Augenblick, dass die Tür geöffnet werden würde. Doch nichts dergleichen geschah. Mit dem Besenstiel, der nunmehr an meiner Schulter lehnte, harrte ich weiter in meinem engen Gefängnis aus. »Du hast es nicht anders gewollt«, sagte ich zu mir selbst.

KAPITEL 53

»Moin, Frau Rabe«, eröffnete Uwe das Gespräch, als Nick und er der jungen Arzthelferin gegenüber Platz genommen hatten. »Sie arbeiten in der Arztpraxis von Frau Doktor Julia Schönborn. Ist das korrekt?«

»Wenn Sie es wissen, warum fragen Sie dann? Was wollen Sie eigentlich von mir? Ich habe nichts Verbotenes getan!«, blaffte sie Uwe an.

»Das hat auch niemand behauptet. Wir möchten Ihnen lediglich einige Fragen stellen. Sie kennen Johanna Holmers?«

»Ja, sie war eine Patientin bei uns. Wieso?« Die junge Frau rutschte unruhig auf ihrem Stuhl hin und her.

»Sie wissen also, dass sie verstorben ist?«

»Ich sagte doch, sie war eine Patientin von uns.«

»Wie würden Sie Ihr Verhältnis zu ihr beschreiben? Kannten Sie sich näher? Abgesehen von der Tatsache, dass Frau Holmers Patientin in der Praxis war, in der Sie arbeiten«, fuhr Uwe fort.

»Nein, nicht näher. Sie hat auch in Archsum gewohnt. Ab und zu habe ich sie im Ort gesehen.« Sie gab sich demonstrativ entspannt.

»Sie haben ihr nicht ab und zu einen Gefallen getan?«, hakte Uwe nach.

Jana Rabe zögerte mit ihrer Antwort. »Da sie bei uns Patientin war, habe ich ihr manchmal Medikamente aus der Apotheke mitgebracht. Sie war ja nicht mehr die Jüngste und ist selbst nicht Auto gefahren.«

»Können Sie sich erinnern, wann Sie Frau Holmers zuletzt ein Medikament gebracht haben und worum es sich dabei gehandelt hat?«

Erneut kam die Antwort nicht sofort. »Puh, das ist eine ganze Weile her. Ich glaube, das waren Schmerztabletten. Ja, genau, sie hatte starke Rückenschmerzen.«

Die Beamten tauschten heimliche Blicke. Durch das Klopfen an der Tür wurde die Unterhaltung für einen Moment unterbrochen. Maurizio Ferrara steckte den Kopf herein.

»Nick? Kannst du mal eben kommen?«

Dieser verließ das Zimmer, während Uwe mit der Befragung fortfuhr.

»Was ist? Wir sind mitten in einer Zeugenbefragung.«

»Staatsanwalt Achtermann will dich sprechen. Er wartet da drinnen«, erklärte Maurizio mit entschuldigender Miene.

»Einen ungünstigeren Zeitpunkt hätte er sich nicht aussuchen können«, stöhnte Nick und öffnete die Tür.

»Herr Scarren!«

»Herr Achtermann! Was gibt es Dringendes, wir befinden uns augenblicklich in einer wichtigen Zeugenvernehmung.« Nicks Missfallen über die Unterbrechung war ihm deutlich anzumerken.

»Ich habe bereits gehört, dass Sie eine junge Frau befragen. Darf ich erfahren, worum es sich handelt? Hat sie etwas mit den Schüssen auf dem Golfplatz zu tun?«

»Nein, aber sie steht mit einer möglichen Straftat in Verbindung«, erwiderte Nick.

»Ich höre.« Achtermann sah den Kriminalkommissar herausfordernd an.

»Einer Frau wurde vorsätzlich ein manipuliertes Medikament untergeschoben. Herr Wilmsen hatte Sie doch darüber informiert?«

»Die Sache mit der Wespenattacke? Ja, er hat mir davon berichtet. Gibt es Anhaltspunkte, dass die junge Frau mit der Sache in Verbindung steht?«

»Bislang sind wir noch nicht sehr weit gekommen. In einem Punkt hat sie allerdings die Unwahrheit gesagt.«

»Bleiben Sie dran! Was hat sich in der Golfplatzsache getan?«, bohrte der Staatsanwalt abermals nach.

Nick wusste, dass dieser Fall oberste Priorität hatte. »Der mutmaßliche Täter befindet sich weiterhin im Krankenhaus, verweigert jedoch die Aussage. Er wünscht rechtlichen Beistand. Wenn er den hat, erfahren wir hoffentlich mehr zum Hintergrund der Tat.«

»Herrgott! Die Sache ist doch eindeutig.« Achtermann schüttelte verständnislos den Kopf. »Nun, dann will ich Sie nicht länger von der Arbeit abhalten. Bitte geben Sie mir umgehend Rückmeldung, sobald sich etwas tut. Sowohl in dem einen als auch in dem anderen Fall.«

»Selbstverständlich.«

Als Nick das Vernehmungszimmer erreichte, stand Uwe mit einem Becher in der Hand davor.

»Schon fertig?«

»Sie lügt, aber ich musste sie gehen lassen, da wir ihr nichts nachweisen können«, erwiderte Uwe schlecht gelaunt und nippte an seinem Getränk. »Igitt, die Brühe kann man unmöglich trinken.« Angewidert betrachtete er den Becher in seiner Hand. »Sie behauptet felsenfest, nichts von dem Placebo gewusst zu haben. Immerhin hat sie schließlich zugegeben, der Holmers das Notfallset gebracht zu haben.«

»Klar gibt sie das nicht zu. Hast du das ernsthaft erwartet?«

»Nein. Wo warst du?«

»Achtermann wollte mich sprechen. Er wollte wissen, wie weit wir im Fall Golfplatz vorangekommen sind.«

»Dachte ich mir fast. Was hast du ihm gesagt?«

»Dass wir nicht viel weiter sind, da sich unser mutmaßlicher Täter in Schweigen hüllt«, berichtete Nick. »Weißt du, wie es Neritz in der Zwischenzeit geht? Hat sich die Klinik noch mal gemeldet?«

Wie auf Kommando vibrierte Uwes Handy in seiner Hosentasche. »Na, wenn das kein Zufall ist«, sagte er und nahm das Gespräch an.

KAPITEL 54

Verborgen in der Abstellkammer, konnte ich hören, wie
der Mann in dem gesamten Haus hin und her lief. Selbst
als er sich im Obergeschoss aufhielt, wagte ich nicht, mein
Versteck zu verlassen, aus Angst, entdeckt zu werden. Jetzt
stand er wieder direkt neben mir. Lediglich die dünne Tür
aus Holz trennte uns voneinander.

»Ich habe es gefunden«, konnte ich ihn sagen hören.

Anschließend entfernten sich seine Schritte eilig, die
Tür wurde zugeschlagen, und ich konnte hören, wie sich
der Schlüssel im Schloss drehte. Dann kehrte Stille ein.
Ich wartete noch einen Moment, bevor ich mein Versteck
verließ. Vorsichtig schielte ich aus dem Fenster, aber von
dem Mann war weit und breit nichts zu sehen. Von der
Straße hörte ich das Geräusch eines Motorrades. Durch
die Hintertür führte nun kein Weg mehr ins Freie, sie war
verschlossen. Daher versuchte ich, das Haus durch die
Haustür zu verlassen, doch auch hier stand ich vor dem-
selben Problem. Sie war ebenfalls abgeschlossen, und von
dem dazugehörigen Schlüssel fehlte jede Spur. Wenn ich
nicht darauf warten wollte, irgendwann zufällig entdeckt
zu werden, musste ich eine andere Lösung wählen. Am
einfachsten wäre der Weg durch eines der Fenster. Also
entschied ich mich für das Fenster im Esszimmer, um
nach draußen zu gelangen, da dies zur Gartenseite aus-
gerichtet war und mich von der Straße niemand sehen
konnte. Ich räumte einen Blumentopf zur Seite, öffnete
den Fensterflügel und schwang ein Bein nach draußen.
Als ich damit sicher auf dem Boden stand, wollte ich das

zweite nachziehen, als hinter mir eine kräftige Männerstimme erklang.

KAPITEL 55

»Danke«, sagte Nick, als Frank seine Unterschrift unter
das Protokoll gesetzt hatte.

»Kein Problem. Wie geht es jetzt weiter? Konntet ihr
schon mit Eddie sprechen? Was sagt er?«

»Er schweigt beharrlich und will einen Anwalt.«

»Mistkerl«, brummte Frank. »Also ist sein Motiv nach
wie vor unklar.«

Nick und Uwe nickten einstimmig.

»Zuvor hat er mehrfach von einer Frau gesprochen, an
deren Tod Neritz die Verantwortung tragen soll. Wir überprüfen zwar gerade sein Umfeld, aber es wäre natürlich hilf-
reich, wenn du etwas weißt. Hast du eine Idee, was oder
wen er gemeint haben könnte? Hat er dir gegenüber etwas
in dieser Richtung erwähnt?«

»Das hat er auf dem Golfplatz ebenfalls angedeutet, aber
mehr kann ich euch dazu auch nicht sagen. Ich weiß nur, dass
Jörg in der letzten Zeit mehrfach Drohungen erhalten hat.«

»Was für Drohungen? Hat er gesagt, von wem?« Uwe
wurde hellhörig.

»Das wusste er nicht. Zunächst war er davon ausgegangen, dass es sich bei dem Anrufer und Absender der Textnachrichten um seinen Sohn handelte, der Geld von ihm wollte.«

»Mir war nicht bekannt, dass er Familie hat.« Uwe warf seinem Kollegen, der ebenso überrascht zu sein schien, einen fragenden Blick zu.

»Familie nicht im eigentlichen Sinne. Jörg hatte damals mal was mit einer Frau. Neun Monate später hat sie ihm seinen Sohn präsentiert. Wie ich Jörg verstanden habe, steht bei dieser Konstellation das Finanzielle an erster Stelle, wenn ihr versteht, was ich meine. Der Junge lebt in einem Internat in der Schweiz. Jörg finanziert ihm die Ausbildung dort. Die beiden haben selten Kontakt.«

»Warum hat er später angenommen, die Drohungen würden nicht von seinem Sprössling stammen?«

»Vor zwei Tagen hat jemand ein Päckchen im Hotel für ihn abgegeben«, fuhr Frank fort.

»Ich nehme an, der Inhalt war weniger erfreulich«, vermutete Nick mit skeptischer Miene.

»Das kann man wohl sagen. Der Inhalt war das Gegenteil von dem, was die verheißungsvolle Verpackung versprach: eine frische Schweinenase.«

»Das ist ja ekelhaft!« Uwe verzog angewidert das Gesicht.

»Könnte ein erster Hinweis darauf sein, dass er sich eine blutige Nase holt.« Nick legte nachdenklich die Stirn in Falten.

»Möglich. Gestern Morgen erreichte ihn eine weitere Sendung.«

»Ein Ohr?«

»Nein. Diesmal war es ein blutiges Schweineherz mit einem Loch in der Mitte.«

»Die Botschaft ist eindeutig, wenn man bedenkt, was anschließend passiert ist. Erst warnt er ihn zweimal und dann vollendet er sein Werk. Er will jemanden rächen, das steht für mich außer Frage. Aber wen und warum?«

»Das sehe ich genauso wie Nick. Leider können wir Jörg Neritz momentan nicht dazu befragen. Er befindet sich nach wie vor in einem sehr kritischen Zustand. Die Ärzte haben ihn in ein künstliches Koma versetzt. Die Klinik hat mich vor wenigen Minuten angerufen.«

Für einen Moment sagte keiner der drei Männer ein Wort.

»Jörg hat ein Anwesen in Keitum gekauft. So gut wie jedenfalls. Das hat er mir gegenüber erwähnt«, sagte Frank.

»Damit ist er einer von vielen. Hier wechselt beinahe täglich ein Haus den Besitzer«, entgegnete Uwe unbeeindruckt.

Man konnte Frank anmerken, dass er nach den richtigen Worten suchte. »Die Eigentümerin des Hauses ist kürzlich verstorben. Sie hieß Johanna Holmers.«

»Wie bitte?« Uwe sah Frank entgeistert an.

Nicks Mienenspiel nach zu urteilen, war er von der Tatsache ebenso überrascht wie sein Freund und Kollege.

»Wenn ich mich recht erinnere, war er mit dabei, als ihr der Frau Erste Hilfe geleistet habt. Dann stirbt die Frau, und Neritz kauft anschließend ihr Haus? Das klingt beinahe wie Mord auf Bestellung.« Nick schüttelte fassungslos den Kopf.

»So weit würde ich nicht unbedingt gehen, aber seltsam ist das durchaus. Neulich, als er den Kauf der Immobilie gefeiert hat, hatte er ziemlich viel getrunken und hat merkwürdige Äußerungen von sich gegeben. Ich habe zunächst angenommen, das Päckchen sei der Grund für seinen übermäßigen Alkoholgenuss, aber dann …«

»Was dann, Frank? Versuch bitte, dich genau zu erinnern«, forderte Nick ihn auf.

»Er hat so ein albernes Lied angestimmt. So ähnlich wie ›Summ, summ, summ, Bienchen summ herum‹. Kennst du das alte Kinderlied noch?«

»Daran kann ich mich sogar noch erinnern!«, warf Uwe ein.

»Da kam mir der Gedanke mit der Frau und der Wespenattacke«, erinnerte sich Frank.

»Du glaubst, er hat etwas mit der Sache zu tun?«

»Als ich ihn damit konfrontiert habe, ist er nicht weiter darauf eingegangen.«

»Nehmen wir an, Frau Holmers und Eddie Schmidtke stehen in irgendeinem Verhältnis zueinander. Dann würde der Angriff auf Neritz sehr wohl einen Sinn ergeben«, wagte Uwe eine Theorie.

»Schmidtke macht Neritz für ihren Tod verantwortlich. Das klingt einleuchtend. Die Sache hat bloß einen Haken«, gab Nick zu bedenken.

»Der wäre?«

»Woher sollte Schmidtke gewusst haben, dass Neritz der potenzielle Käufer der Immobilie ist?«, stellte Nick die Frage in den Raum. »Und wer hat das Medikament manipuliert? Sollte es Neritz gewesen sein, hätte er dafür in ihr Haus eindringen müssen.«

»Oder er hatte einen Komplizen, der das für ihn erledigt hat«, ergänzte Uwe.

»Frank, hat dein Freund mal den Namen Jana Rabe erwähnt?«, wollte Nick wissen.

»Nicht, dass ich wüsste. Den Namen habe ich noch nie

gehört. Aber Jörg und Frauen – das ist ein Kapitel für sich.«
Frank zog gequält einen Mundwinkel hoch.

»Ich denke, wir sollten zunächst herausfinden, ob zwischen Schmidtke und der verstorbenen Holmers eine Verbindung besteht«, schlug Nick vor. Im selben Augenblick klingelte sein Handy. »Was? Wartet auf mich, ich bin in zehn Minuten da!«

»Ist was mit Christopher?«, fragte Uwe.

»Nein, erkläre ich dir später!« Dann stürmte er aus dem Zimmer.

KAPITEL 56

»Halt! Polizei! Drehen Sie sich langsam zu mir um!«

Das hatte mir gerade noch gefehlt. Umständlich bugsierte ich das zweite Bein über den Fenstersims und wäre um Haaresbreite an einem Rosenstrauch hängen geblieben. Dann drehte ich mich langsam um.

»Hören Sie, ich kann das alles erklären. Ich …«, begann ich, als hinter dem Streifenpolizisten ein zweiter auftauchte. Oliver Mirske.

»Anna?« Seinem anfänglichen Stutzen folgte ein amüsiertes Grinsen.

»Es ist anders, als du denkst«, setzte ich zu meiner Verteidigung an.

Olivers eifriger Kollege wollte mir Handschellen anlegen, doch Oliver hielt ihn ab. »Lass mal, das ist schon okay. Mensch, Anna! Die Nachbarn haben uns gerufen, weil hier angeblich jemand eingebrochen sein soll.«

»Offensichtlicher geht es wohl kaum«, bemerkte der junge Kollege.

»In diesem Fall liegt ein Missverständnis vor. Anna ist keine Einbrecherin, Maurizio. Sie steckt nur gerne mal ihre Nase in Angelegenheiten, die sie nichts angehen. Ich bin gespannt, was es dieses Mal ist. Anna?« Die beiden Polizisten sahen mich erwartungsvoll an.

»In dem Haus war ein fremder Mann. Ich habe ihn zwar nicht gesehen, weil ich mich versteckt habe, aber gehört. Er hat telefoniert.«

»Interessant.«

»Glaubst du mir nicht?«

»Doch, doch«, versicherte Oliver halbherzig. »Hast du irgendwelche Einbruchspuren entdecken können?«, fragte er an seinen Kollegen gewandt, der verneinend den Kopf schüttelte. »Dann hast du ihn reingelassen, oder was?«

»Mehr oder weniger«, antwortete ich und erläuterte, wie es dazu gekommen war.

»Oh, Anna. Das kannst du gleich alles Nick erzählen.« Mit diesen Worten scrollte er auf seinem Smartphone nach Nicks Nummer.

»Muss das unbedingt sein?«

»Es muss.«

»Anna!« Nick kam mit raumgreifenden Schritten auf mich zu. Sein Gesichtsausdruck verriet, dass er nicht sonderlich gut gelaunt war. »Was machst du hier? Was hattest du in dem Haus zu suchen?«

»Ich glaube, wir werden nicht länger gebraucht«, bemerkte Oliver und gab Maurizio das Zeichen zum Aufbruch.

»Ich wollte nur etwas überprüfen«, erwiderte ich kleinlaut.

»Und dafür steigst du in ein fremdes Haus ein und löst einen Polizeieinsatz aus? Was hast du dir bloß dabei gedacht?«

Selten hatte ich Nick mir gegenüber verärgerter erlebt.

»War nicht die stärkste Idee, hm?«

»Allerdings. Du kannst von Glück reden, dass Oliver gekommen ist und nicht irgendein anderer Kollege, der dich nicht kennt.«

»Es tut mir ehrlich leid, Nick. Ich wollte ganz bestimmt keinen Ärger machen«, entschuldigte ich mich, während wir zu unseren Autos gingen.

»Das weiß ich. Hast du wenigstens gefunden, wonach du gesucht hast?«, fragte er. Ich merkte an seinem Tonfall, dass sich sein Zorn langsam legte.

»Frau Holmers hatte einen Vertrag mit einem Pflegedienst abgeschlossen.« Nick sah mich im ersten Moment irritiert an. »Bei Femke Breeker habe ich den gleichen Vertrag gefunden. Sie hatte ihn aber nicht unterzeichnet.«

»Soll das heißen, du bist auch in ihr Haus widerrechtlich eingedrungen?«

»Nein, natürlich nicht!«

»Natürlich nicht, was für ein absurder Gedanke!«

»Das war gerade unfair! Ich war mit Tina dort, um noch ein paar Sachen zu holen. Das weißt du doch. Er ist uns zufällig in die Hände gefallen.«

»Verstehe, zufällig.« Nick wirkte nicht besonders überzeugt.

»Ich bin mit dem Vertrag zu Doktor Herdenrodt nach Keitum gefahren, weil Femke einen Termin mit ihm vereinbart hatte, den sie allerdings nicht mehr wahrnehmen konnte. Zu diesem Zeitpunkt war sie bereits tot.«

»Was wolltest du von ihm?«

»Ich dachte, er könnte mir sagen, ob sie mit ihm über den Vertrag reden wollte.«

»Wollte sie?«

»Genau wusste er das nicht. Jedenfalls hat er sich das Dokument angesehen. Auf den ersten Blick scheint alles in Ordnung zu sein.«

»Wozu dann der ganze Stress, wenn doch alles okay ist?« Sein Ärger schien erneut aufzuflammen.

»Mit der Unterschrift hätte sie nach ihrem Tod ihr gesamtes Vermögen an den Vertragspartner überschrieben.«

»Ach, das klingt allerdings interessant.«

»Finde ich auch, zumal ich nicht die Einzige war, die sich in Frau Holmers Haus umgesehen hat. Während ich dort war, ist ein Mann erschienen. Habe ich Oliver eben schon gesagt.«

»Kannst du den Mann näher beschreiben?«

»Nein, ich habe bloß seine Stimme gehört, als er telefoniert hat. Damit ich ihm nicht direkt in die Arme laufe, habe ich mich in einer Abstellkammer versteckt. Der Stimme nach zu urteilen, muss er jünger gewesen sein.«

»Mensch, Anna! Das war wirklich leichtsinnig. Was hättest du gemacht, wenn er dich entdeckt hätte?«

»Hat er aber nicht.«

Nick schloss mich in die Arme und stützte sein Kinn auf meinen Kopf. »Zum Glück«, konnte ich ihn murmeln hören. Dann löste er sich von mir. »Hast du den Vertrag noch?«

»Nein, den von Frau Holmers habe ich nicht mitgenommen und den von Femke in der Anwaltskanzlei gelassen. Allerdings habe ich vorhin Fotos davon gemacht.« Triumphierend hielt ich ihm mein Handy vor die Nase.

»Gut. Kannst du mir die Bilder gleich schicken?«

»Mach ich.«

Nick sah erst auf die Uhr, dann mich erschrocken an. »Wir haben Christopher vergessen!«

»Yannicks Mutter holt die beiden heute ab und bringt sie anschließend zum Fußballtraining. Das haben wir schon letzte Woche abgesprochen«, erinnerte ich ihn.

»Ach ja, das hatte ich nicht mehr auf dem Schirm. Jetzt muss ich zurück ins Büro.«

»Ich habe auch noch einiges zu erledigen.«

»Bis später!« Er drückte mir einen flüchtigen Kuss auf die Wange.

»Nick?«

»Ja?«

»Meinst du, ich bekomme im Nachhinein Ärger?« Dieser Gedanke verursachte mir Unbehagen.

»Ich regle das schon. Aber ab sofort hältst du dich aus allem raus, okay?«

»Okay. Danke.«

KAPITEL 57

»Anna hat *was* gemacht?«

»Sie hat Glück gehabt, dass Oliver sie sofort erkannt hat und die Sache auf sich beruhen lässt. Allerdings hat Anna eine interessante Entdeckung gemacht, der wir nachgehen sollten.« Nick zeigte Uwe die Aufnahmen, die Anna ihm weitergeleitet hatte, und berichtete von ihrem Gespräch mit Doktor Herdenrodt.

Uwe kam zu dem Schluss: »Das ist kein Beweis für eine Straftat.«

»Ungewöhnlich ist das trotzdem, das musst du zugeben. Hast du dir außerdem das Datum auf dem Vertrag angesehen?«

»Darauf habe ich nicht geachtet. Was ist damit?«

»Kurz nachdem Johanna Holmers den Vertrag unterschrieben hat, wird sie von Wespen angegriffen. Das lebensrettende Medikament wurde manipuliert, später erliegt sie ihren Verletzungen. Sorry, Uwe, aber für mich klingt das nicht nach einem Zufall.«

»Nach einer Verkettung unglücklicher Umstände klingt das für mich auch nicht, aber wie willst du das beweisen? Wenn ich dich richtig verstanden habe, hatte Femke Breeker nicht unterschrieben und ist trotzdem gestorben, an Herzversagen«, gab Uwe zu bedenken.

»Was wäre, wenn in diesem Fall auch jemand nachgeholfen hätte?«

»Das ergibt doch keinen Sinn. Hätte sie zuvor diesen Vertrag unterschrieben, würde ich dir recht geben. Aber so?«

»Vielleicht sollte sie gar nicht sterben, sondern lediglich ein bisschen unter Druck gesetzt werden.«

Uwe stieß hörbar die Luft aus. »Da bewegen wir uns auf sehr dünnem Eis. Wie willst du das Achtermann plausibel rüberbringen? Nein, Nick, das sind vage Vermutungen, die sich nicht belegen lassen. Damit kommen wir kein Stück weiter.«

Jemand klopfte an der Zimmertür.

»Herein!«, rief Uwe. Ein Mann mit blonden Haaren steckte seinen Kopf zögerlich durch den Türspalt. »Kommen Sie ruhig näher, wir beißen nicht.«

»Moin, bin ich hier richtig bei den Kriminalkommissaren Wilmsen und Scarren?« Der Mann war von ausgesprochen dünner Statur, seine Gesichtsfarbe war äußerst blass und wirkte beinahe durchsichtig.

»Bei uns sind Sie goldrichtig. Was können wir für Sie tun?«

»Mein Name ist Hauke Jobst, ich bin mit dem Nachlass von Marga Lornsen betraut.« Während er sprach, zog er ein Stück Papier aus der Jackentasche, faltete es auseinander und reichte es Uwe. »Frau Lornsen ist kürzlich bei einem Autounfall ums Leben gekommen. In ihrem Testament hat sie verfügt, dass ihr gesamter Besitz einer Tierschutzorganisation zugutekommt, damit ihr Hund Rollo abgesichert ist.« Ein schwer einzuschätzender Ausdruck lag auf seinem Gesicht.

»Wir hörten davon«, bestätigte Uwe und überflog das Schriftstück. »Wo liegt das Problem?«

»Nun ist ihr Haus verkauft worden.«

»Natürlich können Sie das Haus verkaufen, sofern dies nicht anders verfügt wurde«, fasste Uwe zusammen. »Ich verstehe daher nicht, wie wir Ihnen in der Sache behilflich sein sollten.«

»Nein, nein, ich fürchte, da habe ich mich missverständlich ausgedrückt. Nicht ich habe das Haus verkauft. Das ist ja das Problem«, betonte der unscheinbare Mann.

»Sondern? Herr Jobst, könnten Sie sich bitte etwas präziser ausdrücken? Wir haben momentan nur wenig Zeit.« Uwe war bemüht, freundlich zu bleiben.

»Auf dem Grundstück von Frau Lornsen sind Leute aufgetaucht und haben behauptet, die rechtmäßigen Eigentümer zu sein. Als ich sie gefragt habe, wie sie zu der Annahme kommen, haben sie mich an ein Maklerbüro verwiesen. Das Büro hat mir einen Vertrag vorgelegt, aus dem hervorgeht, dass Frau Lornsen einer Firma in der Schweiz ihr gesamtes Vermögen vermacht haben soll. Das ist unmöglich! Ich habe mit Marga damals darüber gesprochen. Gott hab sie selig!«, murmelte er ehrfürchtig. »Außerdem wurde das Testament auf seine Rechtmäßigkeit hin überprüft. Der Erbschein wurde ebenfalls beantragt.«

»Haben Sie eventuell eine Kopie des Vertrages?«, erkundigte sich Nick.

»Ja, hier, bitte! Ich habe mich sofort an das Nachlassgericht gewandt, aber dort sagte man mir, dass mittlerweile ein zweiter Erbschein beantragt wurde. Die Überprüfung würde eine gewisse Zeit in Anspruch nehmen. Wie lange genau, konnten sie allerdings nicht sagen. Ich fürchte, bis dahin sind die angeblichen neuen Besitzer längst in das Haus eingezogen. Sie haben sogar schon eine Gartenbaufirma mit der Umgestaltung des Grundstückes beauftragt!«

»Ich verstehe, dass diese Entwicklung äußerst unerfreulich ist, aber ich fürchte, wir können Ihnen nicht weiterhelfen«, versuchte Uwe dem Mann klarzumachen.

Doch dieser machte keine Anstalten, zu gehen oder die

Angelegenheit auf sich beruhen zu lassen. Das Gegenteil war der Fall.

»Ich bin überzeugt, es handelt sich um Betrug. Zählt dies nicht zu den Aufgaben der Polizei, sich solcher Dinge anzunehmen und ihnen nachzugehen?« Ein stiller Vorwurf schwang in seinen Worten mit.

»Können Sie uns den Namen des Maklers nennen?«, wollte Nick wissen.

»Bei dem Makler handelt es sich jedoch nicht um den Vertragspartner, dies ist ein Pflegedienst. Das Erbe geht wiederum an eine Servicegesellschaft, die im Vertrag festgelegt wurde. Meines Erachtens stinkt das zum Himmel! Den Namen des Maklers kann ich Ihnen selbstverständlich geben.«

Nick und Uwe sahen einander vielsagend an.

»Bitte hinterlassen Sie uns eine Telefonnummer, unter der wir Sie erreichen können. Wir melden uns, wenn wir etwas in Erfahrung bringen.« Nick versuchte, nicht zu optimistisch zu klingen, um keine allzu großen Erwartungen zu wecken.

»Haben Sie vielen Dank und einen angenehmen Tag«, verabschiedete sich Hauke Jobst und huschte aus dem Zimmer.

»Glaubst du noch immer an einen Zufall?« Nick hatte sich vor seinen Computer gesetzt und begann, im Internet nähere Informationen über die Servicegesellschaft in Erfahrung zu bringen.

»Nein. Dieser Jobst hat recht, an der Sache ist etwas faul, und das werden wir herausfinden.«

Reimers platzte ohne Vorankündigung in das Büro.

»Moin, Kollegen! Wie weit ist der Fall Golfplatz fortgeschritten?« Er klatschte in die Hände.

»Wir arbeiten mit Hochdruck daran«, gab Uwe schmal-lippig zurück.

»Das will ich hoffen. Was ist das?« Er trat einen Schritt näher an Nicks Schreibtisch heran und warf einen flüch-tigen Blick auf die ausgedruckten Seiten, die ihnen der durchsichtig wirkende Mann dagelassen hatte. »Pflege-dienst? Na, so gebrechlich erscheinen Sie mir beide nicht, als dass Sie sich damit beschäftigen müssten.« Ein spötti-scher Ausdruck lag auf seinem Gesicht. Dann musterte er Nick eingehend. »Würden Sie Ihre Privatangelegenheiten bitte zukünftig außerhalb der Dienstzeit legen? Danke.«

»Die Unterlagen sind Bestandteil von Ermittlungsarbei-ten«, wehrte Nick den Vorwurf ab.

»Auch gut. Schaffen Sie mir endlich das Motiv von dem Golfplatzschützen heran! Und möglichst zeitnah.«

Uwe wollte gerade intervenieren, doch Reimers ließ ihn nicht zu Wort kommen. »Wie Sie das anstellen, ist mir egal. Ich will den Fall gelöst haben, und zwar so schnell wie möglich. Ich hoffe, wir sind uns diesbezüglich einig?«

»Wir können nicht hexen. Wenn Sie uns mehr Leute zur Seite stellen würden, kämen wir schneller voran und müssten uns nicht mit jedem Mist rumschlagen.« Uwe schleuderte dem Dienststellenleiter seinen Frust ungefil-tert entgegen.

Reimers wirkte im ersten Moment überrascht, dann reckte er das Kinn und holte tief Luft. »Ich werde sehen, was sich machen lässt.« Dann machte er auf dem Absatz kehrt und verließ das Büro.

»Täusche ich mich oder schaufelst du dir gerade dein eigenes Grab?«, bemerkte Nick.

»Und wenn schon. Der Typ geht mir einfach mächtig auf den Zeiger.«

KAPITEL 58

Nachdem ich mit den Hunden eine Runde gelaufen war, wollte ich mich auf den Weg machen, um Christopher vom Fußballtraining abzuholen, als er sich telefonisch meldete.

»Mama? Darf ich heute bei Yannick schlafen? Bitte!«

»Hast du Yannicks Mutter gefragt?«

»Ja«, beteuerte er.

»Na, dann gib sie mir mal!«

»Okay, tschüss, Mama!«

Er reichte den Hörer an Yannicks Mutter weiter, mit der ich alles Weitere besprach. Da ich mir den restlichen Nachmittag jetzt frei einteilen konnte, beschloss ich, nach Westerland zu fahren, um etwas Besonderes zum Essen zu besorgen. Zum einen waren Nick und ich überraschend zu einem kinderlosen Abend gekommen, zum anderen hatte ich bei ihm noch etwas gutzumachen wegen der vermeintlichen Einbruchsache in Keitum. Ich packte meinen Einkaufskorb in das Auto und fuhr los. Als ich aus dem Supermarkt kam, hatte sich der Himmel zugezogen und der Wind aufgefrischt. Meine nackten Arme wurden von einer leichten Gänsehaut überzogen. Auf dem Rückweg legte ich einen Zwischenstopp in einer Weinhandlung ein, um eine Flasche Weißwein für heute Abend zu besorgen, den ich kaltstellen musste, sobald ich zu Hause war. Auf der Rückfahrt fiel mir auf, dass Ava sich nicht mehr gemeldet hatte. Daher beschloss ich, ihr später einen Besuch abzustatten. Vorher würde ich bei der *Konditorei Ingwersen* ein Stückchen Kuchen besorgen und sie damit überraschen.

Nachdem ich alle meine Einkäufe weggeräumt hatte, schwang ich mich auf mein Rad und fuhr zum Haus der Carstensens. Unsere Hunde Pepper und Chili nahm ich mit. Sie liefen für ihr Leben gern neben dem Fahrrad her. Von Südwesten zog eine dunkle Wolkenfront auf. Der Wind hatte in der letzten Stunde an Stärke zugenommen, sodass ich kräftig in die Pedale treten musste, um voranzukommen. Gerade als ich das Reetdachhaus der Carstensens erreicht hatte und mein Fahrrad durch die Gartenpforte schob, bemerkte ich ein junges Paar auf der gegenüberliegenden Straßenseite. Sie schlenderten händchenhaltend die Straße entlang, ohne mir Beachtung zu schenken. Nachdenklich sah ich ihnen nach und hätte schwören können, die beiden vorher schon einmal gesehen zu haben. Ich konnte mich jedoch nicht erinnern, wann und wo das gewesen war. Nachdem Ava auf mein Klingeln nicht reagiert hatte, warf ich einen Blick in den Garten. Die Hunde rannten vorneweg. Doch auch im Garten fehlte von Ava jede Spur. Wahrscheinlich wäre es schlauer gewesen, ich hätte meinen Besuch angekündigt. Nun würde ich unverrichteter Dinge zurück nach Hause fahren. Plötzlich sah ich vor mir auf dem Boden etwas im Gras liegen. Ich bückte mich, um es aufzuheben, und hielt eine Streichholzschachtel in der Hand. Der markante Schriftzug auf der Schachtel fiel mir sofort auf. Die gleiche Streichholzschachtel hatte ich damals auf Femkes Grundstück gefunden, als ich dem unbekannten Eindringling gefolgt war. Wer hatte sie hier verloren? Ava gehörte sie ganz bestimmt nicht, davon war ich überzeugt. Ehe ich länger darüber nachdenken konnte, hörte ich Pepper abwechselnd bellen und winseln. Ich sah mich nach ihm um und folgte den Lauten. Chili kam in geduckter Haltung auf mich zu und wollte sich hinter mir verstecken.

»He, was ist denn los?« Ich streichelte ihr über den Kopf.

Eine kräftige Windbö peitschte mir das Haar ins Gesicht, als ich um die Ecke bog, sodass ich für einen winzigen Augenblick nichts sah. Peppers Gebell wurde lauter und kam von der Vorderseite des Hauses. Bevor ich ihn erblickte, stieg mir plötzlich Brandgeruch in die Nase. Sofort sprintete ich los. Aus dem Inneren der Garage drang Qualm. Pepper kratzte winselnd mit den Vorderpfoten an dem hölzernen Garagentor. Ich wählte umgehend den Notruf der Feuerwehr und rannte anschließend auf das verschlossene Tor zu.

»Ava? Bist du da drin?«, schrie ich, erhielt jedoch keine Antwort. Ich wollte das Tor öffnen, doch es gelang mir nicht. Durch die Hitze hatte es sich offenbar verzogen und klemmte. Der Rauch in dem Gebäude wurde mit jeder Sekunde dichter. Ich lief zum Seitenfenster, um einen Blick in das Innere zu erhaschen. Da! Ava lag zwischen heruntergestürzten Regalbrettern und bewegte sich nicht. Um sie herum schlugen Flammen hoch und breiteten sich rasant aus. In meiner Verzweiflung griff ich nach einer Harke, die an der Hauswand lehnte, und schlug die Scheibe ein.

»Ava! Wach auf!«, schrie ich verzweifelt.

Ich sah, dass sie sich bewegte.

»Ava! Ich bin hier!«, rief ich abermals.

Sie hörte mich nicht, sondern hielt sich schützend die Hände vor das Gesicht. Sie wirkte orientierungslos. Durch das Fenster würde sie den Flammen nicht entkommen können, dafür war es zu schmal. Ich lief zurück zum Garagentor. Mit der Wucht meines Körpergewichtes warf ich mich dagegen. Die Sirene der Morsumer Feuerwehr heulte. Jetzt würde es nicht mehr lange dauern und Rettung würde eintreffen. Bis dahin musste ich alles daransetzen, Ava zu helfen. Jede Sekunde zählte. Aus der Nachbarschaft kam mir niemand zu Hilfe. Das nächste Gehöft lag ungefähr 100 Meter entfernt und war vor Kurzem zu einem Feriendomizil umgebaut worden. Auf einmal hörte ich die Motorengeräusche eines Traktors. Der Fahrer war ausgestiegen und kam aufgeregt auf mich zugelaufen. Es war Sönke Hinrichs, ein Landwirt aus der Nachbarschaft.

»Hilf mir!«, rief ich ihm zu.

»Ist da jemand drin?«, fragte er und deutete zu der brennenden Garage. Mittlerweile leckten die Flammen bereits an dem reetgedeckten Dach.

»Ja, Ava ist da drin! Ich kann sie nicht rausholen, die Tür klemmt!«

Sönke zögerte keine Sekunde, rannte zurück zu seinem Fahrzeug und fuhr damit die Auffahrt entlang bis zur Garage. Er sprang aus dem Führerhaus und befestigte das eine Ende eines dicken Seils am Trecker und das andere am Garagentor. »Geh zur Seite!«, forderte er mich auf, legte den Rückwärtsgang ein.

Ich ging ein paar Meter zurück und hielt Pepper zurück, der aufgeregt bellte, während sich Chili verängstigt unter einem Busch neben dem Haus versteckt hatte. Mit lautem Krachen wurde das Tor aus der Verankerung gerissen, als handle es sich um Spielzeug. In diesem Moment fiel mein Blick auf die Regentonne neben der Hauswand. Ohne zu zögern, kletterte ich in das kalte Wasser, tauchte einmal komplett unter und rannte dann in die Garage.

»Anna! Du kannst da nicht rein!«, hörte ich den Landwirt rufen, doch ich stand bereits inmitten der von dichtem Rauch erfüllten Garage. Die enorme Hitze brannte in meinen Augen, das Atmen war nahezu unmöglich. Ich hielt schützend eine Hand vor Mund und Nase, dann entdeckte ich Ava, die auf dem Boden lag. Ich fasste ihre Arme, als ich hinter mir Sönke bemerkte. Gemeinsam trugen wir Ava ins Freie. Wir hatten das Gebäude kaum verlassen, als eines der Regale krachend zu Boden fiel. Die Feuerwehr traf in diesem Moment ein und begann, den Brand zu löschen, während die Rettungssanitäter die verletzte Ava versorgten. Sie wurde mit dem Rettungswagen umgehend in die *Nordseeklinik* gebracht.

»Sie sollten sich vorsichtshalber auch in der Klinik behandeln lassen«, meinte die Sanitäterin und reichte mir eine Wasserflasche.

»Nein, ich bin okay. Ehrlich.« Meine Kehle fühlte sich trocken an, meine Augen brannten von dem Qualm und der Hitze. Die Hunde lagen zu meinen Füßen und wichen mir nicht mehr von der Seite.

»Ihre Entscheidung, ich kann Sie nicht zwingen.« Sie zuckte die Schultern. »Und was ist mit Ihnen?«, fragte sie Sönke, der neben mir saß.

»Mir geht es auch gut«, beteuerte dieser.

»Stures Friesenvolk«, konnte ich die Sanitäterin sagen hören, als sie ihre Tasche zusammenpackte.

»Das war mutig von dir, aber auch ziemlich leichtsinnig«, bemerkte Sönke und hielt die kleine Flasche Wasser zwischen seinen kräftigen Fingern, in denen sie wirkte, als stamme sie aus einem Kaufmannsladen für Kinder.

»Du bist ja auch da reingegangen.«

»Stimmt auch wieder.« Der Anflug eines Lächelns huschte über sein Gesicht, bevor er einen Schluck Wasser trank.

»Danke. Ohne deine Hilfe hätte ich es nicht geschafft.«
Dieser Gedanke ließ mich innerlich frösteln.

»Das ist doch selbstverständlich. Ich hoffe, Ava ist bald über den Berg.«

Wortlos drehten wir die Köpfe zu der zerstörten Garage. Der Feuerwehr war es gelungen, den Brand zu löschen und ein Übergreifen auf das Wohnhaus zu verhindern. Morgen würden Experten die Brandursache ermitteln müssen. Die ersten Regentropfen fielen vom Himmel, doch das nahm ich fast nicht wahr. Meine Gedanken waren bei Ava.

KAPITEL 59

»Uwe? Ich sehe mir gerade diese Unternehmensgruppe näher an, zu der auch dieser Pflegedienst gehört, mit dem Marga Lornsen den Vertrag abgeschlossen hatte. Die sitzt tatsächlich in der Schweiz, so wie der Jobst gesagt hat.«

»Kommt Jörg Neritz nicht auch aus der Schweiz?« Uwe packte ein süßes Teilchen aus, das er sich beim Bäcker um die Ecke gekauft hatte.

»Das ist korrekt. Er hat dort eine Privatklinik. Die wird hier allerdings nicht erwähnt.«

»Ich halte es für besser, wir konzentrieren uns erst mal auf den Golfplatz-Fall, so wie Reimers wünscht.« Bei der Erwähnung des Namens ihres Dienststellenleiters zog Uwe eine Grimasse.

»Gleich, ich will das eben noch zu Ende bringen.«

»Ich habe übrigens zwischenzeitlich unsere beiden Frischlinge damit beauftragt, Schmidtkes Umfeld näher zu beleuchten. Familie, Freunde ... Du weißt schon, das Übliche. Vielleicht können sie nähere Hinweise zu der Frau, von der er die ganze Zeit gesprochen hat, finden.« Uwe biss genussvoll in das Gebäck, das dick mit Zuckerguss bestrichen war. Etwas davon blieb an seinem Bart hängen.

»Du siehst aus wie der Weihnachtsmann.« Nick grinste schief.

»Sehr witzig.«

»Hast du schon eine Rückmeldung erhalten?«

»Nö.« Er schluckte den ersten Bissen hinunter und wischte sich die klebrigen Finger an einer Papierserviette ab. »Ich rufe mal an.« Dann griff er nach dem Hörer.

Wenig später standen Hubsy Westermann und Maurizio Ferrara bei ihnen im Büro.

»Was habt ihr herausgefunden?« Uwe faltete seine Hände vor dem Bauch zusammen und ließ angestrengt seine Daumen kreisen.

Hubsy ließ Maurizio den Vortritt. »In der Kürze der Zeit war es nicht viel, was wir in Erfahrung bringen konnten. Eddie Schmidtke lebt allein, seit er vor acht Jahren geschieden wurde. Seine Ex lebt in Heidelberg. Wir haben mit ihr telefoniert. Laut ihrer Aussage haben die beiden quasi keinen Kontakt mehr.«

»Gut. Kinder?«, hakte Uwe nach.

»Fehlanzeige. Seine Eltern sind bereits verstorben. Aber er hatte eine jüngere Schwester, Silke Schmidtke.«

»Wieso hatte? Lebt sie nicht mehr?«, erkundigte sich Nick und ließ leicht die Schultern kreisen, um die Nackenverspannungen zu lösen.

»Nein, das ist ziemlich tragisch gewesen, denn sie hat sich vor circa einem halben Jahr das Leben genommen«, bestätigte Hubsy.

»Weiß man, warum sie das getan hat?«

»Frau Bänder, also Schmidtkes Ex-Frau, hat erzählt, dass sie die Folgen eines ärztlichen Kunstfehlers nicht länger ertragen konnte und deshalb Suizid begangen hat. Sie muss ziemlich verzweifelt gewesen sein.« Maurizio blickte betroffen in die Runde.

»Handelt es sich dabei zufällig um eine misslungene Nasen-OP?« Alle Augenpaare richteten sich auf Nick. »Nase! Versteht ihr? Jörg Neritz betreibt in der Nähe von Zürich eine exklusive Privatklinik für Schönheitschirurgie. Von Schmidtke stammten vermutlich auch die blutigen Souvenirs.« Das letzte Wort versah Nick mit imaginären Anführungszeichen.

»Logisch, er hat ihm die Schweinenase und das Herz geschickt, um ihm zu drohen! Ich fasse zusammen: Schmidtkes Schwester hat sich die Nase machen lassen, Neritz hat es vermasselt, daraufhin nimmt sie sich vor Verzweiflung das Leben, und Schmidtke gibt Neritz die Schuld an ihrem Tod. Er will sie rächen, indem er auf Neritz schießt. Eigentlich ganz simpel.«

»Klingt jedenfalls plausibel«, gab Hubsy zu.

»Erstklassige Arbeit, Leute! Los, Nick, lass uns in die Klinik fahren. Mal sehen, was Schmidtke dazu zu sagen hat.« Uwe schwang sich von seinem Stuhl auf.

»Moin, Herr Schmidtke!«

Uwe und Nick betraten das Zimmer, vor dem nach wie vor ein Polizist Posten bezogen hatte.

»Sie schon wieder«, maulte Eddie Schmidtke, als er die beiden erblickte. »Den Weg hätten Sie sich sparen können, ohne meinen Anwalt sage ich nichts. Daran hat sich nichts geändert.« Er klappte die Zeitschrift zu und ließ sie auf der Bettdecke liegen.

»Schön, dass es Ihnen mittlerweile besser geht«, konterte Uwe und warf einen Blick auf das Titelbild des Magazins. »Ah, Sie interessieren sich für den Angelsport. Soll ja nicht so gefährlich sein wie beispielsweise Golfen.«

Schmidtke reagierte mit einem abfälligen Brummen und sah demonstrativ in eine andere Richtung.

»Herr Schmidtke, wir sind gekommen, um noch einmal mit Ihnen über die Ereignisse auf dem Golfplatz zu sprechen. Da Sie allerdings nicht gewillt sind, uns den Grund zu nennen, weshalb Sie Jörg Neritz niedergeschossen haben, würden wir Ihnen gern unsere Theorie vorstellen.« Nick legte eine absichtliche Pause ein, um Schmidtkes Reaktion abzuwarten. Der Wirkung seiner Worte war er sich durchaus bewusst.

Eddie Schmidtke schien im ersten Moment verunsichert zu sein, doch dann entgegnete er in gespielter Gelassenheit: »Ach ja? Schön für Sie.«

»Jörg Neritz ist Schönheitschirurg, wussten Sie das?«, begann Nick und ließ sein Gegenüber währenddessen nicht eine Sekunde aus den Augen.

Schmidtkes Augenlider zuckten verdächtig, aber er schwieg.

»Bei einem seiner Eingriffe soll ihm ein irreparabler Kunstfehler unterlaufen sein. Das kann bedauerlicherweise vorkommen, wenn man bedenkt, wie viele Operationen er in der Vergangenheit durchgeführt hat.«

Bei Nicks Worten krallten sich Schmidtkes Finger regelrecht in die Bettdecke, sein Gesicht bekam eine leichte Rotfärbung. Er schnaubte hörbar. Noch ehe Nick weitersprechen konnte, verlor Eddie Schmidtke die Beherrschung.

»Dieses Dreckschwein! Er hat aus Silke ein Monster gemacht!«, polterte er los und fegte mit dem gesunden Arm alles, was sich auf dem kleinen Tischchen neben ihm befand, zu Boden. Durch das Poltern alarmiert, stürmte der Beamte, der vor dem Krankenzimmer gesessen hatte, herein.

»Alles okay!«, signalisierte ihm Uwe, worauf er den Raum wieder verließ.

»Sie wollten Ihre Schwester rächen. Deshalb haben Sie auf Jörg Neritz geschossen. Sie wollten, dass er für seinen Fehler mit dem Leben bezahlt.« Nick sprach bewusst ruhig.

Eddie Schmidtke schien mit einem Mal in sich zusammenzufallen, in seinen Augen standen Tränen, sein Körper begann zu zittern.

»Ich wollte nicht, dass sie diese Operation machen lässt. Sie war schön, wie sie war. Aber dieser Neritz …«, er spie den Namen aus, als sei er toxisch, »hat ihr eingeredet, er könne ihr helfen. Ihr zu einem selbstbewussteren Leben verhelfen. Pah!« Er zog lautstark die Nase hoch. »Er hat ihr das Leben zur Hölle gemacht! Und wissen Sie, was das Schlimmste war?« Die Kommissare sahen ihn erwartungsvoll an. »Er hat seinen Fehler nicht einmal zugegeben. Über 10.000 Euro hat er dafür kassiert, und nicht ein Wort der Entschuldigung ist über seine Lippen gekommen. Von einer Wiedergutmachung oder Schadenersatz ganz zu schweigen. Silke hatte sogar einen Kredit aufgenommen, um die Operation finanzieren zu können. Ich habe ihr von Anfang an abgeraten, aber sie wollte nicht auf mich hören, weil dieser Mistkerl ihr das Blaue vom Himmel versprochen hat.« Schmidtke hatte die Zeitschrift während des Redens derart mit seinen Händen malträtiert, dass sie komplett zerknickt war.

»Mit ihrer Tat haben Sie weder Ihrer Schwester noch sich geholfen«, erwiderte Uwe kühl.

Schmidtke hob den Kopf und sah ihm direkt in die Augen. »Ich wollte Gerechtigkeit. Dass er für sein Handeln büßt. Er soll sich stets daran erinnern.«

»Momentan steht nicht fest, ob Herr Neritz überlebt«, erwiderte Nick nüchtern.

»Na und? Einer weniger, der anderen schaden kann.« Ein verächtlicher Laut entsprang Schmidtkes Kehle.

»Woher hatten Sie die Waffe?«, fragte Uwe, ohne eine Antwort zu erhalten. »Herr Schmidtke, woher hatten Sie die Waffe?«, wiederholte er. Doch der Mann schwieg.

»Sie haben Herrn Neritz mit Anrufen und Nachrichten unter Druck setzen wollen. Später haben sie ihm zwei Päckchen zukommen lassen. Als er sich auch davon nicht hatte einschüchtern lassen, haben Sie sich eine Waffe besorgt und auf ihn geschossen«, konfrontierte Nick ihn mit seiner Theorie.

»Ich weiß nichts von Nachrichten und schon gar nichts von irgendwelchen Päckchen«, behauptete er. Einzig der triumphale Ausdruck, der auf seinem Gesicht lag, verriet, dass dies eine Lüge war.

»Was hätte Herr Neritz Ihrer Meinung nach machen sollen? Was wollten Sie von ihm?«, wollte Uwe wissen.

»Ist das Ihr Ernst?« Er lachte ungläubig, dann streckte

er das Kinn weit nach vorne und zischte: »Seinen Fehler korrigieren, wenigstens finanziell.«

»Hat Ihre Schwester nicht auf Schadenersatz geklagt? Ärzte sind meines Wissens für solche Fälle entsprechend versichert«, warf Nick ein.

»Sie sind echt witzig! Wovon hätte sie sich bitte schön einen Anwalt leisten sollen? Außerdem halten diese Typen doch alle zusammen. Eine Krähe hackt der anderen kein Auge aus. Gucken Sie sich doch diesen Mistkerl Neritz an! Fährt eine teure Harley und kauft sich nebenbei ein Haus auf Sylt! An das ist er auch nur durch seinen Kumpel, diesen Immobilienhai mit seinen dubiosen Geschäftspraktiken, gekommen. Die stecken doch alle unter einer Decke.«

»Wie meinen Sie das? Von wem sprechen Sie?« Nick schenkte Uwe einen verstohlenen Seitenblick.

»Genauso wie ich es sage. Viktor heißt der Kerl. Mehr weiß ich über ihn nicht, interessiert mich auch nicht. Außerdem habe ich sowieso schon viel zu viel gesagt.« An dieser Stelle erklärte er die Konversation für beendet, indem er sich von nun an in Schweigen hüllte und den Blick stur aus dem Fenster richtete.

»Na, der hat sich im Verlauf des Gesprächs als richtige Plaudertasche entpuppt. Das war mehr, als wir erwarten durften.« Uwe grinste zufrieden, als sie durch den nach Desinfektionsmitteln riechenden Stationsflur dem Ausgang entgegensteuerten. »Was ist mit dir? Hörst du mir überhaupt zu?«

»Klar, ich habe nur eben über etwas nachgedacht. Als Schmidtke den Makler erwähnt hat, fiel mir die Aussage von Hauke Jobst wieder ein.«

»Du denkst, wir sollten uns diesen Makler etwas genauer ansehen?«

»Ja, das denke ich. Ich muss unbedingt noch mal mit Frank sprechen, schließlich kennt er diesen Viktor auch. Lass uns gleich bei ihm auf der Station vorbeischauen, vielleicht haben wir Glück und er ist da.«

»Unwahrscheinlich, dass er sich so schnell von der Schussverletzung erholt hat. Trotzdem eine gute Idee.«

Im Schwesternzimmer erkundigten sie sich nach Doktor Frank Gustafson. Dort teilte man ihnen jedoch mit, dass der Arzt noch arbeitsunfähig sei.

»Und nun?«, fragte Uwe, als sie vor ihrem Wagen auf dem Klinikparkplatz standen.

»Wenn es dir nichts ausmacht, würde ich gern bei Jill vorbeischauen. Möglicherweise ist Frank bei ihr.«

»Mach ruhig. Soll ich dich kurz rumfahren?«, bot Uwe an.

»Danke, ich gehe gern ein paar Meter zu Fuß. An der frischen Luft fällt mir das Denken leichter.«

»Wie du willst. Reimers wird erfreut sein zu hören, dass wir einen erheblichen Schritt weitergekommen sind, was das Tatmotiv angeht. Falls Schmidtke keinen Rückzieher macht, wäre der Fall damit quasi gelöst.«

»Und Reimers kürt dich zum Mitarbeiter des Monats.« Nick grinste breit.

»Haha.«

KAPITEL 60

»Mama? Papa? Wo kommt ihr denn her?«, fragte ich überrascht, als ich meine Eltern vor unserer Haustür stehen sah. »Ich dachte, ihr wolltet erst nächste Woche zurückkommen?«

»Anna! Um Himmels willen! Wie siehst du denn aus? Deine Klamotten sind ja klitschnass und voller Dreck.« So, wie meine Mutter mich ansah, musste mein Anblick verstörend wirken.

»Hat es einen Unfall gegeben? Wo sind Nick und Christopher?«, wollte mein Vater wissen.

»Nein, den beiden geht es gut. Lasst uns reingehen, dann erzähle ich euch alles.«

Nachdem ich alle Vorkommnisse geschildert hatte, stand meiner Mutter der Schock ins Gesicht geschrieben. »Das ist ja entsetzlich! Wie geht es Ava jetzt? Wie konnte das passieren?«

»Das weiß ich nicht, Mama. Ava hat eine schwere Rauchgasvergiftung erlitten, das hat der Notarzt gesagt«, berichtete ich und streichelte derweil Pepper, der sich eng an mein Bein schmiegte. Seine rechte Vorderpfote war verbunden, da er sich beim Kratzen an der Tür verletzt hatte. Chili hatte sich erschöpft in ihr Körbchen zurückgezogen.

»Die arme Ava! Als würde es nicht reichen, dass Carsten krank ist, muss auch ihr noch etwas zustoßen.« Meine Mutter gab einen lauten Seufzer von sich. »Hoffentlich kommt sie schnell wieder auf die Beine. Gut, dass wir eher zurückgekommen sind, da können wir sie unterstützen.«

»Warum seid ihr nicht länger in Hannover geblieben?«, fragte ich und spürte, wie die Anspannung langsam von mir abfiel und ich zusehends müder wurde.

»Die vielen Menschen, der dichte Verkehr, der Lärm, das war uns einfach zu viel geworden. Das sind wir nicht mehr gewohnt. Außerdem sind wir ständig von der einen zur anderen Verabredung geeilt. Es wurde höchste Zeit, dass wir nach Hause fahren. Diesen Stress hält man doch nicht aus!«

»Deine Mutter hatte Heimweh«, bemerkte mein Vater mit einem schelmischen Gesichtsausdruck.

»Das stimmt doch gar nicht, Volker!«, protestierte meine Mutter postwendend. »Du siehst, wir werden hier dringend gebraucht. Du siehst ja, was passiert, kaum sind wir weg.«

»Heimweh zu haben, finde ich nicht schlimm. Im Gegenteil. Ich lasse euch jetzt allein, ich muss dringend unter die Dusche und mich umziehen. Alles ist schmutzig und stinkt nach Rauch.« Ich erhob mich und spürte meine Gliedmaßen, die sich so schwer anfühlten, als seien sie aus Blei.

»Geh nur, mein Kind. Aber pass auf, dass dein Verband nicht vollkommen durchnässt wird. Ich glaube nicht, dass das für die Wundheilung besonders förderlich wäre.«

»Ich werde aufpassen«, versprach ich, während mein Vater den Kommentar meiner Mutter mit einem Augenrollen quittierte.

»Sollen wir in der Zeit irgendetwas machen? Wenn wir dich in irgendeiner Weise unterstützen können, sag Bescheid. Wo ist überhaupt Nick? Hast du ihn nicht sofort informiert?«

»Bislang nicht. Er hat momentan unheimlich viel um die Ohren.«

»Na hör mal! Seine Frau steht wohl an erster Stelle«, war meine Mutter dabei, sich aufzuplustern.

»Er kann momentan sowieso nichts ausrichten. Ich bin weder schwer verletzt noch sonst in meiner Bewegungsfreiheit eingeschränkt. Er wird die Geschichte noch früh genug erfahren«, nahm ich meiner Mutter den Wind aus den Segeln und erinnerte mich bei dem letzten Satz an die Episode, als ich für eine mutmaßliche Einbrecherin gehalten wurde. Doch diesen Vorfall ließ ich meinen Eltern gegenüber vorsichtshalber unerwähnt.

Als meine Mutter mir widersprechen wollte, wurde sie schnell von meinem Vater ausgebremst.

»Lass die Kinder selbst entscheiden, Maria. Wir sollten uns nicht einmischen. Wenn Anna unsere Hilfe benötigt, weiß sie ja, wo sie uns findet. Am besten fahren wir nach Hause, wir haben noch nicht einmal alle unsere Sachen ausgepackt.« Beruhigend tätschelte er ihr den Arm und zwinkerte mir aufmunternd zu.

»Also, wenn ich …«

»Maria!«, ermahnte mein Vater sie.

»Ist ja gut.« Sie zog ihren berüchtigten Schmollmund und reckte das Kinn wie immer, wenn sie beleidigt war.

»Ich weiß eure Hilfe wirklich zu schätzen. Danke.«

Nachdem meine Eltern gegangen waren und ich eine ausgedehnte, wohltuende Dusche genommen hatte, rief ich Nick an.

KAPITEL 61

»Nick? Hast du dich verlaufen oder hat Anna dich vor die Tür gesetzt?«, scherzte Jill, als sie ihren Bruder vor der Haustür erblickte.

»Weder noch.«

»Was verschafft mir dann die Ehre? Magst du einen Kaffee? Ich habe gerade welchen aufgesetzt.« Leichtfüßig ging sie vorweg in die Küche.

»Da sage ich nicht Nein. Weißt du zufällig, wo Frank steckt? In der Klinik ist er nicht, und telefonisch konnte ich ihn auch nicht erreichen. Sein Handy ist ausgeschaltet.«

»Und da hast du kombiniert, er ist bei mir?« Sie warf ihm einen heiteren Blick zu.

»Wäre das so abwegig?« Nick lehnte mit dem Rücken gegen die Arbeitsplatte, sah Jill dabei zu, wie sie den dampfenden Kaffee aus der Kanne in die Becher laufen ließ.

»Ich finde nicht.« Frank erschien in der offenen Küchentür. Sein Haar war feucht, als sei er eben erst der Dusche entstiegen. »Hi, Nick! Wie geht's?«

»Gut. Viel wichtiger ist, was macht dein Arm? Hast du Schmerzen?« Nick deutete auf Franks Oberarm, der von einer Kugel aus Schmidtkes Waffe gestreift worden war.

»Ich bin fast wieder der Alte, im Gegensatz zu Jörg. Sein Zustand ist nach wie vor unverändert kritisch.« Er nahm auf der Bank unter dem Fenster Platz.

»Ich weiß. Mittlerweile wissen wir, weshalb Eddie Schmidtke das getan hat.«

»Hat er sich endlich geäußert? Ich weiß, du darfst nicht darüber reden. Im Grunde ändert das auch nichts an Jörgs momentaner Situation, aber dieser durchgeknallte Typ kommt zumindest nicht ungeschoren davon.«

Für einen Augenblick herrschte nachdenkliches Schweigen.

»Ich will eure Zweisamkeit nicht lange stören. Ich wollte von dir, Frank, wissen, ob du mir mehr zu diesem Freund von Neritz sagen kannst. Diesem Immobilienmakler.«

»Du meinst Viktor Hasselkamp. Viel weiß ich nicht über ihn, nur dass er ebenfalls ein begeisterter Harleyfahrer ist und in der Schweiz lebt. Jörg hat ihn mir bei der *Summertime Party* vorgestellt. Mir erscheint er ein bisschen zu aalglatt und oberflächlich.«

»Daher passt er auch so gut zu Jörg«, konnte sich Jill eine bissige Bemerkung nicht verkneifen.

»Weißt du, ob die beiden auch geschäftlich miteinander zu tun haben?«

»Das kann ich weder bestätigen noch möchte ich es ausschließen. Jörg hat sich jedenfalls von ihm mehrere Immobilien auf der Insel zeigen lassen. Zu einer hatte er mich mitgenommen, das war in Archsum. Letztlich hat er sich aber für ein Haus in Keitum entschieden. Tja, ob er dort jemals einziehen kann, steht wohl in den Sternen.« Frank blickte nachdenklich in den Kaffeebecher zwischen seinen Fingern. »Du fragst das alles aus einem bestimmten Grund. Habe ich recht?«

»Ja. Es gibt einige Ungereimtheiten, denen wir nachgehen müssen.«

»Verstehe. Ich wollte sowieso längst mit dir reden.«

»Da brummt ein Handy«, unterbrach Jill.

»Das ist meines.« Nick zog das Smartphone aus der Hosentasche und sah auf das Display. Annas strahlendes Gesicht lachte ihm entgegen.

»Das war aber ein kurzes Gespräch.« Jill sah ihren Bruder fragend an, als er aufgelegt hatte.

»Anna hat Ava aus einer brennenden Garage gerettet, und ihre Eltern sind zurück. Mehr hat sie mir gerade auch nicht gesagt. Kann ich mir dein Auto leihen?«

»Sicher. Schlüssel liegt auf der Kommode im Flur!«, rief sie ihm nach.

KAPITEL 62

»Du hättest besser auch in die Klinik fahren und dich durchchecken lassen sollen. Eine Rauchgasvergiftung ist nicht zu unterschätzen«, sagte Nick, nachdem ich ihm detailliert geschildert hatte, was passiert war.

»Mir geht es wirklich gut. Morgen muss ich sowieso zum Arzt, damit er sich die Verbrennung am Arm ansehen kann. Ansonsten fehlt mir nichts. Ich mache mir viel mehr Sorgen um Ava.«

»Wie kam es überhaupt zu dem Feuer? Eine Garage fängt nicht aus heiterem Himmel an zu brennen.«

»Das weiß ich nicht. Als ich im Garten nach Ava gesucht habe, stieg mir plötzlich ein Brandgeruch in die Nase, und da habe ich es erst bemerkt. Die Hunde haben es natürlich schneller registriert.«

»Ist Peppers Verletzung schlimm?« Nick sah zu dem Hund, der sich nach wie vor in meiner unmittelbaren Nähe aufhielt, als müsse er mich beschützen.

»Er hat sich den Ballen eingerissen. Die Sanitäterin hat ihm einen Verband angelegt, damit kein Schmutz in die Wunde gerät. Morgen sollen wir ihn abnehmen und gegebenenfalls zum Tierarzt mit ihm gehen, falls es schlimmer geworden ist.«

»Du hast gesagt, die Tür war verschlossen. Das erscheint mir unlogisch, wenn Ava sich in der Garage aufgehalten hat.«

»Vielleicht ist die Tür zugefallen. Es hat am Nachmittag ein paar heftige Windböen gegeben.« Ich warf einen Blick aus dem Fenster, wo der Wind noch immer die Blätter der Silberpappeln tanzen ließ. »Ich werde nachher im Krankenhaus anrufen und mich nach Ava erkundigen.«

»Weiß Carsten schon Bescheid?«, wollte Nick wissen.

»Er ist heute Morgen in die Reha gekommen. Ich habe weder die Telefonnummer noch die Adresse der Einrichtung. Ava hat sie sicher irgendwo notiert. Meinst du, wir sollten im Haus nachsehen? Wir haben einen Schlüssel für Notfälle. Und das ist ein Notfall«, überlegte ich. »Ich könnte …«

»Ich werde fahren, du solltest besser hierbleiben und dich ausruhen«, machte Nick deutlich.

»Ich kann doch mitkommen. Auf dem Rückweg holen wir uns etwas Leckeres zu essen. Eigentlich wollte ich heute, da Christopher bei Yannick schläft, für dich kochen. Ich habe extra deinen Lieblingswein besorgt. Aber ich muss gestehen, fürs Kochen bin ich zu platt.«

»Meine Anna gibt eine Schwäche zu.« Er grinste. »Dass

ich das noch erleben darf. Zur Feier des Tages lade ich dich ein. Such dir aus, was du magst. Alles ist erlaubt.«

»Abgemacht.« Ich schlug ein.

Sobald wir das Grundstück der Carstensens erreicht hatten, stieg uns der Geruch von kaltem Rauch in die Nase. Die Mauern der Garage waren voll schwarzem Ruß. Die Dachsparren glichen einem verkohlten Geripppe. Auch der alte Wagen von Carsten war nur noch ein unansehnlicher Haufen Blech. Die Polizei hatte den Bereich weiträumig mit Flatterband abgesperrt. Morgen würden Brandermittler der Ursache für das Feuer auf den Grund gehen. Bei dem Anblick zog sich mein Magen zusammen.

»Komm, Sweety, lass uns ins Haus gehen.« Nick schob mich behutsam durch die Haustür.

»Bestimmt hat sie es auf dem Block neben dem Telefon notiert«, sagte ich, steuerte auf die Anrichte neben dem Sofa zu und sollte recht behalten. In Avas unverkennbarer Schrift waren die Adresse sowie eine Telefonnummer auf dem Papier notiert worden. »Ich habe es gefunden!«

Als Nick nicht gleich reagierte, sah ich mich nach ihm um und entdeckte ihn auf dem Sofa sitzend, in ein Dokument vertieft, das er in den Händen hielt.

»Was hast du da?« Neugierig kam ich näher und setzte mich neben ihn. »Man stöbert nicht in fremden Sachen«, neckte ich ihn.

»Das ist ein Vertrag mit einem Pflegedienst.«

»Ich weiß, Carsten und Ava wollen sich ein bisschen Unterstützung im Haushalt holen.« Dann las ich den Namen des Vertragspartners. »Den kenne ich.«

»Woher?« Nick sah mich fragend an.

»Das ist doch derselbe Pflegedienst, der auch bei Femke Breeker und bei Johanna Holmers im Vertrag erwähnt war.«

»Stimmt. Und bei Marga Lornsen«, überlegte Nick laut.

Ich konnte buchstäblich sehen, wie Nick versuchte, die Fäden in seinem Kopf zusammenlaufen zu lassen.

»Was denkst du? Das alles kann unmöglich bloß ein Zufall sein.«

»Daran glaube ich schon lange nicht mehr. Meiner Ansicht nach steckt System dahinter. Uwe sieht das mittlerweile auch so.« Nick blätterte durch die Seiten.

»Guck doch mal, ob Ava den Vertrag unterschrieben hat.« Ich drehte den Kopf, um besser sehen zu können.

»Nein.«

»Dann könnte das Feuer …«, mir fiel es schwer, meine Gedanken in Worte zu fassen,

»… vorsätzlich gelegt worden sein, um Ava unter Druck zu setzen«, beendete Nick den Satz. »Das wäre eine Erklärung. Noch wissen wir nicht, ob es sich tatsächlich um Brandstiftung handelt. Daher sollten wir uns mit voreiligen Schlüssen lieber zurückhalten.«

»Ava wäre beinahe in den Flammen umgekommen! Welchen Vorteil hätten diese Leute gehabt?«

»Darauf habe ich momentan noch keine Antwort, Anna. Es ist zwecklos, darüber zu spekulieren. Wir brauchen Beweise.«

»Diese Pflegedienstfirma gehört zu einer Firmengruppe mit Sitz in der Schweiz. Da mischen eine Menge Personen mit. Ich habe im Internet danach gesucht«, entgegnete ich.

»Warum wundert mich das jetzt nicht, dass du das sagst?«, stöhnte Nick leise, ohne den Blick von dem Schriftstück zu nehmen.

»Als ich neulich den Vertrag in Femkes Fotoalbum entdeckt habe, habe ich ein bisschen recherchiert. Weißt du, was ich glaube?«

»Was?«

»Dass Femkes Herzinfarkt absichtlich herbeigeführt wurde. Jemand wollte sie unter Druck setzen, den Vertrag zu unterschreiben, vermutlich ebenso wie Ava.« Mein Gedankenkarussell nahm kräftig an Fahrt auf.

»Der Jemand wäre in diesem Fall allerdings über das Ziel hinausgeschossen, denn zu einem Abschluss ist es nicht mehr gekommen. Der Nachlass geht an die Gemeinde.«

»Damit hast du auch wieder recht«, musste ich zugeben. »In Avas Fall hätte es ähnlich ausgehen können. Was wäre passiert, wenn wir sie nicht gerettet hätten?« Ich musste gähnen.

»Du bist müde. Komm, lass uns nach Hause gehen. Ich kann uns auch etwas kochen, wenn du magst. Morgen reden wir noch mal über die ganze Sache.« Nick legte den Vertrag zurück auf den Tisch.

»Das klingt nach einer hervorragenden Idee.«

KAPITEL 66

Am nächsten Morgen saßen wir gemütlich am Frühstückstisch.

»Ich freue mich, dass Christopher sich so gut mit Yannick versteht. Wahrscheinlich werden sie aber heute ganz schön müde sein«, sagte ich zu Nick.

»Hauptsache, sie hatten Spaß.«

Nicks Smartphone blinkte hektisch, da er es auf lautlos gestellt hatte.

»Und ich dachte schon, wir könnten einmal in Ruhe zu Ende frühstücken«, seufzte ich.

»Sorry, da muss ich rangehen.« Nick zuckte die Achseln. »Ja, Uwe? – Okay, ich mache mich gleich auf den Weg.« Er legte das Telefon zur Seite und trank eilig seinen Kaffee aus. »Ich treffe mich gleich mit Uwe in Hörnum zu einer Zeugenvernehmung. Wie sieht dein Plan für heute Vormittag aus?«

»Ich werde gleich beim Arzt anrufen und fragen, wann ich vorbeikommen kann. Danach fahre ich ins Büro. Piet hat sich spontan eine Woche Urlaub genommen.«

»Untypisch für ihn. Ich dachte immer, das Wort ›Urlaub‹ kommt in seinem Sprachschatz nicht vor?«

»Seit er mit Inka zusammen ist, schon.«

»Echt? Inka und Piet?« Nick hob überrascht die Augenbrauen.

»Seit einigen Wochen sind die beiden unzertrennlich«, bestätigte ich.

»Das freut mich für sie. Was Beziehungen angeht, hatte es Piet in letzter Zeit nicht besonders leicht. Wenn ich da an Katharina denke …«

»Das kann man wohl sagen!«

»Ich muss mich beeilen! Bis später, Sweety!« Er beugte sich zu mir und gab mir einen Kuss.

»So, ihr zwei. Für euch gibt es jetzt Frühstück«, sagte ich zu den Hunden, die sofort aufsprangen und zu ihren Näpfen liefen.

Anschließend rief ich bei unserem Hausarzt an und erfuhr, dass er sich momentan im Urlaub befand. Ich wurde gebeten, mich an seine Vertretung zu wenden.

In der Praxis von Doktor Julia Schönborn war an diesem Morgen viel Betrieb, trotzdem erhielt ich ohne Probleme einen Termin. Kaum hatte ich im Wartezimmer Platz genommen und angefangen, in einer Illustrierten zu blättern, wurde ich aufgerufen. Die Sprechstundenhilfe führte mich mit den Worten »Frau Doktor kommt gleich« in den Verbandsraum und ließ die Tür offen. Ein mit Kunstlicht ausgeleuchteter Raum ohne Fenster, der steril in Weiß gehalten war. Einzig eine grüne Plastikpflanze in der Ecke versprühte den Anschein von Leben. Auf einem unbequemen Stuhl sitzend, wartete ich auf das Erscheinen der Ärztin. Ab und zu kam eine der Arzthelferinnen oder andere Patienten an dem Raum vorbei. Der Fahrer eines Lieferdienstes schleppte einen Karton in einen der hinteren Räume. Die Arzthelferin bedankte sich bei ihm und zog im Vorbeigehen meine Tür zu. Ich bekam von dem emsigen Treiben bis auf ein paar Stimmen nichts mehr mit. Neben mir befand sich ein weiterer Raum mit einer Verbindungstür, aus dem ich zwei Frauenstimmen hören konnte. Sie sprachen nicht besonders laut, sodass ich nur Gesprächsfetzen mitbekam.

»Das geht mich sowieso nichts an«, sagte ich zu mir

selbst und ließ aus Langeweile meine Augen über die Buchrücken mir gegenüber in einem Regal wandern. Durchwegs medizinische Titel, mit denen ich wenig anfangen konnte. Seit über einer Viertelstunde wartete ich mittlerweile auf die Ärztin. Ich holte mein Handy hervor und scrollte durch die Fotos, um mir die Zeit zu vertreiben. Auf einem Schnappschuss alberten Christopher und Nick herum und grinsten in die Kamera. Unwillkürlich zauberte mir der Anblick ein Lächeln ins Gesicht. Mein Blick wanderte zum nächsten Bild, als ich plötzlich eine Männerstimme aus dem Nachbarzimmer vernahm, die mich aufhorchen ließ. Jetzt sprach eine Frau. Ihre Stimme klang aufgeregt und laut, dann wurde sie rasch leiser. Das Paar schien sich zu streiten. Sofort wusste ich, wo ich die Stimme des Mannes schon einmal gehört hatte. Er war der Typ, der in Johanna Holmers Haus telefoniert hatte, während ich mich in der Abstellkammer versteckt hatte. Ein Irrtum war ausgeschlossen. Ich musste unbedingt wissen, wer das war. Kurzerhand verließ ich das Zimmer und wäre auf dem Gang um Haaresbreite mit der Sprechstundenhilfe von der Anmeldung zusammengestoßen. Sie sah mich erschrocken an.

»Hoppla! Ich weiß, Sie warten schon ziemlich lange, aber einen Moment müssen Sie sich noch gedulden. Sie sehen ja, was los ist. Jetzt haben wir auch noch einen Notfall reinbekommen«, entschuldigte sie sich sichtlich gestresst.

»Ich müsste mal wohin«, log ich, weil mir spontan keine bessere Ausrede einfiel.

»Geradeaus und dann links.« Sie deutete mit dem Arm in die Richtung.

»Danke«, lächelte ich und begab mich zu den Toiletten.

An der benachbarten Zimmertür, an der in großen Lettern »Labor« stand, blieb ich stehen und lauschte. Um mein Vorhaben nicht zu offensichtlich aussehen zu lassen, kramte ich währenddessen angestrengt in meiner Handtasche herum, als suchte ich nach etwas. Die beiden stritten noch immer, das Wort »Polizei« fiel. Ich wäre gerne dichter an die Tür herangegangen, aber das wagte ich nicht. Unvermittelt wurde sie aufgerissen, und eine Arzthelferin kam herausgestürmt, gefolgt von einem jungen Mann. Unsere Blicke trafen sich für den Bruchteil einer Sekunde, als er sich, eine Entschuldigung murmelnd, an mir vorbeiquetschte. In diesem Moment wurde mir bewusst, dass ich ihn nicht nur zuvor gehört, sondern auch gesehen hatte. Und nicht nur ihn. Schnell begab ich mich zurück in das Verbandszimmer. Ich wollte Nick gerade anrufen, als die Ärztin hereinkam.

KAPITEL 64

»Moin zusammen«, eröffnete Uwe die morgendliche Dienstbesprechung. »Wie der eine oder andere von euch sicher mitbekommen hat, kennen wir mittlerweile das Tatmotiv für die Schüsse auf dem Golfplatz. Der mutmaßliche Täter, Eddie Schmidtke, hat sich überraschenderweise zu der Tat und seinem Motiv geäußert. Er wird das Krankenhaus heute verlassen und in die JVA auf das Festland überführt.«

Hubsy Westermann saß mit hängenden Schultern auf ihrem Stuhl und starrte teilnahmslos vor sich hin. Ihr Kollege Ferrara stieß sie leicht an und schenkte ihr einen aufmunternden Blick, als sie zu ihm sah.

»Zwischenzeitlich habe ich auch mit Staatsanwalt Achtermann zum Dienstwaffengebrauch gesprochen.« Uwe sah direkt zu der jungen Kollegin. »Du weißt, dass in solchen Fällen ein Untersuchungsverfahren eingeleitet werden muss. Ich soll dir von Achtermann ausrichten, dass du mit keinerlei Konsequenzen rechnen musst. Es war Notwehr. Du hast korrekt gehandelt.«

Man konnte Hubsy Westermann ihre Erleichterung regelrecht ansehen, als sich ihre Mundwinkel zu einem zaghaften Lächeln anhoben.

»Mehr habe ich für heute nicht. Liegt einem von euch etwas auf dem Herzen? Nicht? Dann danke ich euch für eure Aufmerksamkeit. An die Arbeit!«

Damit war die Besprechung beendet.

»Liegt schon eine Rückmeldung von den Brandermittlern im Fall Carstensen vor?«, erkundigte sich Uwe bei Nick, als sie anschließend in ihrem Büro saßen.

»Nein, bislang habe ich nichts gehört. Das wird erfahrungsgemäß einige Zeit in Anspruch nehmen, bis sich die Kollegen auf der Insel eingefunden haben.«

»Wie hat Anna die Sache verkraftet?«

»Ganz gut, jedenfalls behauptet sie das. Du kennst sie ja. Sie wollte heute Morgen zum Arzt gehen.«

»Und Ava Carstensen?«

»Ihr geht es besser. Anna hat heute früh gleich in der Klinik angerufen und sich nach ihr erkundigt.«

»Freut mich zu hören. Sie haben wirklich Schwein gehabt.«

»Das kannst du laut sagen. Glücklicherweise ist Sönke, ein Landwirt aus der Nachbarschaft, dazugekommen und hat geholfen. Sonst wäre alles nicht so glimpflich ausgegangen.«

»Das möchte ich mir lieber nicht vorstellen.« Uwe nickte bedächtig.

»Ich habe gestern noch lange mit Anna über diese Pflegedienstsache gesprochen«, begann Nick, während der Kaffee aus der Maschine heiß und aromatisch duftend in die Tasse lief.

»Zu welchem Schluss seid ihr gelangt?«

»Hinter den Todesfällen und den Pflegedienstverträgen könnte System stecken.« Nick setzte sich hinter seinen Schreibtisch. »Bislang sind zwei Frauen verstorben, nachdem sie diesen Vertrag unterzeichnet haben: Johanna Holmers und Marga Lornsen. Eine weitere, deine Nachbarin Femke Breeker, ist ebenfalls verstorben, hatte den Vertrag allerdings nicht unterzeichnet. Sie wollte erst mit ihrem Anwalt darüber reden, wie wir wissen.«

»Femke hat einen Herzinfarkt erlitten, ich sehe diesbezüglich keinen Zusammenhang«, hielt Uwe dagegen.

»Wissen wir das mit absoluter Sicherheit?«, fragte Nick und trank einen Schluck von dem Kaffee.

»Ich verstehe nicht ganz, worauf du hinauswillst.«

»Jemand wollte Femke unter Druck setzen oder ihr Angst machen, damit sie unterschreibt. Was weiß ich?«

»Genau dieses Ungewisse stört mich daran.« Uwe lehnte sich zurück und verschränkte die Arme vor dem Körper.

»Der Garagenbrand gestern war vermutlich auch kein Zufall«, fuhr Nick unbeirrt fort.

»Willst du damit andeuten, die Carstensens haben auch einen Vertrag mit diesem Unternehmen geschlossen?«

»Sie hatten es zumindest geplant. Dass es noch nicht dazu gekommen ist, liegt nur daran, dass Carsten in der Reha ist und noch keine Möglichkeit hatte zu unterschreiben. Aber vielleicht wollte jemand mit dem Garagenbrand Druck aufbauen.«

»Hm«, überlegte Uwe und kaute derweil auf seiner Unterlippe herum, wie er es regelmäßig tat, wenn er angestrengt nachdachte. »Das klingt tatsächlich ein bisschen so, als stecke ein System dahinter. Da hat sich jemand aber ziemlich viel einfallen lassen, um an sein Ziel zu gelangen.«

»Sehe ich auch so. Vor allem ist dieser Unbekannte äußerst geschickt vorgegangen. Der Schwindel mit dem Medikament wäre niemals aufgefallen, wenn Anna die leere Packung nicht eingesteckt hätte, um sie später ordnungsgemäß zu entsorgen.«

»Die Spinne und die Insekten im Wagen von Marga Lornsen …«, überlegte Uwe laut.

»… wurden absichtlich hineingesetzt. Die Frau hat sie während der Fahrt entdeckt, sich buchstäblich zu Tode erschrocken und die Kontrolle über das Fahrzeug verloren. So könnte es gewesen sein. Das Problem besteht nur darin, dass wir von alledem nichts beweisen können. Nach wie vor wissen wir nicht, wer hinter der ganzen Sache steckt. Es ist zum Verrücktwerden!« Nick vergrub das Gesicht in den Händen.

»Konnte dir Frank in Bezug auf den Makler weiterhelfen?« Uwe öffnete eine Kunststoffdose, die ihm seine Frau Tina an diesem Morgen in seine Tasche gepackt hatte. Sein enttäuschter Gesichtsausdruck ließ vermuten, dass sich darin kein Gebäck oder ähnlich Wohlschmeckendes verbarg. Lustlos griff er nach einem Stück Möhre und biss hinein.

»Bei dem Immobilienmakler handelt es sich um Viktor Hasselkamp. Er wohnt zurzeit in einem Hotel in Hörnum.«

»Worauf warten wir? Statten wir dem Herrn einen Besuch ab.« Uwe legte das angebissene Gemüse zurück in die Dose und stand auf.

»Und was genau wollen wir ihn fragen?«

»Da fällt uns schon etwas Passendes ein.«

Nick und Uwe erreichten das Hotel in Hörnum, das traumhaft zwischen Golfplatz, Wattenmeer und Hafen lag. An der Rezeption erfuhren sie, dass sich Viktor Hasselkamp im Frühstücksraum aufhielt.

»Moin, Herr Hasselkamp. Wir stören Sie nur sehr ungern, müssten Ihnen aber ein paar Fragen stellen«, erklärte Uwe und deutete diskret auf seinen Dienstausweis.

»Guten Morgen. Ich kann mir schon denken, weshalb Sie mich sprechen wollen. Es geht sicher um Herrn Neritz? Ist Jörg etwa …?«, ließ er die Frage unvollständig und sah zwischen den beiden Polizisten hin und her.

»Nein, nein. Sein Zustand ist nach wie vor unverändert«, versicherte Uwe dem Mann.

»Da bin ich froh. Ich habe schon mit dem Schlimmsten gerechnet. Bitte setzen Sie sich!«, forderte er sie auf und deutete auf die leeren Plätze an seinem Tisch. »Kann ich Ihnen etwas bringen lassen? Einen Kaffee vielleicht oder einen frisch gepressten Orangensaft?«

»Nein, danke«, lehnte Nick ab, während Uwes Blick sehnsüchtig an dem Korb mit den Schokoladencroissants hängen blieb. Unwillkürlich musste er schlucken.

»Womit kann ich Ihnen also helfen?« Viktor Hasselkamp ließ sich nicht beirren und schaufelte eine ordentliche Portion Krabbensalat auf eine Brötchenhälfte.

»Sie sind als Immobilienmakler tätig?«, fragte Nick.

»Das ist korrekt. Warum interessiert sich die Kripo für meine Geschäfte? Was hat das mit Jörg zu tun?« Er war bemüht, Gelassenheit auszustrahlen.

»Sie verkaufen auch Immobilien auf Sylt an gut betuchte Klientel. Ist das richtig?«

»Immobilien auf Sylt sind Gold wert und heiß begehrt. Das ist meines Wissens nicht ungesetzlich, sich ein Stück von diesem lukrativen Kuchen abzuschneiden. Warum fragen Sie also?« Die freundliche Fassade begann allmählich zu bröckeln und der wahre Viktor Hasselkamp kam zutage.

»Natürlich ist das Immobiliengeschäft nicht verboten, solange man sich an die Gesetze hält.« Hasselkamp ignorierte Nicks Bemerkung geflissentlich und biss von seinem Brötchen ab. »Sie haben Herrn Neritz ein altes Kapitänshaus in Keitum verkauft. Dies gehörte Johanna Holmers.«

»Ja.« Der Makler fuhr sich mehrmals mit der Zunge über die Zähne, um die Reste des Krabbensalates zu entfernen, bevor er antwortete. »Ich habe Jörg das Haus zum Kauf angeboten. Allerdings konnte der Vertrag aus den Ihnen bekannten Gründen bislang nicht unterschrieben werden. Das wird nachgeholt, sobald Jörg genesen ist. Die Dame, die Sie erwähnt haben, ist mir unbekannt. Ich verkaufe das Anwesen im Auftrag eines Mandanten.«

»Wer ist dieser Mandant?«, hakte Uwe ungeduldig nach, der keine Lust auf irgendwelche Spielchen verspürte.

Hasselkamp lachte. »Ich bin nicht verpflichtet, meinen Auftraggeber bekanntzugeben. War's das? Ansonsten würde ich jetzt gerne weiterfrühstücken und anschließend einige wichtige Telefonate erledigen.«

»Uns würde schon interessieren, wie Sie an die Häuser gekommen sind, die Sie anbieten, und wer Ihre Auftraggeber sind«, wurde Nick nun konkreter.

Auf Hasselkamps Gesicht erschien ein selbstgefälliges Grinsen. »Ich glaube nicht, dass ich mich im Einzelnen dazu äußern muss. Ich kann Ihnen aber versichern, meine Herren, dass juristisch alles einwandfrei ist.«

»Selbstverständlich, wir haben nichts anderes erwartet.« Nicks Antwort triefte vor Ironie.

»Danke, Herr Hasselkamp. Mehr Fragen haben wir momentan nicht.« Uwe bedeutete Nick, den Rückzug anzutreten. Dann hielt er kurz inne und wandte sich erneut an den Makler. »Wie lange bleiben Sie noch auf Sylt?«

»Ich werde heute noch abreisen, wenn Sie nichts dagegen haben«, tat der Makler kund.

»Haben wir nicht. Gute Reise.«

Die beiden Polizisten verließen das Hotel.

»Der weiß genau, dass wir ihm nichts nachweisen können.« Nick trat voller Frust gegen einen Holzpfosten, als sie draußen waren.

»Das werden wir noch sehen«, erwiderte Uwe.

»Hast du einen Plan?«

»Nö, aber jeder macht irgendwann einen Fehler. Das perfekte Verbrechen gibt es nicht, nur das unentdeckte.«

»Dann sollte uns schnell etwas einfallen, bevor dieser Lackaffe sich in seinen Schweizer Bergen verkrochen hat.«

KAPITEL 65

Die Ärztin hatte einen kurzen Blick auf meine Verletzung geworfen und gemeint, dass es einige Wochen in Anspruch nehmen würde, bis die Stelle vollständig verheilt wäre. Anschließend rief sie nach einer Arzthelferin, die einen neuen Verband anlegen sollte. Bei der Helferin handelte es sich um die junge Frau, die kurz zuvor nach dem Streitgespräch aus dem Labor gehastet war. Da sie nun genau vor mir stand, bestand nicht mehr der geringste Zweifel daran, dass ich sie gestern vor Avas Haus zusammen mit ihrem Begleiter gesehen hatte.

»Hallo«, sagte sie und widmete sich ihren Aufgaben, ohne ein weiteres Wort an mich zu richten.

»Hoffentlich bleibt keine Narbe zurück«, bemerkte ich, während sie die Wunde versorgte. Auf ihrem Namensschild stand »Jana«.

»Es gibt spezielle Gele, die sie später verwenden können, um die Wundheilung zu beschleunigen«, erwiderte sie knapp, ohne mich dabei anzusehen.

»War das eben Ihr Freund?«, fragte ich vorsichtig.

»Wüsste nicht, was Sie das angeht.«

»Eigentlich nichts. Ich wurde bloß ungewollt Zeugin Ihres kleinen Disputes.«

»Und wenn schon.« Wieder mied sie jeglichen Augenkontakt.

»Ich reagiere etwas allergisch, wenn Männer mit Frauen so rüde umspringen. Da besteht die Gefahr, dass es irgendwann nicht bei einer verbalen Auseinandersetzung bleibt.« Ich redete mich gerade um Kopf und Kragen und würde vermutlich in einer Sackgasse landen, doch ich musste wenigstens versuchen, ihr Vertrauen zu erlangen.

»Mein Freund lässt gern mal den Macho raushängen, im Grunde ist er harmlos. So, fertig. Sie können den Verband morgen abmachen. Besser, da kommt Luft ran.« Sie räumte die übrigen Sachen weg.

»Danke. Sagen Sie …«, im Hinausgehen drehte ich mich zu ihr um, »… kann es sein, dass wir uns schon einmal über den Weg gelaufen sind? Ihr Gesicht kommt mir bekannt vor.«

Ich konnte sehen, wie ein Ruck durch ihren Körper ging.

»Ich wüsste nicht, wo. Ich habe ein Allerweltsgesicht. Sorry, ich muss mich um die anderen Patienten kümmern.« Beinahe fluchtartig verließ sie den Verbandsraum.

Draußen auf dem Parkplatz stieg ich in meinen Wagen. Neben mir parkte ein dunkelblauer Kleinwagen, an dessen Steuer Janas Freund saß und telefonierte. Als er sah, dass ich zu ihm blickte, drehte er sich ein Stück zur Seite. Ich startete den Motor und fuhr los. Im Rückspiegel konnte ich erkennen, wie Jana Rabe aus der Praxis kam und zu ihm in das Auto stieg. Sie hatte es offensichtlich sehr eilig. Ich fuhr langsam und hielt ein Stück weiter in einer Haltebucht an. Der Wagen der beiden passierte mich, worauf ich ihm mit etwas Abstand folgte. Ich wollte wissen, wohin die beiden fuhren. Von unterwegs versuchte ich vergeblich, Nick zu erreichen, aber er ging nicht an sein Telefon. Möglicherweise befand er sich mitten in einer wichtigen Besprechung und konnte deswegen meinen Anruf nicht entgegennehmen. Ich würde es gleich noch einmal versuchen, durfte aber die beiden keinesfalls aus den Augen verlieren. Der blaue Wagen mit den beiden jungen Leuten fuhr nach Rantum. Ich versuchte, so viel Abstand zu wahren, dass sie mich nicht bemerkten. Ein silbergraues Fahrzeug aus Paderborn setzte sich am Abbieger zum Rantumer Hafen zwischen uns. Nachdem wir das Ortsschild hinter uns gelassen hatten, beschleunigte Janas Freund stark. Leider tuckerte der Wagen vor mir weiterhin in geringem Tempo die Straße entlang.

»Nun komm in die Puschen!«, schimpfte ich, da ich befürchtete, die beiden jungen Leute zu verlieren.

Endlich tat sich eine Lücke im Gegenverkehr auf, sodass ich überholen konnte. Alsbald hatte ich die beiden eingeholt, achtete jedoch weiterhin darauf, genügend Abstand zu halten. Wir ließen die Restaurants *Samoa Seepferdchen* und *Sansibar* rechts liegen und fuhren weiter in südliche Richtung. Als schließlich rechter Hand der große Parkplatz K4 auftauchte, setzte der Fahrer des blauen Wagens den Blinker und bog ab. Ich drosselte ebenfalls das Tempo und folgte ihm. Ich wählte einen Platz seitlich in der Einfahrt, während das Fahrzeug der beiden jungen Leute auf der gegenüberliegenden Seite zum Stehen kam. Um diese Zeit war der Parkplatz nicht besonders stark frequentiert, da sich hinter den Dünen kein bewachter Badestrand befand. Dieser Abschnitt war bei Kitesurfern sehr beliebt. Nervös blieb ich in meinem Auto sitzen. Schnell wählte ich abermals Nicks Nummer. Wieder erklang nur das Freizeichen, ohne dass er abnahm. Was war bloß los? Ein schwarzer Transporter mit getönten Scheiben und Schweizer Kennzeichen tauchte auf dem Parkplatz auf und kam in der Nähe des dunkelblauen Kleinwagens zum Stehen. Im Außenspiegel konnte ich sehen, wie sich die Fahrertür öffnete und ein Mann ausstieg. Jetzt stiegen auch die Arzthelferin Jana und ihr Freund aus und gingen auf den Fahrer des Transporters zu. Sein Gesicht konnte ich nicht erkennen. Auch anhand seines Ganges, seiner Haltung und Kleidung kam er mir nicht annähernd bekannt vor. Ich ließ die Seitenscheibe herunter, konnte aber aufgrund der großen Entfernung und des Straßenlärms durch die vorbeifahrenden Autos nicht verstehen, worüber sie sprachen. Anhand der Gesten war zu erkennen, dass sie augenscheinlich nicht einer Meinung waren. Plötzlich zog Janas Begleiter eine Waffe und richtete sie auf den Fahrer des schwarzen Wagens. Als ich Nicks Nummer zum wiederholten Male wählte, ging er endlich ran.

»Nick! Ihr müsst sofort kommen, und bring Verstärkung mit! Hier wird gerade ein Mann von einem anderen mit einer Schusswaffe bedroht!«, berichtete ich aufgeregt und behielt die Szenerie durch den Außenspiegel weiterhin im Blick.

»Wo bist du?«, fragte Nick.

»K4, ich sitze im Auto. Beeilt euch!«

»Anna! Rühr dich nicht von der Stelle!«

»Ich bin ja nicht lebensmüde«, gab ich zurück.

»Wie viele Leute sind es?«

»Drei. Eine Frau und ein Mann mit einem blauen Kleinwagen, ein Mann mit einem schwarzen Transporter mit Schweizer Kennzeichen. Der wird bedroht.«

»Okay, wir sind gleich da! Ich fordere Verstärkung an und melde mich gleich wieder bei dir. Wir bleiben in Verbindung. Und bleib im Wagen!«

Nachdem Nick aufgelegt hatte, widmete ich wieder meine volle Aufmerksamkeit dem Trio. Während der junge Mann den Fahrer des Transporters mit der Waffe in Schach hielt, hatte die Arzthelferin die seitliche Schiebetür des schwarzen Wagens geöffnet und war hineingestiegen. Alles deutete darauf hin, dass sie das Fahrzeug durchsuchte. Dann schien sie etwas gefunden zu haben und ging damit triumphierend auf ihren Freund zu. Dieser rief ihr etwas zu, worauf sie stehen blieb und sich umsah. Oben auf der Dünenkuppe waren Menschen zu sehen. Doch sie blickte nicht dorthin, sondern direkt in meine Richtung. Mein Herzschlag erhöhte sich mit jedem Schritt, den sie sich meinem Fahrzeug näherte. Schnell ließ ich die Seitenscheibe hochfahren und betätigte die Zentralverriegelung. Sie würde mich unweigerlich wiedererkennen. Was sollte ich tun? Wo blieb Nick?

KAPITEL 66

»Los, Uwe, gib Gummi!«

»Schneller geht nicht!«

»Verdammt! Anna geht nicht ans Telefon! Hoffentlich ist alles okay.«

»Wir sind jeden Moment da.«

Mit hoher Geschwindigkeit brausten sie die Straße inmitten der von Heide bewachsenen Dünenlandschaft dem K4 entgegen.

»Hast du eine Ahnung, wer der Dritte sein könnte, von dem Anna gesprochen hat?«, wollte Uwe wissen, während er mehrere Fahrzeuge überholte.

»Hasselkamp. Jemand anderes fällt mir nicht ein.«

»Wie kommst du darauf?«

»Anna hat von einem Wagen mit Schweizer Kennzeichen gesprochen. Jana Rabe und ihr Freund sind bestimmt nicht zufällig dort. Frank hat mich vorhin angerufen. Ihm war eingefallen, dass Hasselkamp einen Mitarbeiter vor Ort hat, einen jungen Mann. Frank hat ihn nach der *Summertime Party* mit ihm zusammen gesehen. Ich gehe jede Wette ein, dass die drei unter einer Decke stecken. Zumal Anna die Stimme von diesem Freund wiedererkannt hat. Er war im Haus der Holmers.«

»Warum bedrohen sie sich dann?«, fragte Uwe.

»Keine Ahnung. Hoffentlich erfahren wir es noch rechtzeitig.«

»Da sind sie!« Uwe zeigte zu dem Parkplatz.

Im selben Augenblick näherte sich aus südlicher Richtung ein Streifenwagen mit Blaulicht.

Jana stand genau vor meiner Fahrertür, als ein Streifenwagen, gefolgt von einem weiteren Fahrzeug, auf den Parkplatz fuhr. Am Steuer des zweiten Wagens erkannte ich Uwe. Unmittelbar darauf näherte sich ein zweiter Streifenwagen. Überrascht drehte Jana sich nach den Fahrzeugen um und sah dann zu ihrem Freund. Diesen Augenblick der Unaufmerksamkeit nutzte ich, entriegelte die Tür und stieß sie anschließend mit voller Wucht auf. Die Arzthelferin wurde von der Tür getroffen und fiel mit einem lauten Stöhnen zu Boden. Sofort kamen zwei Streifenpolizisten angerannt und nahmen sie in Gewahrsam. Ich blickte auf die andere Seite zu den anderen und konnte erleichtert feststellen, dass die Polizei die Situation unter Kontrolle hatte. Nick lief auf mich zu.

»Alles okay mit dir?«

»Ja, alles okay. Wer ist der Mann da?« Ich deutete zu dem Fahrer des Transporters, der eben abgeführt wurde.

»Das ist Viktor Hasselkamp, ein Immobilienmakler. Er steht im Verdacht, zusammen mit Jana Rabe und Maik Schwissel den Tod mehrerer Frauen vorsätzlich herbeigeführt zu haben, um an ihr Erbe zu gelangen.«

»Die Sache mit den Verträgen.«

»Alles deutet darauf hin.«

»Aber warum wollten sie sich dann gegenseitig an die Gurgel? Das ergibt doch keinen Sinn.«

»Das werden wir bald herausfinden.«

»Die Streichhölzer!«, fiel es mir wie Schuppen von den Augen. Nick sah mich stirnrunzelnd an. »Ich habe gestern eine Streichholzschachtel in Avas Garten gefunden. Die gleiche habe ich neulich in Femkes Garten gefunden, als dieser vermeintliche Einbrecher weggelaufen ist. Es stammte aus einem Restaurant in der Schweiz. Das ist ein Beweis dafür, dass Hasselkamp oder dieser Freund von Jana damit zu tun haben. Außerdem habe ich das Paar bei Avas Haus gesehen, kurz bevor ich das Feuer entdeckt habe.«

»Hast du die Streichhölzer noch?«

»Ich habe sie eingesteckt, eigentlich müsste ich sie in meiner Jacke haben. Glücklicherweise habe ich sie noch nicht in die Waschmaschine gesteckt.«

»Anna! Bist du in Ordnung?« Uwe kam auf uns zu gestapft und drückte mich freundschaftlich an sich. »Du ziehst die kriminelle Energie quasi an.«

»Das will ich nicht hoffen«, gab ich mit einem Lachen zurück, obwohl mir noch vor wenigen Minuten alles andere als zum Lachen zumute war. »Ich kann euch gar nicht sagen, wie erleichtert ich war, als ich das Blaulicht gesehen habe. Das war wirklich knapp. Was geschieht jetzt mit dem Trio?«

»Ich fürchte, jetzt geht die Arbeit erst richtig los. Wie ich Hasselkamp einschätze, wird er alles versuchen, die Schuld von sich zu weisen.« Nick sah dem Wagen nach, der den Makler auf die Dienststelle nach Westerland brachte.

»Vielleicht zeigen sich die beiden anderen kooperativer. Die werden nicht die ganze Schuld auf sich nehmen wollen«, überlegte ich.

»Sie gehören eher zu den kleinen Fischen und können sich keine teuren Anwälte leisten, wie es ein Viktor Hasselkamp kann. Wir werden sehen.« Uwe zuckte die Schultern.

Während Nick zusammen mit Uwe nach Westerland fuhr, führte mich mein Weg zurück nach Morsum. In einer Stunde musste ich Christopher vom Kindergarten abholen.

KAPITEL 67

Müde und erschöpft verließen Nick und Uwe das Vernehmungszimmer, in dem sie nacheinander Viktor Hasselkamp, Jana Rabe und Maik Schwissel vernommen hatten.

»Ich bin fertig für heute«, stöhnte Uwe und rieb sich

über die Augen. »Lass uns kurz die Ergebnisse festhalten und dann Feierabend machen. Mehr bekommen wir aus denen heute sowieso nicht raus.«

»Ganz deiner Meinung.«

»Gehen wir in unser Büro.« Uwe schlappte neben dem Kollegen her zum anderen Ende des Flurs. »Du hast mit Jana Rabe gesprochen, was hat sie gesagt?«

»Sie hat zunächst geschwiegen, wirkte aber sehr nervös«, berichtete Nick.

»Darauf haben sich alle drei vermutlich verständigt.«

»Irgendwann hat sie ihr Schweigen gebrochen. Sehr viel hat sie nicht gesagt, aber mehrfach betont, Hasselkamp stecke hinter allem, ohne allerdings konkret zu werden. Ich hatte das Gefühl, sie hat schlichtweg Angst.«

»Spätestens morgen früh packt sie aus, das sagt mir mein Instinkt. Also, lass uns mal zusammenfassen: Hasselkamp streitet kategorisch alles ab beziehungsweise äußert sich nicht, sondern wartet auf seine Anwälte. Die Rabe hat Angst, wie du gerade gesagt hast, und ihr Freund Schwissel verstrickt sich zunehmend in Widersprüche. Den knacken wir ebenfalls spätestens morgen. Bleibt Hasselkamp als härtester Brocken übrig.«

»Wir sollten Neritz nicht außen vor lassen. Noch wissen wir nicht, inwieweit er in die Sache involviert ist. Die Schüsse auf ihn haben zwar einen anderen Hintergrund, wie wir mittlerweile wissen, aber dennoch ist er bezüglich der Immobiliensache nicht raus.«

»Wenn er eines Tages aufwacht, werden wir es hoffentlich erfahren.« Uwe konnte ein Gähnen nicht zurückhalten. »Ich brauche dringend eine Mütze Schlaf. Außerdem bin ich total unterzuckert. Ich schlage vor, wir machen morgen früh um 8 Uhr weiter. Einverstanden? Staatsanwalt Achtermann habe ich informiert, er wird ebenfalls hier sein.«

»Okay. Wie weit bist du eigentlich in der anderen Sache? Du weißt schon. Hast du mit Tina gesprochen?«

»Das Thema bitte nicht nach diesem Tag und um diese Uhrzeit! In Ordnung?«

»Du hast also nicht mit ihr geredet. Ich möchte dir wirklich keine Vorschriften machen, aber das ist eine tickende Zeitbombe. Wenn du nicht willst, dass ein anderer den Zünder zieht, solltest du langsam in die Gänge kommen. Sonst ist es zu spät. Aber du bist alt genug. Bis morgen!«

Uwe saß noch eine Weile allein im Büro und dachte über die Worte des Kollegen nach.

KAPITEL 68

Es war kurz vor Mitternacht, als ich vor dem Haus Nicks Wagen in die Einfahrt fahren hörte. Ich lag schon seit geraumer Zeit im Bett, konnte aber nicht einschlafen. Nachdem die Haustür geöffnet wurde, konnte ich Nicks Stimme hören, als er mit den Hunden sprach. Dann kam er die Treppe nach oben.

»Ich bin wach«, sagte ich leise, als er das Schlafzimmer betrat.

»Warum schläfst du nicht?«

»Mir schwirren einfach zu viele Gedanken im Kopf herum«, erwiderte ich und setzte mich auf. »Ihr habt lange gemacht. Haben sie gestanden?«

»Hasselkamp streitet nach wie vor alles ab, aber das war zu erwarten«, ließ Nick mich wissen, während er aus seinen Klamotten schlüpfte.

»Und die anderen beiden? Haben sie etwas gesagt?«

»Ich denke, es dauert nicht mehr lange, bis wir sie geknackt haben«, sagte er und verschwand im angrenzenden Bad. Als er neben mir im Bett lag, kuschelte ich mich fest an ihn und spürte seinen regelmäßigen Herzschlag.

»Schlaf gut«, flüsterte ich ihm zu, doch er schlief bereits.

Nach einer von absurden Träumen geprägten Nacht fühlte ich mich wie gerädert. Nick war früh aufgestanden und bereits auf dem Weg nach Westerland. Heute war Samstag, und der Kindergarten hatte geschlossen. Daher beschloss ich, mit Christopher nach Westerland zu fahren, um Ava einen Besuch im Krankenhaus abzustatten.

»Das ist aber schön, dass ihr mich besucht!«, freute sie sich, als wir das Krankenzimmer betraten.

Ihr Gesicht war blass, was durch das Weiß der Bettwäsche zusätzlich verstärkt wurde. Insgesamt kam mir Ava kleiner und zerbrechlicher vor als sonst. Eine Kanüle, mit der sie mit einer Infusion verbunden war, steckte in ihrem linken Handrücken.

»Hallo, Ava! Das ist für dich!« Christopher näherte sich schüchtern ihrem Bett und streckte ihr einen kleinen Strauß Blumen entgegen.

»Oh, wie wunderschön! Hast du den gepflückt?«

»Haben Mama und ich zusammen gemacht.« Er drehte sich zu mir um, worauf ich zustimmend nickte.

»Christopher, kannst du von draußen eine kleine Vase holen? Gleich gegenüber auf dem Flur steht ein Tisch mit vielen verschiedenen Vasen«, bat ich ihn. Nach anfänglichem Zögern marschierte er los.

»Er ist ein wahrer Sonnenschein.« Ava sah ihm gerührt nach.

»Wie fühlst du dich? Hast du Schmerzen?«

»Ich bin ein bisschen müde, aber sonst geht es mir gut. Die Ärzte sagen, ich hätte Glück gehabt.« Ein schwaches Lächeln umspielte ihre Mundwinkel. »Ich weiß gar nicht mehr genau, was überhaupt passiert ist. Ich kann mich nur noch daran erinnern, dass da dieser Mann an der Garage war. Eine Frau war auch dabei. Sie sind weggelaufen, als ich sie angesprochen habe.«

»Kannst du die beiden beschreiben?«

»Die Frau kannte ich nicht, aber der Mann war vom Pflegedienst. Er war kürzlich bei uns.« Sie sah mich nachdenklich an.

»Was ist dann passiert?«

»Ich bin in die Garage gegangen, um nachzusehen, was sie dort gemacht haben. Plötzlich hat es brandig gerochen. Als ich mich umgedreht habe, standen die beiden Strohballen, die Carsten für seine Pilzzucht in der Garage gelagert hat, in Flammen. Ich habe versucht, sie zu löschen, als die Tür zugefallen ist. Sie klemmte und ging nicht mehr auf. Ab diesem Moment kann ich mich nur noch bruchstückartig erinnern. Du warst da, das weiß ich noch. Hast du mir das Leben gerettet?« In ihren Augen schimmerten Tränen, während ihre knochigen Finger nach meiner Hand griffen.

»Pepper hat sofort gemerkt, dass du in der Garage bist. Sönke Hinrichs hat die Tür mit dem Trecker aufgezogen, und wir konnten dich befreien«, sagte ich und blinzelte ebenfalls eine Träne weg.

In diesem Augenblick kam Christopher in Begleitung einer Krankenschwester in das Zimmer. Stolz balancierte er eine halb mit Wasser gefüllte Vase in den Händen.

»Danke, Christopher! Dann müssen die schönen Blumen nicht verdursten. Du kannst sie hier neben mich auf meinen Nachttisch stellen. Dann kann ich sie sehen und riechen.« Ava winkte ihn zu sich.

»So, Frau Carstensen. Wir müssen jetzt zur Sauerstofftherapie«, verkündete die Krankenschwester.

»Dann verabschieden wir uns für heute. Gute Besserung weiterhin und melde dich bitte, wenn wir etwas für dich tun können.«

»Muss Ava jetzt sterben?«, fragte Christopher unvermittelt auf dem Weg zu unserem Auto.

»Nein, sie ist im Krankenhaus, damit die Ärzte ihr helfen können, schnell wieder gesund zu werden«, erklärte ich ihm.

»Sie kommt bald nach Hause?«

»Ja, sobald es ihr besser geht, kommt sie wieder nach Hause.«

»Carsten auch?«

»Carsten auch«, versicherte ich.

»Gut. Dann können wir sie lieber da besuchen. Fahren wir jetzt zu Oma und Opa?«, wechselte er abrupt das Thema.

»Das war eigentlich nicht der Plan. Ich weiß nicht, ob sie überhaupt zu Hause sind.«

»Bitte, Mama! Ich will zu Oma und Opa!«

»Okay, aber wir können nicht lange bleiben. Chili und Pepper warten zu Hause auf uns.«

KAPITEL 69

Nick hatte das Vernehmungszimmer, in dem er über zwei Stunden mit Jana Rabe geredet hatte, verlassen und stand vor dem weit geöffneten Fenster im Flur. Er brauchte dringend Sauerstoff. Ein Schwall Straßenlärm drang von draußen herein. Ein Autozug musste kurz zuvor angekommen sein, was die Kolonne Fahrzeuge, die sich den Kirchenweg entlang in die Innenstadt schlängelte, vermuten ließ.

»Herr Scarren, wie weit sind Sie mit der Befragung vorangekommen? Liegen bereits Geständnisse vor?« Staatsanwalt Matthias Achtermann gesellte sich zu ihm.

»Eben sind die beiden Anwälte von Viktor Hasselkamp eingetroffen. Ich befürchte, das wird die Arbeit für uns nicht einfacher machen.«

»Abwarten. Und das junge Paar? Konnten Sie aus der Frau etwas herausbekommen? Zeigt sie sich kooperativ?« Achtermann zupfte einen Fussel vom Ärmel seines Jacketts.

»Jana Rabe hat zugegeben, das Medikament im Fall Johanna Holmers gegen ein Placebo ausgetauscht zu haben.

Als Arzthelferin hatte sie Zugang zu allen Patientenakten. Sie hat zudem für einzelne Patienten Botengänge erledigt, so auch für Frau Holmers.«

»Allein die Tatsache, dass das Medikament gegen ein wirkungsloses vertauscht wurde, macht sie nicht zur Mörderin«, insistierte Achtermann.

»Das ist nur teilweise richtig. Frau Rabe hat mit ihrem Freund, Maik Schwissel, zusammengearbeitet. Er hat das Wespennest im Gartenhaus von Frau Holmers platziert. Sie hat dafür gesorgt, dass das Medikament nicht wirken konnte, und somit den Tod der Frau billigend in Kauf genommen. Ich würde sogar behaupten, sie haben es darauf angelegt. Ein ausgeklügelter und eiskalter Plan.«

»Hat Frau Rabe sich auch zu den Beweggründen geäußert?«, hakte der Staatsanwalt nach und kontrollierte den Sitz seiner Krawatte im Spiegelbild des Fensters.

»Sowohl Schwissel als auch die Rabe wollen im Auftrag von Viktor Hasselkamp gehandelt haben. Er besitzt eine Unternehmensgruppe, zu der auch die Pflegedienstfirma gehört. Maik Schwissel ist sein persönlicher Handlanger und akquiriert die Kunden. Vorwiegend alleinstehende ältere Leute. Mit der Unterschrift erklären sie sich einverstanden, im Todesfall ihr gesamtes Hab und Gut an eine Gesellschaft aus der Unternehmensgruppe zu übertragen. Geschäftsführer dieser Gesellschaft ist irgendein Strohmann. In Wirklichkeit steckt Hasselkamp dahinter. Er verkauft die Immobilien dann auf eigene Rechnung.«

»Lukratives Geschäftsmodell. Ich gehe davon aus, den Kunden ist das nicht unbedingt klar.«

»So ist es. Die Klauseln finden sich gut versteckt in den Verträgen und sind für einen Laien nicht sofort ersichtlich.«

»Tja, man sollte sich immer auch das Kleingedruckte ansehen.«

»Juristisch gesehen scheint es keine Beanstandungen zu geben. Wir lassen das trotz allem noch einmal überprüfen.«

»Frau Holmers war vermutlich kein Einzelfall. Hat sich Frau Rabe zu weiteren Fällen geäußert?«

»Im Fall von Femke Breeker war es so, dass sie von der Herzinsuffizienz der Patientin wusste. Sie hat auch in diesem Fall ihr Wissen genutzt, um der Patientin zu schaden, indem sie die Tabletten gegen ein harmloses Vitaminpräparat ausgetauscht hat. Maik Schwissel hat der Frau anschließend maskiert aufgelauert und sie buchstäblich zu Tode erschreckt. In diesem Fall sollte tatsächlich nur Druck auf sie ausgeübt werden, damit sie den Vertrag unterschreibt. Schwissel ist in das Haus eingebrochen und hat nach dem Vertrag gesucht. Das wissen wir mittlerweile sicher.«

»Die Täter gehen leer aus, und trotzdem musste die arme Frau sterben. Eine Tragödie«, resümierte Achtermann mit einem fassungslosen Kopfschütteln.

»Das ist noch längst nicht alles. Das dritte Opfer, Marga Lornsen ...«

»Die Frau, die bei dem Verkehrsunfall ums Leben gekommen ist? Sagen Sie bitte nicht, dass der Unfall ebenfalls durch das Duo provoziert war!«

»Nach jetzigem Kenntnisstand müssen wir davon ausgehen. Frau Lornsen hatte ebenfalls einen Vertrag mit dem Pflegeservice abgeschlossen. Ursprünglich war eine Tierschutzorganisation als direkter Erbe genannt worden. Die Erbschaft ist mit der Obsorge für ihren Hund verknüpft.«

Achtermann zog bei Nicks Worten überrascht die Augenbrauen in die Höhe. »Ein Tier darf in einem Testament nicht als direkter Erbe eingesetzt werden, da es einer Sache zugeordnet wird, Paragraf eins BGB.«

»Wir haben uns näher mit dem Fall beschäftigt, weil sich der Nachlassverwalter bei uns gemeldet hat und Anzeige wegen Betruges erstatten wollte. Es sind unerwartet Käufer für die Lornsen-Immobilie aufgetaucht.«

»Können Sie den Unfallhergang rekonstruieren? Wurde er absichtlich herbeigeführt?«

»Frau Lornsen hatte eine ausgeprägte Insekten- und Spinnenphobie. Deshalb wollte sie sogar mit einer Therapie beginnen«, klärte Nick den Staatsanwalt auf.

»Lassen Sie mich raten! Frau Lornsen war nicht zufällig Patientin in der Praxis, in der Frau Rabe angestellt ist?«

»Genauso ist es. Jana Rabe hat natürlich davon gewusst«, bestätigte Nick.

»Wenn ich das richtig verstanden habe, hat Ihre Frau uns wieder einmal auf die richtige Spur der Täter geführt.« Über das Gesicht des Staatsanwaltes huschte ein kurzes Lächeln.

Eine Tür öffnete sich, und Uwe stolperte heraus. Er sah mitgenommen aus.

»Leute, Leute!«, stöhnte er. »Warum ist die Menschheit nur so unersättlich?«

»Herr Wilmsen! Das klingt, als könnten Sie Erfolge vermelden. Hat der Verdächtige alles zugegeben?«

»Nachdem er sich zunächst wenig kooperativ gezeigt hat, hat er letztlich gestanden, an den Anschlägen auf die Frauen beteiligt gewesen zu sein.«

»Herr Scarren und ich haben eben über den Unfall von Frau –«

»Lornsen«, half Nick dem Staatsanwalt.

»Danke, Sie wissen ja, ich und mein Namensgedächtnis.« Achtermann winkte ab. »Hat sich der Beschuldigte dazu geäußert? Das würde mich brennend interessieren.«

»Maik Schwissel hat Frau Lornsen auf einem Supermarktparkplatz bei einer Autopanne geholfen. Zuvor hatte er den Wagen dahingehend manipuliert, dass er nicht ansprang. Bei dieser Gelegenheit hat er auch die Insekten im Wageninneren deponiert. Da der Wagen sehr alt war, gelang es ihm ohne großen Aufwand, mithilfe eines Drahtes die Autotür zu öffnen.«

»Woher wusste er, dass er sie ausgerechnet zu dieser Zeit dort antreffen würde?«, wollte Achtermann wissen.

»Vermutlich von seiner Freundin Jana Rabe«, nahm Nick die Antwort vorweg.

»Ganz genau. Frau Lornsen hat bei ihrem Besuch in der Praxis erzählt, dass sie gleich zum Einkaufen fährt, sogar, wohin. Frau Rabe brauchte also nur ihren Freund zu informieren, damit er dort auf sein Opfer warten konnte.«

»Niederträchtig!« Achtermann spitzte die Lippen.

»Hast du ihn auch zu dem Feuer in Avas Garage befragt?«, erkundigte sich Nick bei Uwe.

»Damit sollte Druck auf Ava Carstensen ausgeübt werden, damit sie den Vertrag zügig unterschreibt. Viktor Hasselkamp hatte wohl bereits Kaufinteressenten. Rabe und Schwissel hatten nicht vor, sie umzubringen, sondern wollten sie rechtzeitig befreien. Der Verdacht wäre somit nicht auf sie gefallen. Aber Anna ist ihnen in die Quere gekommen.«

»Wie ehrenhaft! Ich fasse es nicht!« Nicks Stimme war von Verachtung geprägt.

»Als sie Anna und den Landwirt gesehen haben, haben sie sich aus dem Staub gemacht.«

»Ich werde umgehend die Haftbefehle erlassen. Sehr gute Arbeit, meine Herren! Bleibt noch abzuwarten, inwieweit sich der dritte Beschuldigte, Herr Hasselkamp, äußern wird. Und ob Herr Neritz ebenfalls zur Verantwortung gezogen werden kann, sobald er in der Lage ist, eine Aussage zu machen.«

»Darauf bin ich auch gespannt. Gehen wir einen Happen essen?«, fragte Uwe und sah die beiden an.

»Überredet.« Nick schloss sich ihm an. »Begleiten Sie uns?«

»Wir wollen eine Currywurst essen gehen«, schob Uwe schnell hinterher.

»Ach, das ist sehr nett, aber ich bin ohnehin später zum Essen verabredet. Aber lassen Sie es sich schmecken.« Achtermann lächelte süßsäuerlich.

»Das hast du doch absichtlich gesagt«, raunte Nick dem Kollegen im Weggehen zu.

»Na klar.«

Wenig später saßen die beiden Polizisten unterhalb des *Hotels Miramar* auf der Mauer, blickten auf die Weite des Meeres und ließen sich jeder ein Fischbrötchen schmecken. Zur Feier des Tages hatten sie sich ein Bier genehmigt, selbstverständlich alkoholfrei, schließlich befanden sie sich im Dienst.

»Ich habe es Tina gesagt«, erklärte Uwe nach einer Weile.

»Wie hat sie reagiert?«

»Überraschend gelassen. Ich habe angenommen, sie würde ausflippen.« Uwe wischte sich mit der Serviette über den Mund und zerknüllte sie anschließend in seiner Hand zu einer kleinen Kugel.

»Das freut mich für dich.«

»Das Schlimmste steht mir allerdings noch bevor. Montag rede ich mit Hubsy. Ich weiß ehrlich gesagt nicht so recht, wie ich anfangen soll, ohne wie ein kompletter Idiot dazustehen.«

»Du kriegst das hin. Sei einfach du selbst. Uwe? Ich müsste dich in eigener Sache sprechen.«

»Tu dir keinen Zwang an. Heute scheint der Tag der Offenbarungen zu sein. Also? Wo drückt der Schuh?«

EPILOG

Ava Carstensen hatte das Krankenhaus nach wenigen Tagen verlassen können. Auch ihr Mann Carsten würde in Kürze aus der Rehaklinik zurück nach Hause kommen. Die Spuren des Feuers waren beseitigt worden, und die Garage würde in den nächsten Wochen hergerichtet werden. Dass es sich um Brandstiftung gehandelt hatte, war auch ohne das Geständnis von Maik Schwissel eindeutig nachgewiesen worden.

Nick hat mit Uwe abgesprochen, dass er seinen ausstehenden Urlaub und die angehäuften Überstunden abbauen wolle und sich somit eine längere Auszeit nehmen konnte. Ich hatte deswegen mit Piet gesprochen. Er war ebenfalls einverstanden, für einen begrenzten Zeitraum ohne meine Hilfe auszukommen. Bezüglich Verwaltungs- und Organisationsfragen hatte sich Inka bereit erklärt, ihn tatkräftig zu unterstützen. Inka und Piet verbrachten ohnehin jede freie Minute gemeinsam. Auch zwischen Nicks Schwester Jill und Frank Gustafson waren alle Missverständnisse und Streitigkeiten aus dem Weg geräumt worden. Sie turtelten wie Frischverliebte. Frank hatte entschieden, auf Sylt zu bleiben und nicht in die Schweiz zu gehen, was wir alle sehr begrüßten.

Uwe hatte mit Hubsy Westermann das Gespräch gesucht. Lange bevor er seine Frau Tina kennengelernt hatte, war er mit einer Frau zusammen gewesen, die ihn nach einer kurzen Liaison plötzlich und ohne Begründung verlassen hatte. Als ihm Hubsy vor einigen Wochen als neue Kollegin vorgestellt wurde, hatte er das Gefühl, seiner damaligen Freundin gegenüberzustehen. Die Ähnlichkeit war frappierend. Gleichzeitig überkam ihn der Gedanke, dass er womöglich Hubsys leiblicher Vater sein könnte, denn in gewisser Weise ähnelte sie auch ihm. Ob er es tatsächlich war, darüber würde in Kürze das Ergebnis eines Gentests Gewissheit geben.

»Ihr werdet mir sehr fehlen«, klagte meine Mutter, als wir uns von meinen Eltern verabschiedeten.

»Mama, wir kommen ja bald wieder. Außerdem können wir regelmäßig telefonieren«, beruhigte ich sie und erntete von Nick einen warnenden Blick. »Jedenfalls ab und zu«, schob ich schnell nach.

»Vier Wochen sind trotzdem eine lange Zeit. Aber macht euch keine Sorgen, wir werden uns gut um die Hunde und das Haus kümmern.« Sie sah zu Pepper und Chili, die einträchtig neben ihr saßen und ihre Köpfe schief legten, als sie ihre Namen hörten. Mein Herz krampfte sich schlagartig zusammen bei dem Gedanken, dass ich die beiden einige Zeit nicht sehen würde. Ich kniete mich zu ihnen und drückte sie an mich. Als ich aufstand, blinzelte ich schnell meine Tränen weg.

»Wir müssen langsam los, wenn wir die Maschine nicht verpassen wollen«, drängte Nick, der langen Abschiedsszenen nichts abgewinnen konnte.

»Und dir wünschen wir viel Spaß in Kanada, mein Süßer! Da gibt es richtige Bären.« Christopher sah seine Oma mit großen Augen an. »Und grüß bitte die Oma Anke und den Opa Matthew von uns.« Meine Mutter drückte ihren Enkel fest an sich.

Dann kamen wir an die Reihe. Mein Vater kämpfte mit den Tränen, versuchte jedoch, sich nichts anmerken zu lassen, und täuschte einen Hustenanfall vor.

»Meldet euch, wenn ihr angekommen seid!«, rief uns meine Mutter winkend nach, als sich das Taxi in Bewegung setzte.

Pepper bellte aufgeregt, während mein Vater ihn am Halsband festhielt.

»Ich kann gar nicht glauben, dass wir Sylt verlassen«, sagte ich, als wir kurze Zeit später im Flugzeug saßen und die Welt unter uns zusehends kleiner wurde.

Nick griff nach meiner Hand. »Ach, Sweety, wir verlassen Sylt nicht für immer. Wir machen bloß mal ein paar Wochen Urlaub.«

»Ich weiß.«

»Wovor hast du Angst?« Er sah mich eindringlich an. »Dass ich am Ende in Kanada bleiben will?«

Ich zuckte die Schultern, denn dieser Gedanke machte mir tatsächlich ein wenig Angst. Doch Nick begann zu lachen.

»Nein, da kann ich dich beruhigen, die Gefahr besteht nicht. Ich würde dich und Christopher niemals verlassen. Auch Sylt nicht. Nicht für alles Gold der Welt.«

Daraufhin küsste ich ihn.

DANKSAGUNG

Bei der Entstehung dieses Buches habe ich erneut viel Unterstützung während des Schreibprozesses sowie bei meinen Recherchen erhalten und möchte mich dafür herzlich bedanken.

Mein spezieller Dank geht an meinen Mann Stefan, der mir während der Schreibphasen den Rücken freigehalten, mich mit leckerem Essen versorgt und mir beratend zur Seite gestanden hat.

Bedanken möchte ich mich auch bei meiner Mutter, Gisela Eller, fürs Testlesen. Bei Martin Forster und Elke Angerhausen, die mich beide in allen medizinischen Fragen beraten haben. Danke auch an Florian Arend, der mir wie immer alle meine Fragen zur Polizeiarbeit beantwortet hat. Ein weiteres Dankeschön geht an die Apothekerin Vanessa Siemann sowie an meine Lektorin Claudia Senghaas und das Team vom Gmeiner-Verlag.

Letztendlich danke ich allen Leserinnen und Lesern, Buchhändlerinnen und Buchhändlern, die meine Bücher lesen beziehungsweise der Leserschaft bereitstellen.

Herzlichst
Sibylle Narberhaus

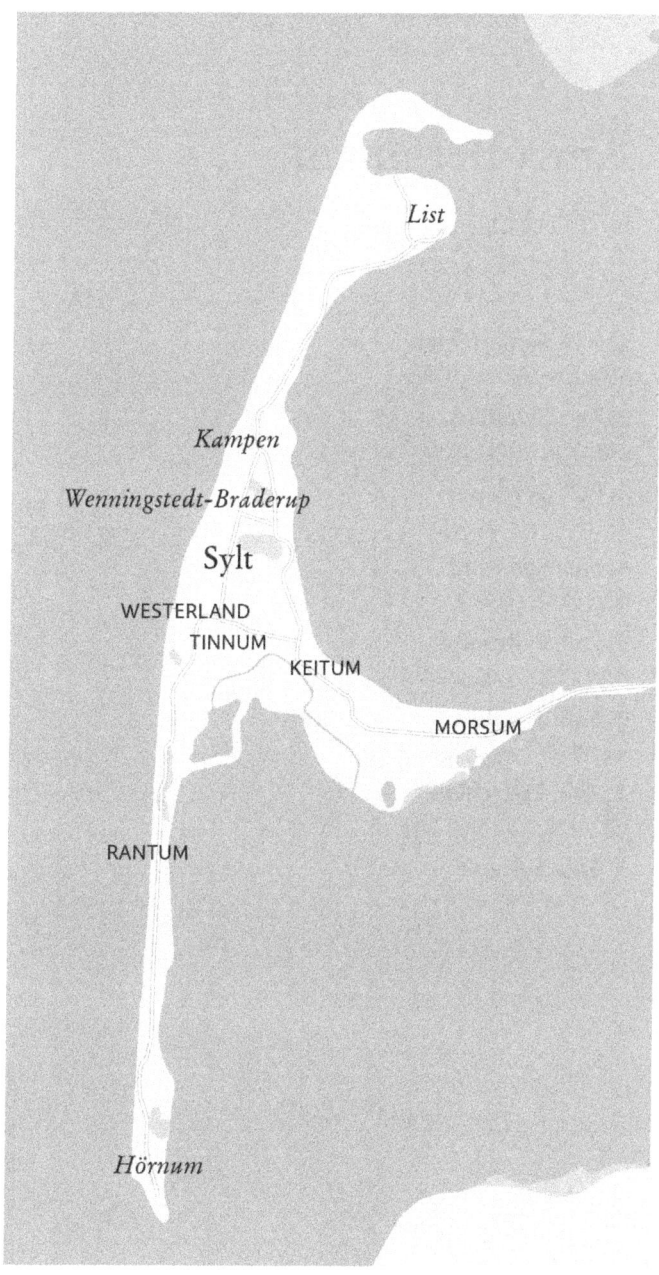

List

Kampen

Wenningstedt-Braderup

Sylt

WESTERLAND

TINNUM

KEITUM

MORSUM

RANTUM

Hörnum

Anna Bergmann ermittelt:

1. Fall: Syltleuchten
ISBN 978-3-8392-2039-9

2. Fall: Syltstille
ISBN 978-3-8392-2343-7

3. Fall: Syltfeuer
ISBN 978-3-8392-2507-3

4. Fall: Syltwind
ISBN 978-3-8392-2757-2

5. Fall: Syltmond
ISBN 978-3-8392-0081-0

6. Fall: Syltsterne
ISBN 978-3-8392-0305-7

7. Fall: Syltschwur
ISBN 978-3-8392-0513-6

8. Fall: Syltgold
ISBN 978-3-8392-0735-2

GMEINER SPANNUNG

WWW.GMEINER-VERLAG.DE
Wir machen's spannend